Heinrich Steinfest
Das grüne Rollo

Heinrich Steinfest

Das grüne Rollo

Roman

Piper München Berlin Zürich

Mehr über unsere Autoren und Bücher:
www.piper.de

Von Heinrich Steinfest liegen im Piper Verlag außerdem vor:

Tortengräber
Cheng. Sein erster Fall
Ein sturer Hund. Chengs zweiter Fall
Nervöse Fische
Der Umfang der Hölle
Ein dickes Fell. Chengs dritter Fall
Der Mann, der den Flug der Kugel kreuzte
Wo die Löwen weinen
Die feine Nase der Lilli Steinbeck
Gebrauchsanweisung für Österreich
Mariaschwarz
Gewitter über Pluto
Batmans Schönheit. Chengs letzter Fall
Die Haischwimmerin
Der Allesforscher

ISBN 978-3-492-05661-8
© Piper Verlag GmbH, München 2015
Gesetzt aus der Adobe Garamond
Satz: Kösel Media GmbH, Krugzell
Druck und Bindung: CPI books GmbH, Leck
Printed in Germany

Das grüne Rollo
der erste von zwei,
womöglich drei Teilen

1

Dort, wo das Fenster war, war nie ein Rollo gewesen. Kein Rollo, kein Vorhang, kein Fensterladen, nichts dergleichen. Die Eltern wollten das nicht. Sie waren modern, und sie waren Vorhanghasser. Sie sagten gerne, sie hätten nichts zu verbergen und außerdem sei man ja nicht im Krieg. Dabei lächelten sie sich an.

Gott, dieses Lächeln!

Vierzig Jahre ist das her. Damals, als das neue Jahrhundert und damit auch das neue Jahrtausend soeben zehn geworden waren. Und ich ebenfalls. Ich würde immer genauso alt sein wie das Jahrhundert, in dem ich lebte. Mir gefiel die Vorstellung, daß ich, zumindest theoretisch, nicht nur immer im gleichen Alter wie dieses Jahrhundert bliebe, sondern es auch überleben könnte. Das Jahrhundert schon, das Jahrtausend freilich nicht, außer, sie würden in den nächsten neunzig Jahren etwas Ähnliches erfinden, was irgend so ein phantastischer Riesenschwamm im Polarmeer und natürlich einige Bäume bereits besaßen: extreme Langlebigkeit.

Eine andere Frage war, ob ich in der Zeit, die mir zur Verfügung stände, jemand kennenlernen würde, mit dem ich das gleiche innige Lächeln austauschen könnte, wie mein Vater und meine Mutter es praktisch tagtäglich taten.

Für uns Geschwister war das oft merkwürdig, diese absolute Vertrautheit zwischen den beiden, dieses Einverständnis in allen Dingen und daß sie niemals stritten, niemals böse aufeinander waren, sich aber auch niemals miteinander zu langweilen schienen. Ihre Harmonie war vollkommen. Wir Kinder blieben davon allerdings ausgeschlossen, was nicht hieß, daß wir nicht geliebt wurden. Vater wie Mutter waren zärtlich und aufmerksam, nahmen sich viel Zeit und waren geduldig, der Vater noch mehr als die Mutter, die hin und wieder Nerven zeigte, kleine Nerven, wie die braunen Streifen auf der Innenseite von Unterhosen. Streifen, die man nie wieder ganz wegbekam, und dennoch sagen konnte, man trage saubere Unterhosen. Vaters »Unterhosen« hingegen waren wohl das, was die Werbung früher mit *weißer als weiß* bezeichnet hatte. Seine Gelassenheit war mega.

Es bestand eine Art von unsichtbarer Hülle, in der die beiden Elternteile steckten und in die niemand anders eindringen konnte, bei aller Liebe zu den Kindern eben auch diese nicht. Von anderen Familien kannten wir ganz anderes, entweder Streit oder eisiges Schweigen oder eine superschnelle Routine, in der selbst der Streit zu kurz kam, mitunter eine inszenierte Fröhlichkeit an Grillnachmittagen, die ohne Alkohol kaum möglich gewesen wäre. Nicht, daß meine Eltern dem Alkohol entsagt hätten, aber sie genossen ihn immer gemeinsam, unter ihrer unzerbrechlichen Glocke, ausschließlich Wein, Weißwein, auch im Winter. Wenn ich an sie denke, sehe ich sie oft mit diesen langstieligen Gläsern und wie sie anstoßen und es klingen lassen, aber es hört sich meistens sehr gedämpft an, wohl der Hülle wegen. Und dabei blicken sie sich an, als wäre es ihr erstes Rendezvous.

Und diese Eltern also lehnten es strikt ab, die Fenster zu »verbarrikadieren«, wie sie das nannten, auch am Abend und in der Nacht nicht.

Glücklicherweise wohnten wir im obersten Stockwerk eines Hauses, das höher war als die umliegenden. Keiner von uns brauchte zu fürchten, von den Nachbarn gesehen zu werden, wenn man nackt im Bad stand oder beim Essen war oder beim Spielen oder Schlafen. Oder wenn ich, der Kleinste und Jüngste in der Familie, auf einem Seil durch mein Zimmer schwang.

Da waren noch mein Bruder und meine Schwester, aber jeder von uns hatte sein eigenes Zimmer. Schien der Mond, war es manchmal so hell, daß ich mir vorkam wie auf einem Gletscher. Ich war noch nie auf einem gewesen, stellte ihn mir aber genau so vor, wenn in wolkenlosen Nächten die Fläche des ewigen Eises leuchtet. Mein Bett war dann quasi ein Gletschergrab. – Das war meine Vorstellung, sich beim Schlafen auf das Totsein vorzubereiten. Übungshalber tot sein, so, wie man sich im Möbelhaus angezogen auf ein Bett wirft und erklärt, man würde hier Probeliegen.

Wenn der Mond aber nicht schien, bekam ein anderes Licht seine Chance, das der sehr viel tiefer gelegenen Straßenbeleuchtung. Dann haftete den Gegenständen und den Wänden des Zimmers ein gelblicher Schimmer an. In einer Weise, die bei mir – der ich ja so viel ans Sterben dachte – zu der Idee führte, ein ganzer Packen alter Langenscheidt-Taschenbücher würde an diesem Ort sein Lebenslicht aushauchen. Daß sich hier nach und nach mehrere Jahrgänge von Englisch-Deutsch und Deutsch-Englisch vom Leben verabschiedeten, aber immer noch ein bißchen nachglühten.

Ich war soeben aufs Gymnasium gewechselt, und diese gewisse Fröhlichkeit, mit der ich in der Grundschule die englische Sprache eher *geschmeckt* als *gelernt* hatte, war nun abrupt einem konsequenten Programm gewichen. Englisch wirkte völlig verändert. Gerade noch eine freundliche Sprache, erschien sie jetzt bedrohlich. Eine verseuchte Landschaft. Die Englischlehrerin wiederum war das, was die Älteren eine Sexbombe nannten. Aber vom Sex besaß ich allein eine dumpfe Ahnung. Aus der Ferne wirkte der Sex auf mich wie eine komplizierte Sporttechnik. In der Art von Geräteturnen. Wenig Spaß, viel Verletzungsgefahr. Doch Sport war so unvermeidlich wie Englisch. Die Welt bei aller Vergnüglichkeit eine Qual. Sexbomben so streng wie die Punkterichter beim Eistanzen. Um so mehr beruhigte mich die Vorstellung, dieses über die Bettdecke und Spielsachen und die Tapete verstreute gelbe Licht stamme von verlöschenden Schulwörterbüchern.

Es war jedoch eine helle Mondnacht, als ich es das erste Mal sah: das grüne Rollo. Mit dem Kopf halb unter der Bettdecke, war es zunächst das Geräusch, das mich aufschrecken ließ. Eines, das ich von meiner Großmutter kannte, der es nämlich nicht egal war, ob man ihr quasi in den Bauchnabel sehen konnte, und die darum durchaus Vorhänge und Rollos und Rolläden in ihrer Wohnung hatte und sie auch benutzte. Ich vernahm also das großmütterliche Geräusch einer an einer Schnur heruntergezogenen und sich dadurch entrollenden Bahn von festem Stoff, bis dieser auf der gewünschten Höhe gestoppt wurde und sodann eine Feder einrastete. Als sage jemand kurz und rasch: »Gebongt!«

Ein Rollo?!

Ich zog vorsichtig die Decke zur Seite. Sofort war klar, daß sich etwas geändert hatte. Das Licht war anders. Nicht weiß, sondern grün. Vor dem gesamten Fenster spannte sich das Rechteck einer heruntergelassenen Stoffbahn, deren grüne Färbung eher dunkel als hell war, wobei allerdings dank des kräftigen Mondlichts viel von dem Grün – Flaschengrün, auch was den Glanz betraf – ins Zimmer getragen wurde. Es war, als säße ich in einem Gewächshaus.

»Mama?« fragte ich, weil ich für einen Moment mir nichts anderes vorstellen konnte, als daß meine Mutter im Zimmer stand und soeben an einer Verankerung, die mir nie aufgefallen war und von den Vormietern stammen mußte, ein Rollo aufgehängt hatte. Um mir nach all den vorhanglosen Jahren doch noch den Luxus eines bei Vollmond verdunkelten Zimmers zuzubilligen.

Ich schaute auf meinen Radiowecker. 23:02. Erneut rief ich nach meiner Mutter. Keine Antwort.

Natürlich kam keine Antwort. Warum sollte meine Mutter mitten in der Nacht etwas Derartiges tun? Das hätte nicht zu ihr gepaßt. Am ehesten mochte es ein dummer Scherz meines Bruders sein. Er war zwei Jahre älter und behauptete eine Überlegenheit, die körperlich auch gegeben war. Es war ein ständiges Stänkern, ein Rempeln und Ärgern, eine Lust an kleinen Gemeinheiten, für die er keinen echten Anlaß benötigte. Heute, viele Jahre später, würde ich sagen, mein Bruder hat sich überhaupt nicht verändert. Das tun sowieso die wenigsten Leute. Ein Sadist auf dem Spielplatz wird selten anders, nur weil er größer und schwerer wird und seine Bildung zunimmt. Selbige nutzt der geborene Sadist allein, um seinen Trieb zu perfektionieren. Ich weiß schon, daß viele das anders sehen, aber ich habe es nie erlebt, daß die Erziehung einen Menschen wirklich ändert. Die, die als Schildkröten auf die Welt kommen, bleiben auch Schildkröten. Säbelzahntiger bleiben Säbelzahntiger.

Ich hockte in meinem Bett und rief den Namen meines Bruders. Erneut keine Antwort. Wäre er hiergewesen, er hätte etwas gesagt oder getan. Sein Sadismus war gepaart mit Ungeduld.

Nein, das Rollo stammte nicht von meinem Bruder. Ich begriff, daß ich alleine im Zimmer war.

Natürlich bekam ich Angst. Aber nicht so eine, wie man sie beim Vokabeltest hat oder wenn man an einer Gruppe älterer Jungs vorbeimuß, die einen schon aus zehn Metern Entfernung komisch anschauen. Die Angst war nicht schwarz, sie war grün. Und sie brachte mich dazu, mich vorsichtig an das Kopfende des Bettes zu setzen und mir, auf den Fingernägeln kauend, den Stoff anzusehen, der da vor dem einzigen Fenster meines Zimmers hing.

Durch das Leinen hindurch konnte man die dahinterliegende Landschaft erkennen. In der Tat »Landschaft«, denn es handelte sich nicht um das vertraute Dächermeer der Stadt, in der ich lebte und in der unser Haus stand. Stattdessen zeichnete sich deutlich das Bild einer unterseeischen Gegend ab, mit Korallen und Wasserpflanzen und großen Muscheln, nicht aber mit Fischen, alles war starr. Die obere Hälfte des Ausblicks befand sich über der Wasseroberfläche, zeigte einen von Nachtwolken belebten Himmel und in einer Wolkenlücke das klare Rund des vollen Mondes. Dies alles wirkte überaus graphisch, und einen Moment lang glaubte ich auch, es handle sich um eine Zeichnung auf der Stoffbahn, die nun im Mondlicht deutlich hervorstach. Weshalb also die Mondscheibe als einziges Objekt *kein* Abbild gewesen wäre, sondern echt.

Nun, ein bemaltes oder bedrucktes Rollo war keineswegs phantastisch zu nennen. Allerdings stellte sich dann noch immer die Frage, woher das Ding so plötzlich gekommen war. Zudem vernahm ich jetzt auch die Geräusche eines Meeres: bewegtes Wasser und bewegte Luft. Die Töne drangen ganz eindeutig aus dem Rollo. Wobei nicht auszuschließen war, jemand habe hinter der Stoffbahn kleine Boxen aufgestellt. Ich mußte ans Theater denken, an ein Bühnenbild und an die Tricks, mit denen man im Theater derlei Phänomene wie Wind und Regen und Gewitter erzeugte.

Wäre mein Geburtstag gewesen, ich hätte es für eine verrückte Art von Überraschung gehalten.

Aber der Geburtstag war lange vorbei. Ich glitt aus dem Bett und bewegte mich mit kleinen Schritten – die Ferse des einen Fußes dicht vor die Zehen des anderen setzend, als müßte ich meine Verkehrstüchtigkeit beweisen – hinüber zum Lichtschalter. Ich legte meinen Finger an und drückte nach unten.

Nichts!

Indem ich die Deckenlampe anknipste, war das Rollo verschwunden. Das Fenster kahl wie immer. Draußen die Stadt und der Mond, allerdings an einer anderen Stelle als auf dem Stoff, was nur bedeuten konnte, daß der Mond auf dem Rollo Teil des Aufdrucks, Teil der Meereslandschaft gewesen war.

Ein Rollo allerdings, das es gar nicht gab. Zumindest nicht bei Licht betrachtet. Genauer gesagt, beim Licht einer Glühbirne betrachtet.

Klar kam ich auf die Idee, die Beleuchtung wieder auszuschalten und nachzusehen, ob dann erneut das grüne Rollo auftauchen würde. Entschied mich aber dagegen, ließ sie an und legte mich ins Bett. So schlief ich ein.

Als am nächsten Morgen meine Mutter ins Zimmer trat und mich weckte, fragte sie, ob denn die ganze Nacht die Lampe gebrannt habe. Eine Lampe, die sie schließlich selbst ausgeschaltet habe.

»Ich war auf dem Klo, Mama«, sagte ich.

»Ist das ein Grund, das Licht anzulassen?«

»Nein.«

»Weißt du, Schatz, das ist Energieverschwendung. Das muß nicht sein. Du bist kein Baby mehr.«

Da war er wieder, dieser blaßbraune Streifen auf der Unterhose, den kein noch so kräftiges Waschmittel wegbekam.

2

Eines kann man wirklich sagen: Nach diesem Rollo hätte man die Zeit stellen können.

Als ich in der nächsten Nacht vom Geräusch der heruntergezogenen (oder sich selbst herunterziehenden) Stoffbahn erwachte und gleich darauf die grünliche Färbung des Raums feststellte, stellte ich eben auch fest, daß die Leuchtziffern meines Radioweckers erneut zwei Minuten nach elf zeigten. Ich vermied es jedoch vorerst, hinüber zum Fenster zu schauen, und verkroch mich stattdessen unter die Decke. Dort unten – tief in meinem Gletschergrab – überlegte ich, ob ich das Ding einfach ignorieren sollte. Vielleicht war es bloß etwas aus meiner Phantasie, eine Einbildung. Ich hatte gehört, daß kleinere Kinder manchmal Personen sahen, die gar nicht dawaren. Sie hatten unsichtbare Freunde oder meinten, ihre Stofftiere würden sprechen. Einige erzählten sogar, der verstorbenen Oma und sonst jemand Totem begegnet zu sein, oder behaupteten, ihr Meerschweinchen habe einen Kopfstand gemacht und dabei die Hinterbeine im Lotussitz verschränkt. Bei mir war das nie der Fall gewesen. Möglicherweise war dieses grüne Rollo also eine zu spät gekommene Einbildung, etwas, das sich eigentlich vor fünf, sechs Jahren hätte einstellen müssen, es aber erst jetzt tat.

Doch warum ein Rollo und wieso grün?

Noch immer unter meiner Decke versteckt, vernahm ich

das Geräusch von Wellen, die gegen Felsen klatschten. Was bedeuten mußte, daß auf dem Rollo erneut das Bild vom Vortag zu sehen war. Und zum Bild gab es ein Toben. Wenigstens kein Monstertoben, ein Meerestoben. Das beruhigte mich etwas. So schob ich die Decke bis zum Kinn hinunter und spähte hinüber zu dem verhängten Fenster. Richtig, es war die gleiche Landschaft, allerdings meinte ich eine Dynamik zu erkennen. Zum Brausen der Wellen und des Windes und zu den vereinzelten Rufen von Meeresvögeln kam nun das tatsächliche Wogen des Wassers, auch das Gleiten der Wolken. Zudem roch ich die Meeresbrise und schmeckte das Salz in der Luft. Ich sagte mir: »Das Rollo lebt.«

War das ein gutes oder ein schlechtes Zeichen, wenn etwas lebendig wurde? Denn im großen und ganzen konnte man schon sagen, alles Lebendige tendiere dazu, sich dadurch am Leben zu halten, etwas anderem das Leben zu nehmen. Oder wenigstens dieses andere Leben kleiner und ärmer zu machen.

Ich war bereits alt genug, mir Gedanken darüber zu machen, wie die Wurst auf mein Brot gekommen war und was alles hatte geschehen müssen, *damit* sie dorthin kam. Viel Unschönes. Was mich veranlaßt hatte, mehr Käsebrote zu essen. Aber auch der Käse kommt nicht von der vielen Liebe auf die Welt. Indem ich am Leben war, indem ich atmete und mich ernährte und Ansprüche hatte, verursachte ich Schaden. Nicht gerne, oft unbewußt, aber was nützt das der Kuh, die in einem Melkautomaten steckt oder der ein Bolzen in den Kopf geschossen wird, daß ich nicht dabeiwar und keine Ahnung hatte?

Hatte das Rollo ebenfalls Ansprüche? War es hier, um mir etwas zu nehmen? Oder kam es von Gott, einem definitiv gütigen, und war darum in der Lage, etwas zu geben, ohne dafür nach meiner Seele zu verlangen, wie es das getan hätte, wäre es vom Teufel gekommen?

Weil ich diese Fragen nicht beantworten konnte, stieg ich aus dem Bett, huschte rasch zum Schalter hin und bereitete dem Spuk ein Ende. Auch diesmal verschwand das Rollo, sobald das Licht zu brennen begann.

Ich ließ es an und kehrte ins Bett zurück. Obwohl der nächste Tag ein Samstag war und damit schulfrei, stellte ich mir den Wecker. Ich wollte noch vor meiner Mutter aufstehen, um mir die Frage zu ersparen, warum ich schon wieder bei Licht geschlafen hätte. Und ob es Probleme in der Schule gebe, mit den Lehrern oder mit anderen Schülern. – Merkwürdiges Verhalten führte bei den Eltern so gut wie immer dazu, sich nach der Schule zu erkundigen.

Nacht 3. Ja, ich begann, die Nächte zu zählen. In dieser dritten Nacht beschloß ich, so lange das Licht anzulassen und aufzubleiben, bis es zwei Minuten nach elf war. Danach könnte ich noch eine Weile warten und erst dann ausschalten. Ich fand das eine gute Idee und hatte dank meines Gameboys wenig Probleme, die Augen offen zu halten. Mutter und Vater saßen vor dem Fernseher und tranken ihren Weißwein. In der Regel waren sie keine großen Kontrolleure. Schon gar nicht, wenn sie unter ihrer gläsernen Glocke hockten und nur noch Augen füreinander hatten. (Richtig, der Fernseher lief, aber sie schienen nie zu wissen, was für Sendungen und Filme sie sich da angeblich anschauten. Auf manche Nachfrage gaben sie dann Antworten wie: »Ach, so gut war der Film gar nicht.« Oder: »Den kann man nicht erklären.«)

So konnte ich also ungestört den Zeitpunkt abwarten, der mich in den letzten beiden Tagen so stark beunruhigt hatte. Verpaßte allerdings den Moment, da die Uhr von 23.01 auf 23.02 umsprang. Das schon, nicht aber, wie jetzt ohne mein Zutun das Licht ausging und ich im Dunkeln saß. Es folgte das Geräusch des Rollos, und gleich darauf erfüllten Schlieren von Grün mein Zimmer.

Ich sagte: »Scheiße!« Und ich denke, daß dieses Wort nie zuvor mit solcher Berechtigung meinen Mund verlassen hatte. Mehr aber sagte ich nicht, sondern hielt den Atem an. Ich hörte mein Herz. Es schlug mir gegen die Brust, als wäre es jemand, der aus einem verschlossenen Raum hinausmöchte und mit der Faust gegen die Türe trommelt. Während ja meine eigene Zimmertür durchaus zu öffnen war. Warum also nicht ...?

Doch ich blieb erstarrt. Mein Herz pochte, und meine Haut war eine Gans, aber meine Beine waren aus Stein. Auf dem Rollo war wieder das wilde Meer zu sehen, dazu ein Mond, der zwischen den dahinziehenden Nachtwolken mal nebelig auseinanderfloß, dann wieder klar und rund dastand und der eben nicht allein die peitschende See und all die Schneckengehäuse und Muscheln und das sich wiegende Seegras beleuchtete, sondern auch mein Zimmer. Während der richtige Mond, der draußen über der Stadt hing, hinter dichten Wolken praktisch unsichtbar gewesen war.

Aber konnte man überhaupt von einem »falschen Mond« sprechen? Das grünliche Licht, das er in mein Zimmer warf, schien alles andere als unecht. (Ich dachte bei diesem Grün übrigens nicht an den Matrixfilm, den ich noch gar nicht hatte sehen dürfen, sondern an Kryptonit, ein Mineral, das Superman schwächen und sogar töten konnte, doch für den Menschen in der Regel als unbedenklich galt; allerdings war das Grün in meinem Zimmer eine Spur blasser, Kryptonit mit ein wenig Deckweiß vermischt.)

Ich träumte nicht und phantasierte nicht. Außer ich war verrückt geworden. Aber das hätte ich merken müssen. Eine Verrücktheit begriff man doch, oder? Eher war ich ein normaler Junge mit mittelmäßigen Noten, vom Genie so weit entfernt wie vom Vollidioten. Nein, das war kein falscher Mond. Sowenig ein gemalter wie ein bloß geträumter.

Als ich meine Beine wieder spürte, stieg ich langsam vom

Bett und bewegte mich auf den Lichtschalter zu. Blieb diesmal aber auf der Hälfte des Weges stehen und tat einen Schritt auf das Rollo zu. Ich meinte jetzt den Wind zu fühlen, der mir durchs Haar fuhr und auch dort kleine Wellen erzeugte. Meine Nase kitzelte, und ich glaubte, etwas Sand auf den Wangen zu spüren. Dazu kam … nun, ich bemerkte eine Anziehungskraft, eine magnetische Wirkung, leicht nur, aber so, daß mir klar wurde, wie mit jedem Zentimeter, den ich näher käme, die Kraft zunehmen würde, vielleicht sogar so stark, mir jegliche Kontrolle zu rauben. Weshalb meine nächsten Schritte nicht nach vorn führten, sondern zur Tür hin, in Richtung des Lichtschalters. Mein Blick blieb aber auf das Rollo gerichtet, und indem ich nun von der Seite her auf das Leinen blickte, erkannte ich …

Wie soll ich das erklären?

Das Meer und der Felsen hörten ganz plötzlich auf, eine Grenze, wie mit einem Lineal gezogen, und jenseits dieser Linie sah ich eine Ansammlung von Personen. Sie standen dicht gedrängt, waren ebenfalls in das grüne Licht getaucht und besaßen die faserige Struktur des Rollostoffs. So eng, wie sie standen, konnte ich ihre jeweilige Gestalt schwer ausmachen, doch schienen sie mir alle eher dünn. Am wenigsten konnte ich ihre Gesichter erkennen, was daran lag, daß ein jeder von ihnen sich ein Fernglas vor die Augen hielt. Und ich brauchte nicht lange zu überlegen, wer es war, den sie da beobachteten. Ich stürzte auf den Lichtschalter zu und hieb dagegen.

»Was machst du denn?« Es war Mutter. Sie hatte Geschirr in der Hand. Unsere Küche lag etwas ungünstig, beim Weg vom Wohnzimmer in die Küche mußte man an allen anderen Räumen vorbei. Es war also nicht so, daß Mutter spionierte, sondern sie war einfach hier langgegangen, hatte den Lichtstreifen gesehen und wollte nun wissen, wieso ich noch auf sei. Wochenende hin oder her.

»Da war was«, sagte ich.

»Was war da?«

»Ein Geräusch«, erklärte ich. Nicht, daß ich vorhatte, ihr vom Meer und vom Mond und von den Gestalten mit den Ferngläsern zu berichten. Noch nicht. Ich wollte mir vorher sicher sein.

Sicher in welcher Hinsicht? Nicht der einzige zu sein, der ein Rollo wahrnahm? Wäre dann nicht jetzt der beste Moment gewesen, das Licht auszuknipsen und zu überprüfen, ob die Mutter das gleiche sah?

Was aber, wenn nicht? War ich dann doch verrückt? Zurückgeblieben? Weil sich ja eher die Vierjährigen solche Dinge einbildeten? Hätte ich dann zum Arzt gemußt und vom Arzt zum Psychiater?

Meine Mutter stellte das Geschirr weg und nahm mich in den Arm. Offensichtlich war ihr der Schrecken in meinem Gesicht aufgefallen, und sie meinte, ich hätte schlecht geträumt.

Sie stellte sich auf die Zehen und küßte mich auf den Scheitel. Sie sagte oft, sie wolle es noch auskosten, mir von oben her einen Kuß geben zu können. Sie war recht klein, und ich selbst gerade stark am Wachsen. Bei der Schuhgröße hatte ich sie bereits eingeholt. Darum nutzte sie jede Gelegenheit, mir einen Kuß dorthin zu drücken, wo meine höchste Stelle war, also quasi mein Gipfel.

Sie schob mich zurück ins Bett, deckte mich zu, als schlösse sie eine Teigtasche, und erzählte mir von ihrer Schulzeit und daß sie damals alles viel zu schwer genommen habe. Sie sagte: »Später weiß man es dann. Blöd nur, daß man es nicht vorher weiß. Aber man sollte sich immer wieder vor Augen halten, wie wenig von der Schule übrig bleibt, wenn sie mal vorbei ist. Die Noten lösen sich in Luft auf. Schau dir den Papa an!«

Richtig, mein Vater war mit Ach und Krach durchs Gymnasium gekommen. Oma erzählte, wie man so sagt, Haarsträubendes. Trotzdem war er ein erfolgreicher Architekt geworden, auch wenn ich froh war, daß es die Mutter war, die unsere Wohnung eingerichtet hatte. Papa hatte viele Preise bekommen, aber mir war schleierhaft, wofür genau. Wenn ich durch seine Bauten ging, kam ich mir wie auf einem Schachbrett vor. Und zwar immer nur vom Standpunkt eines kleinwüchsigen Bauern aus betrachtet, der als erster in die Schlacht geschickt wird.

Natürlich begriff ich, warum meine Mutter das jetzt alles erwähnte. Offensichtlich dachte sie, daß gerade am Wochenende sich die Angst vor einer ganzen, sich ewig dahinziehenden Schularbeitswoche aufstaute und mir Alpträume bescherte.

War es das vielleicht wirklich? Sah ich das grüne Rollo, nur weil ich jetzt aufs Gymnasium ging?

»Schlaf schön.« Mama hatte wirklich eine gute Stimme. Selbst wenn sie genervt war, und erst recht, wenn sie müde war. Wenn sie müde war, klang sie so, wie ich mir vorstellte, daß Schutzengel reden, die zwar nie schlafen – denn ein unterbrochener Schutz wäre so gut wie keiner –, dafür aber phasenweise sehr viel ermatteter sind als die Menschen. Und trotzdem stets super klingen. Sexy, aber nicht sexy wie diese Englischlehrerin. (Später sollte ich ein höchst auffälliges Faible für Frauen haben, die müde klangen. Das ist kein Witz, ich suchte erschöpfte Frauen und fand sie etwa an der Kassa von Supermärkten. Nicht aus perversen Gründen, ich liebte diese Frauen. Ihre aus der Müdigkeit erwachsene Schönheit. Zwei solche Schönheiten heiratete ich sogar. Was auf Grund meiner eigenen gesellschaftlichen Stellung viele meiner Bekannten für Sozialromantik hielten. War es aber nicht. Die engelhafte Müdigkeit, die ich suchte, war im akademischen Bereich einfach nicht zu finden. Ja, viel Streß natürlich, viel Gejammer wegen der Terminflut und der Verpflichtungen. Bei Akademikerinnen erweist sich selbst der Besuch beim Friseur als aufreibender Akt. Oder die Überwachung eines Büfetts, das sie selbst gar nicht zubereitet haben. Doch ich sehnte mich eben nicht nach dem Erschöpftsein der Friseurkundinnen, sondern nach dem der Friseusen.)

Meine Mutter sagte also: »Schlaf schön!«, schaltete das Licht aus und ging.

Und zwar so rasch, daß sie bereits die Tür hinter sich geschlossen hatte, bevor sich der grüne Schein wieder bemerkbar machte. Es dauerte ein wenig, bis das Rollo in der Dunkelheit erneut seine Strahlkraft entwickelt hatte und das Meer zurückgekehrt war. Das Rauschen der See schwoll an, während sich die Schritte meiner Mutter entfernten.

Ich zog wieder die Decke über den Kopf und dachte nach. Wieso war ich mir so sicher, daß *ich* es war, den die Leute dort drüben mit ihren Feldstechern beobachteten? Auch fragte sich, ob sie in der Lage waren, mit ihren Geräten praktisch um die Ecke zu schauen, oder mich vielleicht nur sehen konnten, wenn ich selbst seitlich zum Rollo stand. – Wer weiß, vielleicht betrachteten sie ja nur Vorgänge, die sich innerhalb des Rollos abspielten, dort, wo das Meer war. Vielleicht waren es Vogelkundler. Seevogelspezialisten. Mir war einmal eine Fernsehsendung über solche Vogelforscher untergekommen. Ganz ähnlich hatte das ausgesehen. Birdwatching! Richtig, das war das englische Wort. Überhaupt Englisch! Ich griff nach meiner Taschenlampe und meinem Vokabelheft und begann unter der Decke zu üben. Die englische Sprache war jetzt wie ein Bollwerk gegen den Alptraum, der vor meinem Fenster hing. Mit einer Vokabel zwischen den Lippen, einem fadenförmigen kleinen Ding, schlief ich ein.

3

Am nächsten Morgen beim sonntäglichen Frühstück meinte mein Vater, ich hätte so kleine Augen wie ein gerade zur Welt gekommenes Hundebaby. Ich fand das ein schlechtes Bild. Eher wähnte ich mich alt, als würden schon sehr viel mehr Jahre in meinen Knochen stecken als bei einem Fünftklässler üblich. Jedenfalls hätte mir jetzt ein Schluck Kaffee wirklich geholfen. Bei meiner Oma durfte ich hin und wieder aus ihrer Tasse nippen und fühlte mich hernach belebt und erfrischt. Weil aber meine Eltern diesbezüglich durchaus konventionell dachten und niemals eine Ausnahme machten, blieb mir nur, wenigstens meine Nase über die Tasse meines Vaters zu halten und den Dampf zu inhalieren. Vater lachte. Mein Bruder hingegen meinte nur: »Meine Güte, du bist wirklich ein Clown!«

Meine Schwester sagte nichts. Sie war die Erstgeborene, ja eigentlich könnte man sagen, sie stammte aus einer anderen Zeit. Sie machte in diesem Jahr ihren Abschluß, sie hatte einen Freund, einen Führerschein, und Vater wie Mutter gingen sehr vorsichtig mit ihr um. Vielleicht wegen ihrer Krankheit. Wobei ich nicht wußte, was für eine. Da war nichts zu sehen. Sie war nur extrem dünn. Aber das war wohl bei einer ganzen Menge von Krankheiten der Fall, auch bei geistigen. Ohnehin hielt ich es im Falle meiner Schwester eher für etwas, was mit ihrer Seele zu tun hatte. Stellte mir nun allerdings die Frage, ob ich das nicht lieber bei mir selbst annehmen sollte. Nämlich, inwieweit das Rollo in Wirklichkeit eine Krankheit in meinem Kopf war. A green disease.

Übrigens saß meine Schwester nur ausnahmsweise mit am Frühstückstisch. Ich hatte sie noch nie etwas essen gesehen. Vielleicht früher, aber daran konnte ich mich nicht erinnern. Sie war bloß hier, weil sie von Vater Geld brauchte. Er gab es ihr, ohne Geschichten zu machen. Aber sein Blick war der gleiche gewesen, als er einmal einem Bettler einen ganzen Geldschein in die Hand gedrückt und erklärt hatte: »Kaufen Sie sich was zum Essen!« Und in seinem Blick zugleich die Gewißheit gesteckt hatte, wie wenig das mit dem Essen der Fall sein würde.

Es wurde ein langer, zäher Tag, und erst am Nachmittag beim Fußball ging es mir besser. Ja, indem ich mich bewegte, hörten die Knochen auf, sich so alt anzufühlen. Es war wieder Leben in meinem Saurierskelett.

Nacht 4 erwartete mich. Ich stellte den Wecker auf genau dreiundzwanzig Uhr. Mein Plan war, mich rechtzeitig vor das Fenster zu stellen und dann zu beobachten, in welcher Weise das Rollo erscheinen würde. Entweder so, wie es sich anhörte, von oben nach unten, oder aber es würde »auftauchen«, von unten kommend, praktisch aus demselben Meer steigend, das es abbildete.

Um neun ging ich zu Bett, obwohl ich glaubte, viel zu aufgeregt zu sein, um einschlafen zu können. Doch der Schlaf kam dennoch, auch wenn man nie richtig sieht, *wie* er kommt.

Als zur geplanten Zeit der Wecker läutete – unter meiner Decke, um nicht etwa die Eltern aufzuschrecken –, erwachte ich wie von einem Schlag. Praktisch einem umgekehrten Schlag, der einen nicht ausknockt, sondern aus dem K. o.

herausreißt. Allerdings fehlte mir nun doch der Mut, hinüber zum Fenster zu gehen und auf das Rollo zu warten. Ich blieb noch liegen, ohne mich zu rühren, und starrte auf die roten Ziffern des Weckers. Schaute zu, wie da eine Minute auf die nächste folgte, solange, bis es acht nach elf war und ich vorsichtig die Decke zur Seite schob.

Ich will mal so sagen: Wären die Lichtstreifen in meinem Zimmer weiß vom Mond oder gelb von den Straßenlaternen gewesen und nicht grün vom Rollo, ich wäre enttäuscht gewesen. Natürlich auch erleichtert. Sehr erleichtert, trotzdem enttäuscht.

Was ich nicht zu sein brauchte. Das obligate Grün bestimmte den Raum. Keine Zeit für Entspannung. Es galt weiterhin, daß ich entweder wahnsinnig war oder der »lebendige« Stoff tatsächlich existierte.

Ich zog mir jetzt nicht nur Socken, sondern auch Schuhe an und fühlte mich dadurch sehr viel sicherer. Das war nämlich in den vergangenen Nächten ein Fehler gewesen, barfüßig marschiert zu sein. Wer kaltes Blut will, braucht warme Füße. Außerdem kann man dann leichter auf Dinge drauftreten, mit denen man nicht rechnet: Schlangen, Glassplitter, Schnecken. Und selbst wenn eine Hand einen am Knöchel packt, ist es ein Unterschied, ob man an der Stelle nackt ist oder nicht.

Auf diese Weise ausgerüstet, bewegte ich mich von der vorderen Bettkante frontal auf das Rollo zu und hielt in dem Moment inne, als ich erneut die Kraft spürte, die mich auf diese magnetische Weise anzog. Ich konnte im gegrünten Lichtschein sogar sehen, wie die Härchen auf meinem Handrücken zum Rollo hingebogen wurden und dabei leicht flatterten. Anstatt mich nun aber wie in der Nacht zuvor rechter Hand auf den Lichtschalter zuzubewegen, tat ich einen Schritt nach links und dann noch zwei weitere.

Meine Idee war nachzusehen, ob sich auf der anderen

Seite des Meers ebenfalls ein *Schnitt* befand und jenseits dieses Schnitts erneut Leute mit Ferngläsern standen.

Nun, der Schnitt existierte tatsächlich, sodaß man insgesamt glauben konnte, das Meer und der Himmel, der Mond und die Wolken steckten wie in einem gläsernen Gefäß, einem Aquarium. Als mein Blick jetzt aber an der Begrenzung des Wassers vorbeiführte, sah ich … Ich war mir nicht sicher, was ich da überhaupt sah, und ging darum näher heran, so weit, bis ich wieder spürte, wie sich alle meine Härchen zu der Textilie hinkrümmten, auch die Augenbrauen, und selbst mein Kopfhaar nach vorne geriet, als wäre es ein verrutschendes Toupet. Zudem lösten sich Fussel von meinem Pyjama und flogen auf das Rollo zu. Ich hätte aber nicht sagen können, ob sie auf der Fläche klebenblieben oder in das Gewebe hineingezogen wurden.

Von meiner Position aus erkannte ich rechts vom »Aquarium« so ein Laufband, wie manche Leute sie zu Hause stehen haben, um zum Joggen nicht auf die Straße oder in die Natur zu müssen. Das Gerät wirkte riesig im Vergleich zu der kleinen Gestalt, die sich darauf bewegte: laufend, keuchend, ja, ich konnte jetzt wirklich den angestrengten Atem herüberhören. Und dieses Atemgeräusch war es, welches mir klarmachte, nicht etwa ein kleiner Mann oder eine kleine Frau würden über dieses surrende Band laufen, sondern ein Kind, ein Mädchen. Nur Kinder keuchen so. Als quälte sich eine Märklin-Eisenbahn durch enge Tunnels. Ihr langer Zopf sprang zwischen den Schultern hin und her. Das Gesicht selbst konnte ich nicht erkennen, hingegen erblickte ich … mein Herz hörte auf, gegen meinen Brustkorb zu klopfen und wurde ganz leise. Denn was ich sah, war ein Seil, das um den Hals des Mädchens gebunden war. Nicht etwa ein Faden, sondern ein fast waagerecht gespannter dicker Strick, wie er früher zum Erhängen von Menschen gedient hatte. Dieser Strick war am Vorderteil der Maschine befestigt. Es bestand kein Zweifel: Das Mädchen war gezwungen, ihr Tempo beizubehalten, damit die Spannung des Seils nicht noch zunahm. Es war ihr unmöglich, sich zu befreien oder das Gerät außer Betrieb zu setzen. Sie war gefangen, und sie mußte laufen, um nicht erdrosselt zu werden.

Ich überlegte, ob es ihr nicht möglich gewesen wäre, durch einen kurzen Spurt das Seil praktisch einzuholen und dadurch etwas durchhängen zu lassen. Dann hätte es ihr vielleicht gelingen können, auf einen der seitlichen Podeste der Maschine zu springen und ... Nein, dieses Seil schien die vollkommene Kontrolle über die kleine Läuferin zu besitzen und jeglichen Regelbruch zu bestrafen.

Schwer zu glauben, es handle sich hier um eine vollkommen idiotische Weise, die eigene Kondition zu steigern. Das Mädchen tat dies sicher nicht freiwillig. Sie war kleiner und dünner als ich. Wobei ich deutlich sah, wie gut sie rennen konnte. Ein Glück. Wäre sie langsamer gewesen ...

Ich machte drei Schritte zur Mitte hin und verlor darum den Blick auf die Laufmaschine. Da waren wieder allein das Meer, die Wolken und der Mond.

Ich war jetzt klatschnaß von Schweiß und zitterte. Schloß meine Augen und bewegte mich blind hinüber zum Schalter, den ich ertastete und abwärtsdrückte.

Das Licht drang durch meine geschlossenen Lider wie ein Mann, der durch Wände geht und dabei grüßend seinen Hut lüpft.

Als ich die Augen öffnete, war alles beim alten. Ein Fenster ohne Rollo. Kein Meer, kein Laufband, kein Mädchen. Aber ich schmeckte noch immer das Salz in der Luft. – So eine Geschichte, wie ich sie jetzt erlebte, konnte man, wenn überhaupt, nur als Geschichte ertragen, als etwas, was man las oder vorgelesen bekam oder in einem Kinofilm sah. Aber doch nicht als Realität! Das war schließlich der Sinn von Geschichten, nicht wirklich zu geschehen, nur als »Bilder« zu existieren, als etwas Angenommenes. Zusammen mit einer Altersempfehlung. Und wenn man die Geschichte nicht mochte, konnte man das Buch wenigstens zuschlagen. Oder den Fernseher ausmachen. Den Computer abstellen. Aus dem Kino laufen. Nie wieder mit der Geisterbahn fahren. Den Erzähler einfach bitten, mit dem Quatsch aufzuhören.

Wäre dies doch bloß eine Geisterbahn oder eine Erzählung gewesen!

Immerhin, ich hatte die Möglichkeit, Licht zu machen und damit die Verhältnisse zu ändern. Allerdings fragte ich mich, was in der Zwischenzeit mit dem Mädchen geschah, die in diesem Rollo steckte. Durfte sie zu laufen aufhören, sobald in meinem Zimmer eine Glühbirne brannte oder der Tag anbrach? Hatte sie dann Pause? Existierte sie bloß so lange, wie ich sie sah? War das hier eine Geschichte, die zwar tatsächlich geschah, die man aber in Fernsehermanier an- und ausschalten konnte? Nur, daß in diesem Fall das »An« für »Aus« stand?

Ich ließ das Licht brennen, schlüpfte ins Bett und versteckte mich unter der Decke, wo aus dem kalten Schweiß bald ein warmer wurde. Mutter kam in dieser Nacht nicht mehr vorbei. Ich schlief ein und träumte schlecht. Aber gerade diese schlechten Träume bewiesen mir, daß ich das Rollo ganz sicher nicht geträumt hatte. Nie in meinem Leben hatte ich besser unterscheiden können, was allein in meinem Kopf geschah und was außerhalb meines Kopfes. Das Rollo war so echt wie das Mädchen *in* dem Rollo. Aber wer war das, der sie zwang, auf diesem Laufband zu stehen und zu rennen? Um ihr Leben zu rennen.

Es versteht sich, daß ich den ganzen Tag lang über an sie dachte. Ich überlegte, wie ich sie nennen sollte. Was allerdings unsinnig war. Einen Namen zu erfinden, wo sie doch ganz sicher bereits einen besaß. So, wie es unsinnig gewesen wäre, hätte sie umgekehrt *mir* einen Namen gegeben, irgendeinen, der dann mit größter Wahrscheinlichkeit ein anderer gewesen wäre als der, den ich tatsächlich trug. Ich war sowenig eine Einbildung oder Erfindung von ihr wie sie eine von mir.

Hatte sie mich denn überhaupt gesehen? Oder mich zumindest bemerkt, wie man jemand bemerkt, der hinter einem Vorhang steht? Möglicherweise. Die andere Frage war die: Hoffte sie, daß ich ihr helfen könnte? Könnte und auch würde? Wozu ja nötig war, mich praktisch in das Rollo hineinzubegeben. Wenn so was denn funktionierte. In einen Fernseher konnte man auch nicht einfach reinspringen, oder in eine Kinoleinwand und damit in einen Film. Doch … Nun, ein Rollo war etwas anderes. Und immerhin wirkte hier eine starke Anziehungskraft, eine, die auf drei Meter Entfernung Härchen verbog, was ahnen ließ, es könnte mir mehr zustoßen, als bloß mit der Nasenspitze an einem Stück Stoff klebenzubleiben. Nein, eher war zu vermuten, daß, wenn ich einmal den »Punkt ohne Wiederkehr« übertreten hatte, das Rollo mich in seine grüne Welt hineinziehen würde. Diese ganze Situation war eine von diesen übernatürlich natürlichen.

Gerade dort, im übernatürlich Natürlichen, lag eine große Bedrohung. Etwas, das man den Schrecken nannte. Oder das Grauen (wie ich später aus einem Film erfuhr). Ich machte mir echte Sorgen um das Mädchen, obwohl ich in dieser Phase meines Lebens alles andere als ein Mädchenversteher war. Klar, ich hätte mich auch gesorgt, wären auf dem Laufband ein Hund oder ein Zwerg angebunden gewesen oder der Mann aus dem Zeitschriftenladen, bei dem ich meine Comics kaufte. Wobei der Mann nur ein Bein hatte und wahrscheinlich längst umgekommen wäre. Während wiederum ein Hund sich leichter getan hätte, mit dem Laufen wie auch mit dem Umstand einer »Leine«. Nein, hier war ein kleines Mädchen in Not. Zudem war ich überzeugt, die Leute auf der anderen Seite des Meers würden nichts zu ihrer Rettung beitragen.

Eher waren sie schuld daran und beobachteten nun durch ihre Feldstecher, wie der kleinen Zopfträgerin nach und nach die Luft ausging. Ich stellte mir vor, daß es sich bei diesen versammelten Gaffern um echte Sadisten handelte. Das war ein Wort, das ich erst vor kurzem gelernt hatte, ein gutes Wort, weil ich es für eine Menge Personen einsetzen konnte, deren Verhalten ich bis dahin einfach mit »böse« bedacht hatte, ohne damit so richtig zufrieden gewesen zu sein. Zu sagen, etwas sei »böse«, war viel zu allgemein. Böse war eher das Wetter, wenn es stürmte und die Äste knickten. Aber das Wetter war nie sadistisch. Mein Bruder schon, wenn er sich etwa im Flur so hinstellte, daß ich kaum an ihm vorbeikam und mich ganz dünn machen mußte. In seinen Augen war dann ein Funkeln, für das das Wort »böse« viel zu schwach war. Stattdessen: sadistisch. Und genau das galt nun für die Typen mit den Ferngläsern, die nicht einfach nur böse waren wie das Wetter oder wie die Leute, die Kot vor die Türen ihrer Nachbarn legen, weil die eine andere Partei wählen oder so. Nein, hier ging es um mehr, das war offenkundig.

Ich konnte nicht aufhören, an das Mädchen zu denken. Beziehungsweise an mich selbst zu denken und mich zu fragen, wozu ich willens und imstande wäre. Das Ganze zu vergessen ging jedenfalls nicht. Am Nachmittag, als ich über meinen Englischvokabeln wie über einem Inhalationstee hing, entschied ich mich, dem Mädchen zur Hilfe zu kommen. Und beim Abendessen erklärte ich meinen Eltern, falls ich einmal verschwinden sollte, wäre es mir wichtig, daß sie meine Spielsachen nicht weiterverschenkten.

»Ach, machst du schon dein Testament, Alter!?« spottete mein Bruder.

Mein Vater jedoch versicherte, daß er selbstverständlich alles von mir aufheben, ja mein ganzes Zimmer im aktuellen Zustand erhalten würde. Zumindest, solange ich das wolle. – Er dachte wohl an die Zeit, wenn ich längst von zu Hause ausgezogen wäre. Aber sein Versprechen tat mir gut. Man will ja etwas hinterlassen in der Welt, auch wenn man noch ein Kind ist. Denn natürlich war ich noch nicht dazu gekommen, so etwas wie einen Roman zu schreiben oder ein weltbewegendes Objekt zu erfinden, und logischerweise hatte ich noch keine eigenen Kinder in die Welt gesetzt, was ja die beste Art ist zu zeigen, gelebt zu haben. Somit war mein Zimmer – so, wie es aussah, und weil ganz sicher kein zweites vollkommen identisches existierte – das einzige, was ich zurücklassen konnte, zurücklassen als Beweis, überhaupt hiergewesen zu sein.

Es war mir wichtig, das geklärt zu haben. Nur für den Fall.

»Wohin willst du denn verschwinden?« fragte mein Bruder, als ich vom Essen aufstand.

»Ins Grüne«, sagte ich wahrheitsgemäß.

Er meinte, ich solle mich nicht anscheißen wegen des Wandertags morgen.

»He!« rief mein Vater. »So kannst du auf der Straße reden, junger Mann, nicht hier, nicht beim Abendessen.«

Dabei war am nächsten Tag gar kein Wandertag. Sondern Englischtest. Diesen zu versäumen, indem ich für längere Zeit in dem Rollo verlorenging, war sicher die erfreulichste Möglichkeit, die aus meinem Plan hervorging.

4

Einen Plan, den ich gut drei Stunden später tatsächlich umsetzte. Wenige Minuten nach elf stieg ich aus dem Bett und zog mir diesmal nicht nur Socken und Schuhe an, sondern auch einen Sweater über das Pyjamaoberteil. Einen Sweater von Wolfskin, was mir mehr als passend erschien – angesichts der Draußen-vor-der-Tür-Werbung der Wolfshautleute. (Das Beste am Englischlernen ist sicher, sich durch die moderne Warenwelt nicht wie ein dummes Huhn zu bewegen.) Als erstes begab ich mich in die beiden seitlichen Positionen, um festzustellen, daß sowohl die Leute mit den Feldstechern als auch das Mädchen auf dem Laufband auf ihren alten Plätzen waren. Nur, daß das Mädchen sich jetzt an den hohen Griffen der Maschine festhielt, wobei sie ihre Arme anwinkeln mußte. Sie wirkte heute noch viel erschöpfter als am Vorabend, und ich meinte zu hören, wie ihr Atmen viele unregelmäßige Kurven beschrieb, einen verrückten Slalom absolvierend.

    Ich hatte keine Zeit zu verlieren, tat einige Schritte zur Mitte zurück und bewegte mich frontal auf das grüne Rollo zu. Beim zweiten Schritt merkte ich, wie mein Pullover sich nach vorne hin blähte. Ich sah jetzt wohl aus wie eine kleine schwangere Frau ohne Busen. (Ich wurde öfter für ein Mädchen gehalten, vor allem wegen der langen Haare, auch war mein Gesicht eher zart zu nennen. Das war mir manchmal peinlich, gleichzeitig weigerte ich mich, mir die Haare schneiden zu lassen. Ich empfand sie als einen weiteren Beweis für meine Existenz. Sie waren nicht umsonst gewachsen, wie ja auch der Rest von mir nicht umsonst gewachsen war.)

In diesem Moment hätte man sogar behaupten können, ich sei in erster Linie darum gewachsen, um zu tun, was ich tat. Wäre ich kleiner und jünger gewesen, ich hätte mich nicht getraut, wäre ich älter und größer gewesen, wäre ich wahrscheinlich zur Polizei gegangen, einer Polizei, die selten rechtzeitig kam. Die ja oft gezwungen war, ein Verbrechen erst abzuwarten.

Mit einem weiteren Schritt geriet ich vollends in einen heftigen Sog, ja ich fühlte, wie sich meine Beine vom Boden lösten und meine Arme mit der Aufwärtsbewegung in die Waagerechte gerieten. Ich sah kaum etwas, derart wedelten mir die Haare vor dem Gesicht herum. Gleichzeitig spürte ich, wie meine Finger an den Stoff gerieten, spürte das Gewebe und wie es unter dem Druck etwas nachgab. Schon dachte ich, das Rollo würde mich zurückfedern, dann jedoch ... Als risse eine dünne Haut, drangen meine Hände tiefer ein. Wie bei Marmelade, die sich kurz wehrt, in der Folge aber nachgibt, nur um den Eindringling zu umschließen. Genau so: Ich glitt in das Grün, und das Grün hüllte mich ein. Für Sekunden steckte ich vollständig und reglos und ohne weitere Veränderung in dieser erstaunlichen Konfitüre. Stachelbeere, würde ich sagen. Sodann ein heftiges und plötzliches *Glubb!*, mit dem mich die Masse entließ und ich mit den Armen voran abwärtsstürzte. Wie beim Kopfsprung.

Was auch genau die richtige Haltung war, weil ich nämlich ... Genau, ich fiel ins Meer, tauchte tief ein und geriet mit strampelnden Beinen wieder an die Oberfläche. Wo die peitschende See mir rechts und links eine Ohrfeige versetzte. So unnatürlich grün das Wasser auch war, seine Kraft und

Bewegung entsprachen dem Üblichen. Es schien sich um völlig normale widerspenstige Natur zu handeln.

Glücklicherweise war ich ein ganz passabler Schwimmer, besser als beim Laufen. Ich streckte meinen Körper und begann zu kraulen, praktisch die Ohrfeigen erwidernd, die mir die Wellen verabreichten, den Kopf im Dreiertakt nach oben drehend, weit nach hinten, Luft holend. Klar, das war was anderes als auf der glatten Oberfläche gebändigten Hallenbadwassers. Zudem war ich eigentlich eher ein Brustschwimmer, aber dafür war die See einfach zu heftig. Jedenfalls hielt ich durch. Auch gab es nirgends eine Scheibe, gegen die ich stieß, denn entgegen dem Eindruck, den ich von außerhalb des Rollos gehabt hatte, führte das Meer zu einem Strand hin, einem langen, weißen – grünweißen – Strand, den ich mit vorletzter Kraft erreichte und in dessen sanfte Erhöhung ich mich richtiggehend verkrallte. So blieb ich eine Weile liegen und schnaufte in den weichen Sand hinein.

Minutenlang. Anstatt sofort loszurennen, um dem Mädchen zur Hilfe zu eilen. Wie die Leute sagen, die Rettung verspätet sich schon wieder. Aber ich hatte diese Unterbrechung wirklich nötig.

Endlich richtete ich mich auf und hielt Ausschau. Kein Mensch war zu sehen. Allerdings segelten Möwen über den Dünen, Dünen, die sich nach beiden Richtungen ins Unabsehbare streckten. Das grüne Licht wirkte jetzt grauer als noch in meinem Zimmer, sehr viel natürlicher. Auch war nicht mehr Nacht, sondern Tag. Ich zog den Sweater und das Pyjamaoberteil aus sowie Schuhe und Socken, schlüpfte dann aber wieder sockenlos in meine Sneakers. Wegen möglicher Schlangen.

Der warme Wind föhnte mir Haut und Haar. Ich breitete den Sweater, das Pyjamaoberteil und die Socken über den glitzernden Boden und stieg, allein mit Schuhen und Pyjamahose bekleidet, eine Düne hoch. Oben angekommen, schweifte mein Blick über eine weite Ebene. Sand, Gras und Büsche und darüber ein Himmel, noch höher als der, den ich einmal in der Nähe von Kiel gesehen hatte. In einer Entfernung von fünfzig Metern stand ein Haus, um das herum einige Bäume wuchsen, deren Kronen unglaublich schief hingen. Man konnte meinen, sie stemmten sich gegen den Wind, auch wenn es natürlich genau umgekehrt war.

Es war ein auf Pfosten stehendes Gebäude, mit einer Veranda, einem flachen Dach und kleinen Fenstern, deren Dunkelheit mich an den Titel eines Films erinnerten, den ich nicht hatte sehen dürfen, mir aber seinen Namen gemerkt hatte: *Die toten Augen von London.*

Das war hier nicht die Stadt London, natürlich nicht, aber doch ihre toten Augen, eingefaßt in die sonnengebleichte Holzverkleidung des Strandhauses. Das Haus war ein einziges Warnschild, auf dem stand: Betreten verboten! Aber warum war ich denn hier, wenn nicht genau darum, solche Verbote zu übertreten und den Weg zu Ende zu gehen, der so unverkennbar in dieses Haus führte.

Und den ich jetzt ging, über einen hölzernen Steg näher an das Gebäude kam, die wenigen Stufen zur Veranda hochstieg und an die Türe in der Mitte gelangte. Ich griff nach der Klinke, die ... Das war mir schon mehrmals passiert, nicht nur in dieser grünen Rollowelt, daß nämlich manche Dinge, wenn man sie anfaßte, sich zu widersetzen schienen, etwa der Einschaltknopf eines Computers, der Drehschalter des Gasherds, eine bestimmte Schublade, sogar mein Mathematikheft. Ja, es kam tatsächlich vor, daß ich ausnahmsweise mal willig war, dieses Heft zu öffnen, während sich aber das Heft sträubte und bei einiger Kraftanstrengung versuchte zuzubleiben. Verärgert, denke ich, verärgert und unglücklich ob meiner Schmierereien. Ein Heft, das sich einen anderen Benutzer wünschte, was weiß ich. Und so war das mit dieser Klinke ebenfalls, sie wehrte sich, heruntergedrückt zu werden, aber eben nicht, weil die Türe verschlossen war. Die Widerspenstigkeit stammte nicht vom Schloß, sondern von der Klinke selbst.

Hatte sie nun das Gedrücktwerden satt, oder wollte sie mich warnen? Oder war sie mit denen im Bunde, die hier mittels ihrer Fernstecher ein Mädchen beobachteten, das eine Schlinge um den Hals trug?

»Du kannst mich mal!« stieß ich hervor und zwang das Ding »in die Knie«, indem ich meine sechsunddreißig Kilo und alle Kraft einsetzte. Die ich des weiteren auch benötigte, um einen Spalt herzustellen, der gerade so groß war, mich hindurchzuzwängen. Denn nach der Klinke schien nun ebenso die Türe sich zu sperren. Mit der wurde ich aber auch noch fertig.

Endlich war ich drinnen, und die Türe fiel mit einem Geräusch hinter mir zu, wie wenn jemand ganz schnell nacheinander »billig« und »bumm« sagt. *Billigbumm!*

Ich stand in einem weiten, niedrigen Raum, der um einiges heller war, als ich wegen der »toten Augen« erwartet hatte. Auch hier lag auf allem ein grüner Schimmer. Wobei es nicht viel zum Liegen gab. Das Licht mußte sich mit den kahlen Wänden und dem nackten hölzernen Boden zufriedengeben. Nur an einer entfernten Ecke schien sich etwas zu befinden. Blieb jedoch von einem schweren Schatten oder einem Schwaden schwarzen Nebels verdeckt. Erst beim Näherkommen verlor sich der Nebeleindruck, und ich konnte die Laufmaschine sehen. Die Laufmaschine, das rennende Mädchen, den gespannten Strick, und ich vernahm nun auch wieder die Geräusche, den Lärm des Geräts, den Motor, das ziehende Band, den Aufprall der Schritte, den Slalomatem der Läuferin.

Als ich stehenblieb, drei, vier Meter von ihr entfernt, drehte sie mir ihren Kopf zu. Ich hatte nie zuvor so viel Schweiß auf einem Gesicht gesehen. Als hätte man ihr eine Folie aus Wasser übergestülpt. Von ihrem Kinn strömte ein kleiner Wasserfall. Das Haar glänzte in der Art der Aale. Die Augen rot. Die Lippen fast weiß, in der Mitte der Unterlippe ein Riß, verkrustetes Blut. Ihr Blick war ohne Hoffnung. Es war also nicht so, daß sie nach mir rief, mich bat, sie zu retten. Im Gegenteil, sie schüttelte den Kopf.

Worauf ich ihr sagte, es würde doch wohl genügen, einfach den Stecker aus der Dose zu ziehen. Dabei zeigte ich auf das schwarze Kabel, wie es in klassischer Kabelmanier zu einer Steckdose führte. Das Mädchen rief: »Nein!« Doch ich war bereits beim Stecker und zog ihn heraus. Sofort hörte ich, wie das Band beschleunigte. Und sah ja auch, daß das Mädchen nun noch schneller laufen, regelrecht spurten mußte. Sofort drückte ich den Stecker wieder in die Dose, woraufhin die Maschine in ihr altes Tempo zurückfiel und das Mädchen in ihren alten Rhythmus.

Sie hatte nicht die Kraft, mich einen Trottel zu nennen.

»Tschuldigung!« gab ich von mir. Beinahe hätte ich mich in das Heer jener Helden eingereiht, die mittels ihrer Lebensrettungsversuche das Schicksal ihrer »Opfer« besiegelten. Die blinden alten Damen den Weg unter Straßenbahnen wiesen oder Kakteen ersäuften.

Ich stand auf und ging hinüber zu der Maschine, um die ich einmal herumlief. Ein gewaltiges Ding, viel Technik, mächtige Griffe, ein glänzend schwarzes Gehäuse, darin der Motor, der heftig dröhnte: *sacksurrsacksurrsacksurr!* Ein Motorrad, das seine eigene Straße schuf. Und eine Steuerkonsole, die sich selbst steuerte.

Das Seil, das um den Hals des Mädchens gebunden war, führte in eine Öffnung unterhalb der Konsole. Zwischen den Bedienungslementen – die zu bedienen wohl sowenig ratsam war, wie den Stecker zu ziehen – befand sich ein integrierter Bildschirm. Darauf – so schien mir, der ich mich ordentlich strecken mußte, um etwas zu erkennen – war das Röntgenbild des Mädchens. Man konnte ein Herz sehen, ein schlagendes Herz, noch. Alles hier war miteinander verbunden, das Mädchen hing wie ein Köder an der Maschine. Ein lebender Köder. Das war jetzt mein Gedanke. Daß sie ein Köder war. Trotz aller Anstrengung und der Schweißbäche ein wirklich hübscher Köder. Ich will und muß es so sagen: Es war das erste Mal, daß ich ein Mädchen nicht nur als Angehörige einer Spezies betrachtete, die *nicht* oder *selten* oder *falsch* mit Lego spielte und für die der Tratsch die alleinige Informationsquelle war. Daß diese Spezies in der Schule besser abschnitt, erschien mir gar nichts zu beweisen. Das Merkwürdige war sicher, daß die Erwachsenen ständig behaupteten, wie sehr einen dieses andere Geschlecht einmal beschäftigen würde. Nicht nur wegen der Fortpflanzung (eines der ekelhaftesten Wörter, die ich kenne; als spucke eine Pflanze auf den Boden, und überall, wo sie hinspuckt, wächst was).

Eigentlich war es vollkommen klar: Die beste Möglichkeit, das Mädchen zu retten, bestand darin, mich auf die das Laufband flankierende Trittfläche zu stellen und einfach das Seil zu durchschneiden. Wozu es natürlich eines Messers bedurfte. Ich fragte mich, wie ich so blöd hatte sein können, diese Reise ohne Taschenmesser anzutreten. Bei jedem banalen Sonntagsausflug nahm ich eines mit, hier aber ...

Ich sah zu dem Mädchen und fragte: »Wo ist die Küche?«

»Oben«, keuchte sie, »aber ... geh da nicht rein.«

»Warum nicht?«

»Weil alles ... was du tust ... bestraft wird.«

»Ach was!« Ich gab mich eiskalt. »Mich wird schon keiner auffressen, wenn ich mir ein Küchenmesser hole.«

Ja, das sagte man so: Mich wird schon keiner auffressen. Wie man sagt: Die werden mich schon nicht durchfallen lassen.

Trotzdem, ich drehte mich um, ging los und suchte den Aufgang ins obere Stockwerk. Wobei mir in diesem Moment einfiel, daß, von außen betrachtet, dieses Gebäude doch eingeschossig war. Andererseits sah ich nun eine Treppe, eine geschwungene Konstruktion, die emporführte. Das war sicher wunderlich, anderseits befand ich mich im Inneren eines Rollos, und das ist ja auch nicht ganz normal.

Die Treppe war wohl das, was man »freischwebend« nennt, eine Treppe für Schauspieler und Tennisprofis, sehr edel, helles Holz, mit einem leichten Grünstich. Ich stieg zügig hinauf und geriet in einen Gang, der zusehends an Licht verlor und in einen absolut schwarzen Raum mündete. Dort war dann nicht einmal ein Rest von Grün. Ich wußte, daß es sich um die Küche handelte. Man konnte es riechen: das Zerkochte und Verkochte, das Öl in den Pfannen, das Gewaschene und das Ungewaschene, vor allem diesen typischen Geschirrspülergeruch, den Achselgeruch von Biertrinkern und Knoblauchessern, der auch nach einer halben Stunde unter der Dusche nicht vergeht. Dazu die tönende Vibration eines Kühlschranks.

Und auf den bewegte ich mich nun zu. Im absoluten Dunkel erreichten meine Handflächen die Türe und empfanden die gedämpfte Kälte. Schließlich ertastete ich einen Griff und mit einem Seufzer zog ich daran.

Ich hatte natürlich mit Licht gerechnet, grün oder nicht, jedenfalls mit einer in Eisschränken üblichen Beleuchtung, die mir geholfen hätte, den Weg zur nächsten Bestecklade zu finden. Wenn ich in diesem Kühlschrank etwas Schreckliches erwartet hatte, dann den Anblick stark verdorbener Ware, Schimmelberge, Gestank, Teile toter Tiere, Proben von Blut. Doch da war kein Licht. Allein Kälte. Zudem eine spürbare Tiefe, viel tiefer, als solche Geräte tief zu sein pflegen. Ich blickte in ein Schwarz, das sich vom Schwarz des restlichen Raums unterschied. Was eigentlich unmöglich war, dennoch meinte ich zu erkennen, wie hier ein schwarzes Viereck in einem schwarzen Raum klaffte, noch schwärzer als der Rest. Weil dieses Schwarz nun mal eine echte Tiefe besaß, einen Abgrund.

Ich schloß die Kühlschranktüre. Ganz langsam, wie man das macht, wenn man ein Ungeheuer nicht wecken möchte.

Sodann ließ ich meine Finger über die weitere Einrichtung gleiten und geriet in ein Abwaschbecken, das aber Gott sei Dank ganz konventionellen Zuschnitts war. Ich strich über vereinzelte Wassertropfen und tastete mich vorwärts, befühlte die noch leicht warmen kreisrunden Kochstellen des Herds. Schließlich gelangte ich mit meinen Händen auf eine ebene Fläche und stieß dort gegen etwas Weiches. Ich ging mit meiner Nase heran. War mir unschlüssig. Es war aber sicher kein Fleisch, wie ich zuerst befürchtet hatte. Vielleicht ein großer Pilz oder ein Schwamm. Ich ließ davon ab, realisierte sodann die markante Form eines Löffels und die einer leeren Schale, ertastete Brösel, ertastete die feinen Spitzen von Salzkristallen und endlich den Griff eines Messers. Einen großen Griff, eine große Klinge, auch breit. Breit und scharf. Ich drückte meine Fingerkuppe gegen die Schneide. Wäre mein Finger aus Butter gewesen ...

Ich umfaßte jetzt vollständig den Griff und hob das Messer hoch, drehte mich um und setzte kleine, vorsichtige Schritte in Richtung des vermuteten Ausgangs. Die Klinge voran, in die Dunkelheit stechend. Und zwar auf Kopfhöhe. Wäre ein Riese zur Türe hereingekommen, die Messerspitze hätte auf seinen Nabel gezeigt. – Ich fühlte mich jetzt so viel sicherer als eben noch zuvor. Mit einer Waffe in der Hand war man sofort ein anderer Mensch. Ein *besserer* Mensch. Die Waffe war wie ein alter Teil von einem, der einem abhanden gekommen war und mit dem man sich nun endlich wieder als vollständig empfinden durfte. Als wäre etwas Abgetrenntes nachgewachsen.

Das Messer in meiner Hand war ein elfter Finger. Ein Superfinger. Er gab mir Mut.

Und indem sich das erste feine Licht aus dem Flur auf der Klinge spiegelte, folgte ich dem Messer praktisch aus dem Raum hinaus. So geriet ich zurück in den sich zusehends wieder aufhellenden Gang und über die Treppe ins Erdgeschoß, wo fortgesetzt das Mädchen auf dem Laufband um ihr Leben kämpfte. Ich sah gleich, wie sehr sie inzwischen am Ende ihrer Kräfte war. So ungemein rot ihre Augen und rot die Spalte in der Lippe, der Rest weiß, eisschrankweiß. Sie hielt sich von unten an den Griffen – wie am Eingang eines Barrens stehend –, um sich überhaupt noch aufrecht halten zu können.

Das war jetzt eindeutig eine Jede-Sekunde-zählt-Situation. Also stieg ich auf die seitliche Trittfläche und drückte meinen Scheitel gegen die hochstehende, längliche Halterung. So konnte ich mich fixieren und hatte die Hände frei. Ich faßte nach dem Seil, setzte das Messer an und begann mit der Durchtrennung. Was mit einem einzigen Schnitt nicht erledigt war, sondern ein Hin und Her erforderte, ein Sägen. Wie man hartes Brot oder Holz schneidet. Wodurch das Seil etwas nach unten gedrückt wurde und sich der Zug weiter verstärkte. Diesmal aber sagte das Mädchen nichts, sondern spannte ihren Oberkörper an, hob die Schultern, schob den Kopf in den Nacken und hielt rennend dem Druck stand.

Ich rief: »Drecksmaschine!«, und führte die Klinge durch den letzten Zentimeter.

Sloongg! Die Teile des Seils flogen auseinander. Der maschinenseitige Abschnitt wurde zur Gänze in die Öffnung hineingezogen, der andere erschlaffte über der Brust des Mädchens. Vom Schaltbrett her kam ein mehrfaches Piepen, gleichzeitig wurde das Laufband langsamer. Langsamer, schleppend und kam schließlich ganz zum Stehen. Geradezu unschuldig, wie diese Halbstarken, die, wenn's ernst wird, darauf pochen, auch nur Kinder zu sein.

Das Mädchen ging augenblicklich in die Knie. Sie saß auf dem Laufband. Ich sah jetzt, wie ihr die Tränen kamen. Mir war das vertraut: Ich weinte auch immer erst danach. Wenn man vollkommen müde und traurig und erschöpft war und hinter dem Ziel stand.

»Komm«, sagte ich, nahm ihre Hand und zog sie vom Laufband. Ich fürchtete nämlich, die Maschine könnte sich rächen. Sodann weitete ich die Schlinge, die tatsächlich mit einem Henkersknoten geknüpft war, und befreite das Mädchen davon.

Sie drückte sich mit den Fingerknöcheln die Tränen aus den Augen, dann schaute sie hoch zu mir und sagte: »Danke.« Um gleich darauf zu fragen, warum ich das getan hätte. Jetzt würden sie mich ebenfalls jagen.

»Wer?«

»Die Männer mit den scharfen Augen.«

»Du meinst die mit den Feldstechern, oder?«

»Mit den scharfen Augen«, wiederholte sie.

»Mein Messer ist auch scharf«, äußerte ich selbstbewußt. Dann zeigte ich zum Ausgang und meinte: »Nichts wie weg!«

Wir begaben uns eilig zur Türe. Doch wenn die Klinke zuvor gezickt hatte, dann war das ein bloßes Vorspiel gewesen. Jetzt bockte sie richtig. Auch steigerte sich ihre »Körpertemperatur«, das Metall wurde zuerst warm, dann richtig heiß.

»Autsch!« Ich ließ los und beutelte meine Hand.

Noch im Beuteln rief ich: »Das Fenster!«

Aber es kam, wie zu befürchten gewesen war. Auch der Fenstergriff war ohne Gnade. Und als ich mit der Messerspitze gegen die Scheibe schlug, geschah gar nichts. Ein feines Sirren bloß. Wie jemand, der einen Faustschlag pariert und nachher fragt, wer ihn da gekitzelt hat.

»Sie kommen«, sagte das Mädchen und zeigte zum anderen Ende des Raums. Eine Schiebetüre, die mir zuvor entgangen sein mußte, glitt geräuschlos zur Seite. Aus einer Schwärze, die man vielleicht als ein Mittelding zwischen dem

Schwarz der Küche und dem Schwarz des Kühlschrankinneren bezeichnen konnte, aus diesem Mittelschwarz also drang eine Gruppe dicht an dicht stehender Männer in sehr kleinen Schritten, wenn das überhaupt Schritte waren. In solchem Stil gingen eigentlich nur Kardinäle, bevor sie einen Papst wählten. Alle hatten sie wieder Ferngläser vorm Gesicht. Gerne hätte ich jetzt lautstark verkündet, man brauche sich nicht vor Leuten fürchten, die mit ihren Händen nichts anderes täten, als sich an einem doppelten Fernrohr festzuhalten. Aber die Erscheinung dieser *Männer mit den scharfen Augen* war zu unheimlich, um sich über sie lustig zu machen. Sie waren jetzt alle durch die Türe gelangt und bildeten einen ovalen Haufen. Einen Schwarm, der unaufhaltsam näherkam, wobei sich die Form des Schwarms an den Rändern leicht veränderte.

»Die Treppe!« rief ich und zog das Mädchen mit. Gemeinsam liefen wir los. Dabei geschah es, daß wir den Pulk der Männer fast streiften. Ich sah, wie die Kerle ihre Köpfe schwenkten und sich ihre Körper in unsere Laufrichtung verschoben, ohne daß sie aber schneller wurden. Hektik schienen sie nicht nötig zu haben. Für einen Moment konnte ich sie genau betrachten. Sie waren aus der Nähe sehr viel heller, keine schwarzen Männer mehr. Sie trugen Kutten, bräunlich, aber nicht so braun wie bei den Franziskanern, rötlicher, so ein Geigenrot, erkennbar trotz grünen Einschlags. Die Hände und Ferngläser verdeckten ihre Gesichter fast vollständig. Nur ihre Münder waren zu sehen, Mund und Kinn und Hals. In einem Horrorfilm wären jetzt wohl fürchterlich spitze Zähne zwischen den Lippen aufgeblitzt oder vielleicht auch gar keine Lippen, nur ein Loch von Mund oder eine Art großer Bleistiftspitzer. Aber offensichtlich hatte die Rollowelt derart Monströses nicht nötig. Nein, die Lippen waren nicht schauerlich, sondern gerade und verschlossen, und ihr Farbton der gleiche wie jener der Kutten.

Das Mädchen und ich gelangten zur Treppe. Wir eilten nach oben.

Dort angekommen, griff ich nach ihrer Schulter und bremste sie. »Nicht da rüber! Das ist die Küche. Und die Küche ist das Ende.«

Wir sahen uns um. Da war noch ein anderer Gang. Und am Ende dieses Ganges eine Türe, auf die wir jetzt zuliefen. Hinter uns füllte sich die Treppe mit den Feldstechermännern.

Entweder war die Klinke der Badezimmertüre unvorbereitet oder gedankenlos, oder sie war einfach freundlich genug, sich ohne Widerstand drücken zu lassen. So schafften wir es in den Raum hinein.

Dabei hatte ich Badezimmer noch nie leiden können. Nicht nur, weil man sich dort waschen und seine Zähne bürsten mußte. Das Badezimmer hat etwas von einem Krankenhaus. Es riecht ständig nach jemand anders. Im Badezimmer wie auf der Toilette. Unglaublich, daß einige Leute fast ewig auf dem Klo sitzen und an diesem Ort ganze Bücher lesen. Wenn nicht sogar etwas essen. Das Klo ist notwendig, aber nicht schön. Wie ein Zahnarztsessel notwendig ist, aber nicht schön.

»Hier sitzen wir in der Falle«, kommentierte ich, spürte jedoch gleichzeitig, wie die Schweißtropfen auf meiner Stirn sich wölbten. Von der Stirn wegwölbten. – Da war sie wieder, die Kraft, die zuerst die Fussel und den Staub anzog und die Härchen auf der Haut in ihre Richtung bog. Und eine Gänsehaut verursachte, die ganz unmittelbar der Anziehungskraft eines Rollos zu verdanken war.

Das ich nun auch endlich sah. Denn im grünlichen Schein, der auf den weißen Fliesen lag, hatte ich die Stoffbahn zuerst nicht bemerkt. Jetzt aber ...

Ich nahm das Mädchen an der Hand und wollte sie mitziehen. Hinein in den Sog. Um so mehr als ich auf der Oberfläche die zarten Umrisse meines Kinderzimmers erkannte. Es mußte sich also um die Rückseite genau jenes Rollos handeln, das noch immer vor meinem Fenster hing.

»Ich kann das nicht«, sagte sie.

»Du kannst das sicher«, gab ich zurück und machte einen Schritt nach vorn, wobei ich ihre Hand nicht losließ. Ganz fest hielt ich sie. Während ich mit der anderen noch immer das Messer umklammerte. Beide wollte ich mit hinübernehmen: das Mädchen *und* das Messer.

Mit dem nächsten Schritt lösten sich meine Füße vom Boden, und mein Körper geriet kopfwärts in eine Schräge. Eine Weile verblieb ich so, schwebend, schaute zurück, zu dem Mädchen hin, noch immer ihre Hand in der meinen. Sie streckte sich, stand auf den Zehenspitzen.

Flobbbb!

Das Rollo riß mich in sich hinein.

Und wieder meinte ich, in eine Marmelade einzutauchen. Warme Marmelade. Klebrig. Die gute alte Stachelbeere. In der Mitte ein wenig Schimmel. Aber der Schimmel war ich wohl eher selbst. Mir wurde schummrig. Eine ganze Weile war da gar nichts, nur ein Zustand, bei dem man sich seiner Bewußtlosigkeit bewußt ist. Als schriebe man hundertmal den Satz *Ich schlafe*.

Und dann ein Knall, und die Stachelbeere spuckte mich auf den Boden meines Zimmers.

Ohne Mädchen. Aber mit Messer. Der Tag war angebrochen. Der Wecker zeigte kurz vor sechs. In einer Viertelstunde würde er läuten. Und in zwei Stunden die Schule beginnen. Woraus sich ergab, daß die Zeit *im* Rollo sehr viel schneller verging.

Ich erhob mich, drehte mich zum Fenster hin und stellte fest ... nun, es hatte sich etwas geändert. Trotz Tageslichts hing da noch immer das Rollo. Als hätte es sich angepaßt. Allerdings war kein Meer zu erkennen. Auch kein Badezimmer. Kein Ausblick. Vielmehr schien es sich um ein ganz normales und sich ganz normal verhaltendes Stück Stoff zu handeln. Dahinter das Fenster, hinter dem Fenster die Stadt. Ich konnte mich direkt vor das Rollo hinstellen, ohne daß etwas geschah. Null Gravitation.

Ich dachte nach, in welchem Moment ich das Mädchen verloren hatte. War es vielleicht so gewesen, daß die Anziehungskraft des Rollos auf sie gar keine Wirkung gehabt hatte? Sie war nicht geschwebt. Ihre Schweißperlen hatten sich nicht gelöst und einen horizontalen Regen gebildet wie bei mir. Andererseits konnte ich mich nicht erinnern, sie losgelassen zu haben. Nie zuvor in meinem Leben hatte ich jemand mit solcher Verbissenheit festgehalten. Ja, ich war mir sicher, daß sie – bevor dann die betäubende Wirkung eines hundertfach zu schreibenden Satzes eingesetzt hatte – noch immer an meiner Seite gewesen war.

War es möglich, daß sie in der marmeladigen Bewußtlosigkeit, dem Rolloschen Zwischenreich steckengeblieben war?

Nun, eher bot sich an, sie noch immer im Badezimmer des Strandhauses zu vermuten. Alleine. Beziehungsweise standen wahrscheinlich im Türrahmen bereits die *Männer mit den scharfen Augen,* die sich jetzt näherten und ... Um was zu tun? Sie zurück auf das Laufband zu zwingen?

Ich spekulierte, daß sich die Macht dieser Leute in erster Linie aus dem Beobachten ergab, dank ihrer Feldstecher, und daß sie allein mit ihren Blicken imstande waren, Häuser zu versetzen. Oder kleine Mädchen zu vernichten. Ich hatte beim Vorbeilaufen die Kraft gespürt, die von diesen Kuttenträgern ausging. Nicht unähnlich der Kraft des Rollos. Aber eindeutig bösartig. Nein, sadistisch.

Ich ging zu der Stelle in meinem Zimmer, wo ich gelandet war, und hob das Messer auf. Ein Kochmesser, groß und scharf, jedoch im Moment auffällig allein dadurch, nicht in der Küche, sondern in einem Kinderzimmer zu sein. Ich mußte es verstecken. Und dachte mir, das beste Versteck auch für ein besonderes Messer wäre doch, zwischen anderen Messern zu liegen. Weshalb ich rasch meinen Wecker abschaltete, bevor der losging ... Übrigens fiel mir jetzt auf, meinen Sweater, mein Pyjamaoberteil sowie meine Socken auf der anderen Seite, in Greenland, zurückgelassen zu haben. Ich würde mir diesbezüglich etwas einfallen lassen müssen. Die Wahrheit kam natürlich nicht in Frage, obgleich meine Eltern weder intolerant noch phantasielos waren. Aber die Wahrheit dieser Geschichte war ihnen einfach nicht zuzumuten. So lieb sie mich hatten, war Liebe halt kein Grund, mir derartige Dinge zu glauben.

(Wenn ich das Land jenseits des Rollos als »Greenland« bezeichnete, so war ich mir durchaus im klaren darüber, daß es sich um das englische Wort für Grönland handelte. Eigentlich ein völlig unpassender Name für die bekannte Eis- und Schneewüste auf unserem Planeten, hingegen genau der richtige im Falle der Rollowelt.)

Ich zog mich vollständig an, steckte die Messerklinge in den Hosenbund und unter das Hemd und verließ mit vorsichtigem Schritt mein Zimmer. Bei uns gab es nämlich nicht nur keine Vorhänge, sondern auch keine Teppiche, die meine Schritte etwas gedämpft hätten. Bloß einen Teppich an der Wand, was mir aber völlig sinnlos erschien. Ein Wandteppich. Warum nicht gleich die Badewanne an die Decke nageln? Oder die Kleiderhaken aufs Parkett?

Auf den Fußballen tänzelnd, begab ich mich hinüber zur Küche.

»Ach, schon wach?!« Es war mein Vater. Er lehnte an der Spüle und nippte an seiner Tasse. Der Kaffeegeruch lag wie ein heilsamer Nebel in der Luft.

»Ich mach dir ein Brot«, sagte er müde.

»Mach ich mir schon selbst«, antwortete ich, begab mich zur Brotbox, holte den Wecken heraus, spähte rasch zur

Seite, um den abwesenden Zustand meines noch verschlafenen Vaters festzustellen, und zog das Messer unter meinem Hemd hervor. Sodann begann ich, mit der gleichen Bewegung, mit der ich in Greenland ein Seil durchtrennt hatte, mir eine Scheibe Brot herunterzuschneiden. Was bestens funktionierte. Es war zwar kein richtiges Brotmesser, aber superscharf. Danach öffnete ich eine Lade und tat mein Messer zu den anderen. Wobei mir klar war, daß ich ihm einen Namen geben mußte. Wie ja auch Schwerter sehr oft Namen besitzen. Zumindest Schwerter von Bedeutung, die im Verdacht stehen, über weit größere Fähigkeiten zu verfügen als die Ritter, von denen sie geschwungen werden.

Wie also sollte das Messer heißen?

Ein Messer konnte man nicht Anton oder Benjamin nennen, andererseits scheute ich mich vor etwas Bildhaftem à la Scharfzahn oder Grüngeist oder so. Dann fiel mir *Lucian* ein. Ja, das war ein Name, der paßte. Sehr würdevoll, extravagant und nicht ohne einen Anklang an die Möglichkeiten, die einem scharfen Messer offenstanden. Möglichkeiten, die über das Brotschneiden hinausgingen.

»Lucian«, sagte ich leise und schloß die Lade. Ich sprach es deutsch aus. Nicht nur, weil ich es anders gar nicht gekonnt hätte, sondern ich stellte mir Messer prinzipiell deutsch vor. Daß das ein Klischee ist, wußte ich damals noch nicht.

»Was hast du gesagt?« drehte sich Vater halb zu mir hin und schaute über seinen Brillenrand wie über einen viel zu niedrig gesetzten Limbostab. Zu niedrig für einen nicht mehr ganz schlanken Europäer.

»Daß ich heute Klavier habe«, antwortete ich.

»Ja, stimmt. Ich fahre dich um halb drei hin, okay?«

Klavier war noch vor den sportlichen Verpflichtungen mein wichtigster Kurs. Wobei ich fand, wenig Talent dafür zu haben. Ich fragte mich manchmal, ob ich überhaupt ein richtiggehendes Talent besaß. Dabei hörte ich immer wieder, jeder Mensch besitze eines, man müsse nur genau nachforschen. – War Klavier vielleicht ein Ersatz dafür, noch immer nicht draufgekommen zu sein, worin mein Talent bestand? Immerhin, dieses Schicksal teilte ich mit anderen. Was immer besonders deutlich wurde, wenn es zu Weihnachten ein Vorspielen sämtlicher Schüler gab. Alle litten, die Kinder, die Eltern, die Klavierlehrerin, übrigens eine wirklich freundliche Frau, die anderes verdient hätte im Leben, als einen Krieg gegen den Talentmangel zu führen.

Ein Glück, daß es noch so lange bis Weihnachten war. Wir hatten Juli, und demnächst begannen die Ferien. Und in meinem Zimmer hing ein Rollo, das ich eigentlich sofort hätte herunternehmen müssen, wollte ich mir ein Gespräch mit meiner Mutter ersparen.

Da aber gerade mein Bruder in die Küche kam, wechselte ich ins Badezimmer. Wie gesagt, sowenig schön diese Räume sind, notwendig sind sie schon.

5

Als ich mit geputzten Zähnen und flüchtig gekämmtem Haar in mein Zimmer zurückkam, stand da schon meine Mutter. Als hätte sie es gerochen. Sie war nicht untätig gewesen. Das Rollo war vollständig eingerollt und das Fenster offen. Warme Stadtluft strömte herein. Im hellen Licht wirkten die Zustände in meinem Zimmer doppelt intensiv.

Ich sagte: »Ich weiß, ich hab versprochen aufzuräumen.«

Meine Mutter winkte ab. Das war es nicht, worüber sie jetzt reden wollte. Sie fragte: »War das Oma?«

»Was war Oma?«

»Bitte, Schatz, stell dich nicht dumm.« Sie zeigte auf den Gegenstand über dem Fensterrahmen. Dann fragte sie: »Willst du das überhaupt? Oder meint die Oma bloß, daß ein Fenster ohne Vorhang kein richtiges Fenster ist und daß du ein ganz, ganz armes Kind bist, weil du bisher ohne Rollo hast leben müssen?«

Stimmt, am Nachmittag des Vortages hatte Oma uns besucht. Während Mutter noch im Büro gewesen war. Es wäre Oma also möglich gewesen – geschickt genug war sie, bedeutend geschickter als Opa –, die Rolle zu montieren.

»Bitte schimpf nicht mit ihr«, trickste ich. Und fügte an, daß mir überhaupt am liebsten wäre, wenn meine Mutter meine Großmutter nicht darauf ansprechen würde. Und *jawohl, richtig,* ich wollte schon immer ein Rollo haben, was aber eigentlich keine Neuigkeit für meine Mutter sein konnte. Schließlich hatte es immer wieder mal »Fensterdiskussionen« gegeben, und immer war das Argument beider Eltern gewesen, nicht im Krieg zu sein und nicht im Gefängnis und wie sehr solche Einrichtungsgegenstände eine Verschandelung darstellten. Ähnlich wie Teppichböden oder Tapeten. Nie hätten meine Eltern eine Tapete erlaubt. Eher ein Computerspiel als eine Tapete. Beide waren sie etwas, was man »Ästheten« nannte. Verräterisch dabei ist, daß keines ihrer drei Kinder ebenfalls zum Ästheten wurde. Meine Schwester gleichgültig gegen Fragen der Einrichtung, mein Bruder ein Angeber ohne Geschmack. Und ich selbst ... Meine Mutter würde später sagen: »Ich glaube, du bist farbenblind.«

Was nicht der Fall war. Medizinisch gesehen. Jedenfalls erklärte ich ihr in diesem Moment, es sei doch Sommer. Ich sagte: »Ich will einen Schutz vorm Fenster. Das ist normal. Wenn ich in der Sonne liege, verlangst du auch, daß ich mich einschmiere.«

Sie schüttelte den Kopf, weil sie den Vergleich für wackelig hielt, um so mehr, als allein am Morgen die Sonne direkt in mein Zimmer fiel, meinte dann aber: »Okay, du kannst es behalten. Obwohl das ein absolut schauderhaftes Grün ist. Wie in einer Jagdstube. Fehlt nur noch, daß du dir Geweihe an die Wand hängst.« – Doch nachdem das gesagt war, nahm sie mich in den Arm und drückte mich ganz fest. Ich merkte jetzt, daß ich wirklich nicht mehr viel wachsen müßte, um sie einzuholen.

Danach war Schule. – Wie heißt es in der Bibel? *Macht Euch die Erde untertan.* Ich fühlte mich in der Schule oft so, als wäre ich ebenfalls *Erde.*

Am Nachmittag mußte ich dann zum Klavier, am Abend warteten Hausaufgaben. Recht spät, kurz nach acht, saßen wir alle beim Abendessen. Mein Bruder präsentierte eine Eins in Mathematik. Wobei er sich beschwerte, daß im System der Unterstufenbenotung leider keine Eins plus existieren würde, und er also hinnehmen müsse, die eigene Eins in einem Topf mit anderen, schlechteren Einsen zu wissen. Dabei seien seine Lösungsansätze sehr viel besser gewesen, auch habe er seine Arbeit früher als alle anderen abgegeben. Im Sport gebe es Zeitmessungen wie auch Haltungsnoten, warum nicht im Matheunterricht?

Ich fragte mich schon damals, wie es ein so dummer Mensch wie er ständig zu ausgezeichneten Noten in Mathematik brachte. Oder war es vielleicht so, daß eine gewisse Dummheit, eine bösartige Einfalt nötig waren, um in diesem Fach zu brillieren? Nirgends sonst schien der Begriff des Fachidioten derart angebracht. Daß diese Disziplin den höchsten Stellenwert besaß, gleichermaßen geachtet wie gefürchtet, stellte eine unglaubliche Absurdität dar. Indem nämlich ausgerechnet die für die Schönheiten des Lebens blinden Spezialisten den Rest tyrannisieren durften. Kunst war unwichtig, Religion war unwichtig, Naturkunde war unwichtig, sogar Sport, der doch im Fernsehen häufig triumphierte, alles Essentielle schien unwichtig. Und so waren Deutsch und Englisch und die anderen Sprachen nur insofern von Bedeutung, als sie der Tyrannei der Mathematik nahekamen.

Trotz seiner Beschwerde, mein Bruder strahlte wegen seiner Eins. Wobei man sagen darf, daß meinen Eltern die Noten ziemlich egal waren. Sie freuten sich für meinen Bruder, das schon, mehr aber nicht. Sie ließen ihn in seinem Wahn. Im nachhinein denke ich, ihre Ablehnung einer Bewertung durch Noten war weniger pädagogischer Natur als ästhetischer. Sie hielten Noten einfach für häßlich, so wie Tapeten und Teppiche (zumindest Teppiche am Boden) und Bilder von Chagall. Oder Möbel aus dem Möbelhaus.

Mein Bruder ließ sich seine Arbeit vom Vater unterschreiben, während die Mutter das Essen zubereitete. Sie kochte gerne. Sie war emanzipiert genug, nichts dabei zu finden, sich nach einem Tag im Büro an den Herd zu stellen. Sie war so frei, die Entspannung, die ihr das Kochen bescherte, zu genießen, ohne an eine Frau namens Schwarzer denken zu müssen.

»Bin ich schon senil?« gab die Mutter von sich, während sie eine Zitrone durchschnitt, die sie für ihr Salatdressing benötigte.

»Wie meinst du das?« wollte Vater wissen.

Meine Mutter hob ein Messer in die Höhe und erklärte, sich nicht erinnern zu können, es gekauft zu haben.

»Vielleicht ein Geschenk von deiner Mutter.«

»Dann müßte ich es doch gerade wissen, oder?«

»Stimmt«, sagte mein Vater, zuckte aber mit den Schultern.

Mutter meinte: »Schaut euch mal den Griff an. Merkwürdig. Dasselbe Grün wie das Rollo, das jetzt bei Theo hängt. – Also doch meine Mutter! Scheinbar hat sie auch noch das Messer heimlich hier reingesteckt. Sie wird langsam wirklich verrückt. Schmuggelt Sachen in unsere Wohnung.«

»Was für ein Rollo denn?« fragte der Vater, während er auf einem Block herumkritzelte. Das tat er immer und überall. Aus den Kritzeleien entstanden dann seine Häuser.

Meine Mutter erzählte von der Neuerung in meinem Zimmer. Diesmal zuckte Vater nicht mit der Schulter, sondern schüttelte den Kopf. Er sagte: »Du hast recht. Deine Mutter sollte zum Arzt gehen.«

Wir Kinder kannten diese Gespräche. Die Verbundenheit unserer Eltern richtete sich auch gegen deren eigene Eltern, egal welche Seite.

»Was soll's?!« sagte die Mutter. »Das Messer kommt in den Müll.«

»Nein!« rief ich.

Alle sahen mich erstaunt an.

»Doofi!« spottete mein Bruder. Woraufhin mein Vater ihm die Hand auf die Schulter legte, als könnte er auf diese

Weise seinen Mund schließen. Und das war ja für einen kurzen Moment auch der Fall.

Mutter fragte mich, was denn los sei. Die Sache mit dem Rollo könne sie zur Not noch verstehen, aber an dieses Messer – die liebe Oma hin oder her! – brauchte ich mein Herz nun wirklich nicht zu hängen. Sodann öffnete sie den Schrank und tat das Messer in den Mülleimer.

»Ist ein Messer nicht eigentlich Sondermüll?« fragte mein Bruder. Diese Frage meinte er ernst.

»Eher Sperrmüll«, erklärte Vater.

Mutter wiederum dachte laut darüber nach, wie viele andere Gegenstände sie wohl noch finden würde, die ihre Mutter, meine Oma, in der Wohnung deponiert habe. Das Messer freilich blieb, wo es war. – Übrigens war mir Lucian, als meine Mutter ihn zuvor hochgehalten hatte, wesentlich kleiner erschienen. Dabei hatte sie nicht etwa große Hände. War es möglich, daß Lucian geschrumpft war?

Jedenfalls sagte ich kein Wort mehr. Um neun legte ich mich wie üblich ins Bett, las noch ein paar Seiten in einem Buch, klappte es schließlich zu, drehte die Nachttischlampe ab und zog mich auch mit dem Kopf unter die Decke zurück. Dort schaltete ich eine bleistiftstummelgroße Taschenlampe an, schlug das Buch wieder auf und las weiter. Ich verzichtete heute auf einen Kurzschlaf vor dreiundzwanzig Uhr, vielmehr hielt ich mich noch eine weitere halbe Stunde wach, dann stand ich auf und verließ vorsichtig mein Zimmer. Aus dem Wohnraum hörte ich fremde Stimmen. Stimmen aus dem Fernseher. Leute stritten. Man nannte das eine Diskussion. Ich vernahm meine Mutter, wie sie sagte: »Schwachsinn, was die da reden!« Vater hörte ich nicht, aber ich konnte sein Nicken praktisch spüren.

Die Küche war jedenfalls frei. Dorthin begab ich mich nun, einen dünnen Taschenlampenstrahl vor mich herhaltend und immer an dem Punkt in das Licht steigend, wo es einen Sekundenbruchteil vorher gewesen war. Wie in einen verblassenden Fußabdruck tretend.

Endlich war ich am Mülleimer und öffnete ihn. Da lag er, Gott sei Dank, Lucian, zwischen Salatblättern und Kaffeesatz. Und in der Tat, er war kleiner geworden. Ich war mir ganz sicher: Das Messer schrumpfte. Auch wirkte der grüne Griff nun schwärzlich, wie angekokelt. Man konnte wohl behaupten, es handle sich hier um ein *krankes* Messer. Eindeutig.

Obgleich ihm also – im Unterschied zu dem Mädchen – der Sprung mit mir zusammen in meine Welt gelungen war, schien sie ihm nicht zu bekommen. Und ich fragte mich, ob auch das Mädchen krank geworden wäre, hätte sie die Seiten gewechselt.

Ich nahm das Messer, versteckte es wieder unter meinem Pyjama, jetzt mit dem Gefühl, etwas Sterbendes bei mir zu tragen, etwas beinahe Totes zu wärmen, gleich einem alten Hamster. Ich ging zurück in mein Zimmer, legte mich ins Bett und wartete.

Aus irgendeinem Grund fürchtete ich, das Rollo könnte seine magische Fähigkeit eingebüßt haben, außerstande sein, als Portal zu dienen. Daß es sich ausgezaubert hatte. Was dann vielleicht den Tod Lucians bedeutet hätte. Eine Vorstellung, die mich schreckte. Ich wollte ihn nicht verlieren. So schnell wieder meinen neugewonnenen elften Finger abgeben.

Doch als die letzte Ziffer des Weckers von der Eins auf die Zwei sprang und 23:02 anzeigte, glitt das Rollo selbständig herab, und der vertraute grünliche Schein erfüllte mein Zimmer. Was jedoch fehlte, war das brausende Meer. Glücklicherweise, denn ein zweites Mal wäre ich vielleicht ersoffen. Nein, es zeichneten sich die Konturen exakt jenes Badezimmers ab, aus dem ich zuletzt gekommen war. Allerdings ohne das Mädchen und ohne die Feldstechermänner. Die auch nicht zu erkennen waren, als ich mich seitlich stellte. Weder rechts noch links. Allein der gefliese Raum.

Und dann spürte ich sie wieder, die Anziehung, und bemerkte, wie ein loses blondes Haar, das auf meinem Pyjama haftete, sich löste, Richtung Rollo segelte und darin verschwand. Offenkundig funktionierte das Portal ganz wie gewohnt.

Es eilte. Das Messer in meiner Hand fühlte sich an wie bröseliges Papier. Wie aus einer alten Zeitung ausgeschnitten. Ich tat zwei Schritte, und schon trennte ich mich vom Boden, schwebte, flog, geriet erneut in das Rollo. Wieder gallertiges Grün, wieder eine erlebte Ohnmacht, hundert Sätze ...

6

Da lag ich. Auf dem Boden des Badezimmers. Ich öffnete meine Hand und konnte richtiggehend zusehen, wie das Messer wieder zu Kräften kam, zu alter Größe heranwuchs, ja wie es aufblühte, Gestalt gewann, Festigkeit und Glanz. Und dabei dennoch ein Messer blieb. Es redete nicht, schnitt keine Grimassen, blutete nicht, wurde nicht riesenhaft. Ich spürte seinen Willen, auch seine Dankbarkeit, ohne daß es aufhörte, ein Messer zu sein anstatt etwa ein verzauberter Prinz oder ähnlicher Blödsinn. Nichts war hier wie im Märchen. Es herrschte die pure Realität von Greenland.

Eine Realität, zu der durchtriebene Laufbänder und radikal neugierige Männer gehörten. Ich erhob mich. Keine Spur von dem Mädchen, auch keine von den Feldstecherträgern. Allerdings fühlte ich jetzt, wie das Messer in meiner Hand sich bewegte. Beziehungsweise es bewegte meine Hand, führte sie, ganz leicht nur, doch weil ich mich nicht wehrte, bedurfte es auch keiner großen Kraft. Die Messerspitze wies hinauf zum Badezimmerspiegel. Nun, das war ein Spiegel, kein Rollo, auch war da nichts zu spüren, was diesen Spiegel zu einem weiteren Ein- oder Durchgang gemacht hätte, zu einem Wurmloch. (Ein Begriff, den ich ursprünglich wörtlich genommen und mir vorgestellt hatte, man könne, indem man ein Loch durch einen Wurm bohrt, auf die andere Seite des Universums gelangen. Wobei sich mir sogleich die moralische Frage gestellt hatte, ob dies überhaupt gerechtfertigt sei: ein Lebewesen umzubringen, nur um woanders hinzukommen. Wo es dann vielleicht gar nicht schöner war. Und selbst wenn! Durch einen meiner Mitschüler hätte ich auch kein Loch gebohrt, um eine Reise zu machen. Warum also durch einen Wurm? Eine Frage, die sich auch für den aufdrängte, der kein Tierschützer war, wobei die sich ohnehin selten für Würmer interessieren. Nein, es war eine logische Frage gewesen. Ich dachte mir die Moral als einen Teil des Logischen.)

Gut, kein Wurm würde hier zu Schaden kommen. Doch was sollte ich mit diesem Spiegel anfangen, auf den mich Lucian spürbar hinwies? So gesehen, war es schon schade, daß er nicht reden konnte. (Wirklich schade? Denn man stelle sich ein Messer als Dauerredner vor und wie schwer es wohl wäre, ihm den Mund zu verbieten.)

Dann fiel mir etwas ein, das ich oft gesehen hatte, im Film wie auch in der Realität des familiären Badezimmers. Wie da jemand mit seinem Finger über die Fläche des Spiegels streicht und das Gestrichene später im Dunst von heißem Badewasser wieder sichtbar wird. – Das mußte es sein! Weshalb ich jetzt sowohl den Wasserhahn als auch den Duschkopf aufdrehte und beide auf die höchste Wärmestufe stellte. Dampf stieg auf. Grün gedämpft vom Licht, das durch das Rollo in den Raum fiel. Ich stand da mit meinem Messer und wartete. Diesmal nicht im Pyjama. Ich hatte mich umgezogen. Feste Kleidung. Turnschuhe. Auch eine Armbanduhr, um zu sehen, wie die Zeit sich hier verhielt. Ob der Zeiger raste. Allerdings vergaß ich jetzt darauf, schaute stattdessen gebannt auf den Spiegel. Auf dem sich tatsächlich etwas abzuzeichnen begann. Buchstaben wurden sichtbar. Großbuchstaben. Sehr deutlich. Gut lesbar. Wie klug von dem Mädchen, mir ein unleserliches Gekritzel zu ersparen, wie es das oft gibt und was jegliche Rettung verunmöglicht. Sie hatte also geahnt, daß ich zurückkommen würde. Ich las:

Geh zu Helene. Und darunter, kleiner geschrieben: *Oritzkystraße 12.*

Meine Güte, wer hieß denn heutzutage Helene?

Helen, also ohne e geschrieben, das wäre gegangen, oder Ilena oder die französische Form mit den beiden gegeneinandergestellten Accents, die sich wie zwei kleine, dünne Judokas voreinander verbeugen. Oder das russische Jelena ... Aber Helene? Die fromme Helene. Nun, der Name Theo war auch nicht gerade der modernste.

Ein Vorname und ein Straßenname also. Doch dort draußen war das Meer, war ein Strand, dazu eine gewaltige Ebene, aber weit und breit keine Stadt zu sehen. Zumindest vermutete ich, es bräuchte eine Stadt, wenigstens ein größeres Dorf, um einen solchen Straßennamen mit mindestens zwölf Häusern zu rechtfertigen.

Ich überlegte, durch das Rollo in mein Zimmer zurückzukehren, mich einmal ordentlich auszuschlafen (also noch vor Mitternacht zur Ruhe zu kommen) und mir einen Plan zurechtzulegen. Mich zumindest besser auszurüsten. Aber was für einen Plan? Was für eine Ausrüstung? Ich hatte ein Messer, ein erstarktes, gesundetes, das sollte doch wohl reichen. Nein, ich mußte handeln. Ich mußte versuchen, in jene Oritzkystraße 12 zu gelangen. Zu der Person namens Helene. Weshalb ich nun aus dem Badezimmer trat und die Treppe nach unten stieg. Nichts und niemand war zu sehen, selbst das Laufband verschwunden. Auch ließ sich diesmal die Haustüre mit Leichtigkeit öffnen.

Es war jetzt etwas kühler als beim ersten Mal, der Himmel dunkler, dafür das Meer ruhiger, das Grün metallisch. Hinter dem Haus fand ich einen Weg, der mich über die sandige Ebene führte und dann in eine betonierte Straße mündete. Eine Autostraße. Ohne Autos allerdings.

»Rechts oder links?« fragte ich mich. Dann hielt ich das Messer in die Mitte und erhoffte mir von meinem »elften

Mann« einen Fingerzeig. Aber da war nichts zu spüren. Vielleicht war Lucian genauso ratlos. Bei aller Besonderheit dieses Messers war es offensichtlich nicht allwissend.

Ich entschied mich für links, weil es der menschlichen Natur entspricht, sich nach links zu wenden, laut unserem Biolehrer, welcher zum Beweis Laufbahnen angeführt hatte. Lucian steckte ich mir seitlich unter Hemd und Hose.

So ging ich eine ganze Weile. Und schaute jetzt doch auf meine Uhr. Aber da war nichts zu erkennen. Die Zeiger waren verwaschen, ihre Haltung instabil. Die Zeit schien durcheinander, schwindelig. Zumindest die Zeit in meiner Uhr, einer Uhr, die nicht hierhergehörte und es wohl zu spüren bekam, am falschen Ort zu sein. Wie zuvor Lucian auf der anderen Seite. Beim nächsten Mal würde ich die Uhr zu Hause lassen.

Der Weg zog sich, und nichts geschah. Ich überlegte, wie lange ich noch so marschieren wollte, bevor ich umdrehte, zum Haus zurückkehrte und wieder in das Rollo stieg, um vielleicht rechtzeitig zum Frühstück zu erscheinen. Nein, zum Frühstück wohl kaum, aber wenigstens zum Mittag- oder Abendessen. Um dann erklären zu müssen, wo ich gewesen war. Ich dachte an die vielen Lügen, die nötig sein würden, um nicht in irgendeiner Form von Therapie zu landen. Und fragte mich, ob verrückte Menschen, also offiziell verrückte Menschen, einfach zu phantasielos oder zuwenig redegewandt waren, sich glaubwürdige Lügen einfallen zu lassen. Lügen, die gut genug waren, die Eltern, die Lehrer, den Vorgesetzten, die Polizei, den Arzt zu überzeugen. Ja, und auch die Kinder zu überzeugen. Denn wenn ich richtiglag, hatten die Eltern dieses Problem umgekehrt ebenfalls, nämlich vor ihren Kindern gänzlich normal wirken zu wollen und sich mit viel Schauspielerei in diese Normalität praktisch einzukleiden.

Meine eigentliche Verrücktheit bestand jedoch im Moment darin, zwar das Messer mitgenommen zu haben, auch meine besten Turnschuhe zu tragen, es aber vergessen zu haben, etwas zu essen und zu trinken einzupacken. Üblicherweise um diese Zeit würde ich ja schlafen und also nicht wissen, daß ich hungrig war. Hier aber schon. Ich gab mir noch eine halbe Stunde auf dieser ewig geraden Fahrbahn. Rechts und links Gestrüpp, in der Ferne Berge, die ich in einer halben Stunde nur schwer erreichen würde. Abgesehen davon, daß es in den Bergen wohl kaum eine Oritzkystraße gab.

Doch endlich geschah etwas. Ich sah, wie sich ein kleiner Punkt auf mich zubewegte, mächtiger wurde, Gestalt annahm, die eines Lasters, der genauso aussah, wie man sich einen Lkw vorstellt. Ich blieb am Straßenrand stehen und hob die Hände. Das Fahrzeug wurde langsamer und hielt schließlich wenige Meter vor mir an.

Mein Versprechen an die Eltern, niemals zu jemand Fremden in einen Wagen zu steigen, mußte ich hier und jetzt brechen. Wobei die Eltern ja vor allem meinten, zu keinem einzusteigen, der einen dazu aufforderte. Hier war es umgekehrt. Der Mann hinter dem Steuer konnte gar nichts anders – wollte er kein Unmensch sein –, als zu stoppen und mich zu fragen, was ich in dieser Einöde triebe. Und genau das tat er, nachdem sich die Beifahrertüre automatisch geöffnet hatte und er zur Mitte hin gerückt war und jetzt zu mir heruntersschaute. Er entsprach vollkommen dem Bild des Fernfahrers. – Hat man je einen Fernfahrer gesehen, der zierlich war? Oder der eine Krawatte umgebunden hatte? Und der nicht auch ohne Bart einen stark behaarten Eindruck machte? Dieser hier trug eine Baseballkappe und eine silberne Kette mit einem Kreuz. Wenn einmal geschrieben worden war, jemand habe »Hände groß wie Brotlaibe«, bei ihm stimmte es. Er sah mich finster an und fragte dann, was ich hier täte. Wo meine Eltern seien.

Ich ließ meine Eltern außen vor, weil das zu erklären, wirklich schwer gewesen wäre, und wollte von ihm wissen, ob er eine Oritzkystraße kenne.

»Was, hier draußen?«

»Nein, natürlich nicht. In der Stadt.«

Ich hoffte, daß er jetzt nicht fragte, in welcher Stadt.

Tat er auch nicht, sondern machte sich an einem Gerät zu schaffen, offensichtlich einem Tablet-Computer, auf dem er herumtippte, schließlich nickte er und erklärte: »Ja. Kommst du von dort?«

Ich nickte zurück.

Er meinte, er wolle keine Scherereien. Ihm wäre lieber, mich an der nächsten Polizeistation abzugeben.

»Bitte nicht!« rief ich.

»Ausgebüxt, was?«

»Es ist komplizierter. Ich muß unbedingt in diese Straße. Haus Nummer zwölf. Für die Polizei habe ich gar keine Zeit. Wirklich.«

Er lachte und meinte, es sei schon richtig, Polizisten würden zwar jede Menge Zeit besitzen, nicht aber die Leute, mit denen sich die Polizei beschäftige. So herrsche immer ein Ungleichgewicht zwischen der Polizei und den anderen.

Ich verstand das nicht ganz, tat aber, als hätte ich schon lange nichts mehr so Kluges gehört. Er hieß mich einzusteigen. Ich kletterte hoch und nahm auf einem Beifahrersitz Platz, der groß genug gewesen wäre, auch noch eine Kuh unterzubringen. Eine Kuh hätte auch besser zu den Brothänden dieses Mannes gepaßt.

Die Tür schloß sich mit einem Schnaufen. Ich war jetzt ein Gefangener. Aber ich war überzeugt, daß mir von diesem Mann keine Gefahr drohte. Im Gegenteil. Man begreift das nämlich vom ersten Moment an. Wenn ein Kind zu einem falschen Menschen ins Auto steigt, dann weiß es eigentlich sofort, daß es der falsche ist, ist aber von etwas anderem abgelenkt, einem versprochenen Spielzeug, einer Süßigkeit, einer Neugierde. Weiß aber trotzdem, einen Fehler zu begehen. So wie ich jetzt wußte, alles richtig zu machen.

Der Mann redete nicht viel. Aus dem Radio kam Musik. Musik, die ich nicht kannte, ohne daß sie anderes gewesen wäre. Es war keine grüne Musik. Normaler Pop eben. Musik, wie sie aus Radios zu kommen pflegt.

Ich erkundigte mich, wie lange wir brauchen würden.

»Warum so eilig?« fragte er zurück. »Um dich schneller zu entschuldigen? Mein Rat: Laß das Entschuldigen. Nimm die Strafe hin, die du vielleicht verdienst, vielleicht nicht, entschuldige dich aber nicht. Leute, die sich entschuldigen, werden früher krank.«

Das war mir neu, aber ich versprach, es mir zu merken.

Er wandte den Kopf zu mir und schaute mich an, als blickte er über den Rand einer unsichtbaren Brille. Er studierte mich. Ich studierte ihn auch. Er hatte einen ziemlich großen Hintern, vielleicht vom vielen Sitzen. Und weil er das Steuer nur mit einem einzigen Finger hielt, sah es aus, als würde er den riesigen Wagen praktisch mit seinem auch nicht ganz kleinen Hinterteil lenken.

Während ich mir über die Fähigkeiten seines Popos Gedanken machte und wie wenig Beachtung dieser Körperteil in unseren Betrachtungen findet, etwa im Vergleich zum Kopf oder den Armen, nahm er auch den letzten Finger vom Steuerrad, um sich eine Zigarette anzuzünden. Ohne um Verzeihung zu bitten. Das war mir jetzt wirklich fremd. Daß jemand in Gegenwart eines Kindes rauchte. So was kannte ich nur aus sehr alten Filmen. Hier aber war es echt. Der Mann rauchte und – jawohl! – entschuldigte sich mit keiner Silbe dafür, mich zu vergiften. Das beeindruckte mich mehr als alles andere. So etwas war mir noch nicht einmal in einem meiner Träume zugestoßen.

Und dann, nachdem wir eine leichte Anhöhe passiert hatten, sah ich sie das erste Mal: die Stadt. Von der ich noch immer den Namen nicht wußte. Darum rief ich: »Da vorne...!« Und streckte meinen Arm aus.

»Ja, wie eine gewaltige Startrampe«, sagte der Fahrer. »Zumindest ist mir das immer so vorgekommen, als ich selbst noch ein Kind war und vom Land aus auf Nidastat geschaut habe.«

»Nidastat?«

»Ja, wohin, glaubst du, fahren wir?«

Nidastat also. Jetzt wußte ich endlich, wie der Ort hieß, der sich – da hatte der Fahrer schon recht – in der Art einer Startrampe aus der Wüstenlandschaft erhob. Es existierten weder Vororte noch Gärten, sondern gleich die ersten Häuser ragten weit in die Höhe, überschattet von noch höheren. Wobei ich bald feststellen würde, daß das von außerhalb nicht einsehbare Zentrum aus sehr viel kleineren und auch älteren Gebäuden bestand, was zu einer gewachsenen Stadt schließlich auch paßte.

Die Wolken hatten sich verzogen, und die Fassaden glänzten unter einem strahlend grünen Himmel. – Übrigens sollte ich demnächst begreifen, daß die Menschen hier sich zwar in der absolut gleichen Sprache unterhielten wie ich selbst beziehungsweise die gleichen Fremdsprachen in der gleichen Reihenfolge der Bedeutung verwendeten, niemand aber das Wort »grün« benutzte, auch nicht »green« oder »verde« oder »vert«. Nicht etwa, weil es ein verbotenes Wort gewesen wäre, nein, es schien einfach nicht zu existieren. Wenn die Leute die Farbe des Himmels beschrieben, dann verglichen sie diese mit der Farbe des Meers. Die Farbe des Meers mit der Farbe des Himmels. Das Laub der Bäume (das war praktisch doppelt grün) mit dem ebenfalls addierten Grün der Grashalme oder dem grüner Tiere. Die Erwähnung von Grün wurde stets ersetzt durch den Vergleich mit etwas anderem Grünen. Und weil ich das recht bald kapierte und mich keineswegs als von außerhalb kommend verraten wollte – als ein Fremder, ein Alien –, unterließ ich es, diesen Begriff zu verwenden, obwohl er alles und jedes hier bestimmte. Als würde man mitten im Krieg Wörter wie »Bombe« und »Vernichtung« und »Tod« vermeiden.

Noch lange vor der Stadt wechselten wir auf eine breitere Fahrbahn, gerieten in einen zunehmenden Verkehr und schließlich auf eine sechsspurige, stark befahrene Schnellstraße, die uns nach Nidastat hineinführte. Eine ziemlich amerikanisch anmutende Stadt, fand ich, auch wenn das hier ganz sicher nicht Amerika war, soweit ich das als Zehnjähriger, der Amerika nur aus Filmen kannte, beurteilen konnte. Ich hätte auch gar nicht sagen können, inwiefern diese Stadt überhaupt zu einem Land gehörte. Vielleicht war es eine Stadt, die sich selbst gehörte und ihre eigene Nationalität besaß. Sodaß die Leute dort einfach Nidastater waren. Nidastater und sonst nichts.

Der Fahrer lenkte seinen Schwertransporter auf die Hofseite eines der gläsernen Hochhäuser und parkte ihn rückwärts vor einer Verladebühne. Leute kamen und luden den Inhalt aus, gewaltige Fleischstücke, die von der Kälte des Kühlraums dampften. Drinnen im klimatisierten Führerhaus hatte ich es nicht bemerkt, aber es war ausgesprochen warm in der Stadt, sehr viel wärmer als zuvor am Strand. Obschon auch Nidastat am Meer lag. Ich hatte kurz das Glitzern der See zwischen den Häusern bemerkt sowie die Kräne eines Hafens.

»Warte, Junge«, sagte der Fahrer, »ich besorg uns einen Kleinwagen und bring dich zu deiner Adresse.«

Mit seinem Laster wäre es unmöglich gewesen, ins Zentrum zu gelangen, welches in ovaler Form genau in der Mitte lag und wo auch die Hochhäuser jäh endeten und eine umschließende Skyline bildeten. Die Häuser im Stadtkern hatten nie mehr als vier oder fünf Stockwerke, und keines schien unter hundert Jahre zu sein. Was also bedeutete, daß die jüngsten Häuser so alt waren wie die ältesten Menschen.

Die Straßen waren eng und die Gehsteige zur Hälfte mit geparkten Autos zugestellt. Anfangs fuhren wir durch eine recht heruntergekommene Gegend, in der viele Leute auf der Straße standen. Auch hier erinnerten die Fenster an die »toten Augen von London«, allerdings meinte ich trotzdem eine gewisse Fröhlichkeit zu spüren, etwas Tummelplatzartiges. Wenn in diesem Viertel das Verbrechen regierte, so nicht mit der Deutlichkeit eines Actionfilms. Wenigstens nicht vom Auto aus, das dem Fiat meines Onkels ausgesprochen ähnlich sah, aber anders hieß. Vieles hier war ähnlich und hieß nur anders, als hätte Gott die Welt noch einmal im alten Stil geschaffen, sich jedoch überlegt, den alten Dingen neue Namen zu geben. Zumindest neue Markennamen und allen Dingen ein anderes Licht. Einiges freilich war gänzlich verändert.

»Glück für dich«, sagte der Mann, der mich fuhr, »daß du nach drüben willst.«

Mit »drüben« meinte er den nordöstlichen Teil der Innenstadt, die von einem schmalen, langen See im Zentrum in zwei fast gleich große Bezirke geteilt wurde. Ein Binnensee mit einer Staffel von Brücken, über die man ohne Kontrolle gelangte. Dennoch bildete das Gewässer, wie ich bald begriff, eine Grenze, eine Grenze zwischen arm und reich, ohne daß daraus eine direkte Eskalation erfolgt wäre. Nicht im Moment. Das war mir ja aus meiner eigenen Welt vertraut: der Frieden. Während ich den Krieg nur aus Erzählungen und Büchern und dem Fernsehen kannte (vor allem den erfundenen Krieg). Ich meinte aber, im Frieden überall den Krieg riechen zu können und daß er im kleinen auch überall stattfand. Etwa die Gemeinheiten meines Bruders. Die konnten doch wohl kaum Ausdruck des Friedens sein, oder? Auch wenn meine Mutter sie psychologisch begründen konnte. Aber mein Gott, alles konnte sie psychologisch begründen. Für die Erwachsenen war der Begriff des Psychologischen eine Art von Elfmeter, den man praktisch immer bekam, immer schießen konnte und, wenn man danebenschoß, ihn auch gleich wiederholen durfte.

»Wie heißt der See?« fragte ich, als wir über die Brücke fuhren und ich rechts und links den glatten Wasserstreifen betrachtete.

»Das weißt du nicht?!«

»Ich habe nicht gesagt, daß ich hier zu Hause bin.«

»Sondern?«

»Das würden Sie mir nicht glauben.«

»Wahrscheinlich schon«, überraschte mich der Fahrer mit seiner Antwort und erklärte mir nun, daß dieser See *Mohsee* heiße. Die Bewohner würden ihn aber auch *Das Meer der kleinen Sünden* nennen.

»Warum das denn?«

»Na, weil es für die großen Sünden schon ein Meer gibt. Ein richtiges. Den Ozean drüben. Was du eigentlich wissen solltest.«

»Ich weiß eine Menge nicht«, sagte ich, »aber auch ein paar Sachen, die *Sie* nicht wissen. Haben Sie schon einmal vom Baikalsee gehört?«

Ich hatte eben in der Schule gelernt, daß es sich dabei um den tiefsten See der Welt handelte. Meiner Welt natürlich. Weshalb ich mir die Frage eigentlich hätte sparen sollen. Andererseits wollte ich halt nicht als ein kleiner, dummer Junge dastehen.

Der Fahrer meinte, nie von einem solchen See gehört zu haben. Und fügte an, daß ich sicher recht hätte. Der Eindruck, ob jemand blöd oder gescheit sei, hänge fast immer von der Auswahl der Fragen ab. Wenn man einen Arzt zu Krankheiten befrage, wirke dieser in der Regel intelligenter als bei einem Gespräch über Scheibenbremsen.

»Meine Englischlehrerin«, bestätigte ich, »klingt auch nur so lange klug, wie sie englisch redet.«

Er schnaufte leidend, als hätte er seine ganz eigenen fürchterlichen Erfahrungen mit Englischlehrerinnen.

Ich sagte ihm, daß, wenn ich jetzt schon wisse, wie der große See von Nidastat heiße, ich auch noch gerne erfahren würde, wie er, der Fahrer, sich nenne.

»Meinen Namen?«
»Wenn Sie einen haben, ja bitte.«
»Béla«, sagte der Fahrer.

Ich wußte, daß das Ungarisch ist, weil ein Freund meines Vaters so hieß. Darum fragte ich jetzt auch: »Sind Sie Ungar?«

Er sah mich an, als wüßte er nicht, wovon ich sprach, als existierten in dieser Welt zwar Englischlehrerinnen, aber keine Ungarn. Ich sagte darum: »Okay, kein Ungar also. Man kann ja auch Béla heißen, ohne Ungar zu sein.«

Er lachte mit einem Stirnrunzeln. Dann fragte er: »Und du, Junge, wie heißt du?«

»Theo.«

»Man kann Theo heißen, ohne ein Nidastater zu sein, richtig?«

»Richtig«, sagte ich.

In der Tat änderten sich jenseits der Brücke die Verhältnisse. Keine Leute, die auf der Straße herumlungerten, sondern alle waren in Bewegung. Zudem renovierte Fassaden, jedoch nirgends Kaufhäuser (die fast zur Gänze in den äußeren Stadtteilen gelegen waren), dafür viele Boutiquen und Galerien, an jeder Ecke Restaurants und Cafés, bestens besucht. Durch die hohen Scheiben der Lokale erkannte ich dicht gedrängt die Besucher. In dieser Gegend schien das Zu-Hause-Kochen eher selten. Hin und wieder bemerkte ich Polizei, aber auch nicht mehr als gewohnt. Alles war sehr viel vertrauter als bei meinem ersten Besuch in der Rollowelt. Hier waren nirgends Männer mit Ferngläsern zu sehen, die mehr schwebten als gingen. Oder Kinder auf Laufbändern. Allerdings war ich schon aufgeklärt genug, um zu wissen, daß genau darin der Sinn von Fassaden bestand – Fassaden, wie mein Vater sie entwarf, und auch die sonstigen Fassaden –, das Sichtbare vom Verborgenen wie auch vom Unsagbaren zu trennen.

»Da wären wir«, erklärte der Ungar, der keiner war, und hielt den Wagen an. Das Haus mit der Nummer zwölf war etwas höher als die Nachbargebäude, verfügte über zahlreiche Balkone und wirkte auf mich französisch. Es entsprach ganz meinem Eindruck von Paris, wo wir im Vorjahr zu Besuch gewesen waren und mir alles wie ein Bühnenbild vorgekommen war: gezeichnet und gemalt, ähnlich den Fresken in Kirchen, jedoch nach außen gestülpt. Selbst der Eiffelturm schien eher ein gezeichneter Turm zu sein, aus unglaublich vielen Strichen, wie bei diesen Dingen, die aus Hunderttausenden von Streichhölzern zusammengebaut werden. Aber natürlich wirkt dieser Turm sehr viel weniger hobbymäßig, sondern künstlerisch, wobei ich sagen muß, daß zwischen Kunst und Hobby eine Grenze zu ziehen für ein Kind nicht ganz einfach ist.

Für mich war es jedenfalls ein französisches Haus, vor dem ich nun stand, neben mir Béla, der ebenfalls ausgestiegen war. Dahinter Gehupe.

»Ich muß weiter, Theo«, sagte er. »Wirst du zurechtkommen?«

»Ganz sicher«, versprach ich. – Hätte es allerdings geregnet, wäre ich nicht so optimistisch gewesen. Auch mitten in der Stadt nicht. Schlechtes Wetter wirkt dämpfend, gutes dagegen verführerisch. Das würde ich noch oft im Leben feststellen.

Vom guten Wetter bestrahlt, sagte Béla, dessen Hinterteil im Stehen viel kleiner als im Sitzen wirkte, aber immer noch beträchtlich war: »Hör mal zu. Ich weiß ja nicht, was du vorhast. Aber ich schreibe dir meine Handynummer auf, für den Fall, daß du Hilfe brauchst. Ich meine *wirkliche* Hilfe. Wegen einer Spinne auf dem Klo brauchst du mich nicht anzurufen. Verstanden?«

»Verstanden«, sagte ich. Er gab mir den Zettel, dann reichte er mir seine Hand. Ich sah, wie die meine in der seinen fast völlig verschwand. Wie im Beutel eines Koalas. Es fühlte sich wirklich gut an. Ich will jetzt nicht sagen, daß Béla ein Gott war, aber hätte ich mir zu einem Gott eine Hand vorgestellt, dann eine solche. Ein ungemein kräftiges Werkzeug, das aber absolut sanft sein kann. Ein Hammer, der den Nagel nicht in die Wand schlägt, sondern schiebt.

Er stieg in den Kleinwagen und fuhr davon, mein »höchstpersönlicher Ungar«.

7

Durch eine hohe, mit einem schmiedeeisernen Gitter verzierte Eingangstür trat ich in eine Vorhalle. Das war schon sehr hotelmäßig. Allerdings ein Wohnhaus. Ein Wohnhaus mit Portier, der in seiner Livree auch nicht ganz unfranzösisch aussah. Und der nun hinter einer schmalen Theke hervortrat. Ich bemerkte das Halfter an seinem Gürtel, darin den Griff einer kleinen Pistole. Die er freundlicherweise beließ, wo sie war. Nichtsdestotrotz lag in seinem Blick aus engstehenden Augen das Versprechen, zum Schutz dieses Hauses, wenn nötig, auch Kinder zu erschießen. Er fragte mich, was ich denn wolle, und ergänzte: »Du wohnst hier doch gar nicht, oder?«

»Na, vielleicht will ich jemand besuchen.«

»Ach, du bist einer von den ganz Gescheiten!«

Ich sagte einfach: »Ja« und daß ich hier sei, um Helene zu sehen.

»Welche Helene?«

»Sie wissen doch gut, welche Helene«, versuchte ich es weiter auf die freche Tour.

Sein Blick aus engen Augen verengte sich weiter. Klischeemäßig gesagt, war er genau der Typ, der früher bei der Polizei gearbeitet hatte, in der Folge Privatermittler geworden war, später dann Leibwächter, um schließlich hier unten im Foyer und damit im Keller des eigenen Lebens zu stranden. Die pure Frustration und verbittert verbissene Autorität. Ein Mann, der Leute beschützte, die er verachtete, aber noch mehr jene verachtete, die es auf die Reichtümer dieser Leute abgesehen hatten.

Er verschränkte die Arme vor der Brust und schaute mir in die Augen. Ich schaute zurück. Um standzuhalten, sagte ich im Geiste ein paar englische Vokabeln auf (absurderweise würde ich viele Jahre später dasselbe beim Sex praktizieren, um nicht zu früh zu kommen, und würde auf diese Art eine ganze Menge Vokabeln besonders gut im Gedächtnis behalten).

Mit einem drohenden Schnauben drehte sich der Livreemann endlich um, ging zu seiner Theke, nahm einen Hörer und tippte drei Tasten.

»Hallo, Frau Leflor, ja, hier ist ein Junge, der möchte zu ... Helene. – Was er von ihr will? Nun, da muß ich ihn fragen.«

»Es geht um die Schule«, rief ich rasch und laut. »Wegen der Hausaufgaben.« Etwas Besseres fiel mir nicht ein. Aber im Grunde war das Schulargument immer das unverdächtigste. Wenn die Erwachsenen irgendeine Wahrheit verbargen, sagten sie auch immer, noch im Büro zu sein oder ins Büro zu müssen. Die Schule war das Büro der Kinder.

Der Livreemann lauschte in den Hörer und grinste verächtlich. Es sah aus, als versuchte eine aufmüpfige Kröte aus seiner linken Mundhälfte auszubrechen. Ein Tier, das in dieser Mundhöhle geboren worden war, jetzt aber unbedingt nach draußen wollte. So sah das meiste Grinsen aus. Wie eine verweigerte Tierbefreiung.

Immerhin, er gab mir endlich ein Zeichen, ich könne zum Aufzug gehen.

»Welcher Stock?« fragte ich.

Er sagte: »Top of the world.«

Nun, so viel Englisch hatte ich schon intus, um das zu verstehen. Zudem lebte ich ja selbst im obersten Stockwerk.

Ich dankte dem Livreemann, betrat den Aufzug und drückte auf dem Schaltbrett die höchste Ziffer.

Als die Türe sich schloß, stellte ich fest, mich in einer vollverspiegelten Kabine zu befinden, sodaß meine eigene Gestalt sich ins Unendliche wiederholte. Vor allem aber bemerkte ich, daß mit dem Fehlen des Tageslichts der grünliche Schein verschwunden war. Der braune Teppichboden war einfach nur braun, das gelbliche Deckenlicht gelblich, und mein eigenes Gesicht zeigte sich in den vertrauten blassen Fleischfarben. Der Lift setzte sich in Gang und glitt sanft nach oben. Nie hatte ich einen Aufzug leiser und komfortabler erlebt. Auch tat es meinen Augen gut, ein wenig aus dem Grün heraus zu sein. Schade, daß es so kurz dauerte.

Sofort, als die Lifttüre zur Seite glitt, schneite die Farbe herein. Ich schloß für einen Moment die Augen und trat blind in den Flur. Ein hoher Flur, wie ich mit wieder geöffneten Augen feststellte, in der Mitte ein Balkonfenster, rechts und links die weißen Holztüren zweier Wohnungen. (Ich hatte das Grün so weit verinnerlicht, durchaus die Farben erkennen zu können, die sich quasi darunter befanden, also, wie die Dinge »wirklich« aussahen beziehungsweise ausgesehen hätten, wäre das Licht gewesen wie in meiner Welt, also ungrün.)

Im Rahmen der rechten Türe stand eine Frau und blickte mich fragend an. Fragend, aber nicht unfreundlich. Sie sagte: »Hausaufgaben also?«

»Ja«, antwortete ich. »Helene kann mir sicher helfen.«

»Meinst du wirklich?« Auch sie grinste, aber es war keine Kröte, die sich hier zu befreien versuchte. Eher ein ... ein zartes Tier. Zart und vornehm und selten. Vielleicht ein Tier, das noch gar nicht entdeckt worden war. Worin seine Exklusivität und auch sein Schutz bestanden.

Jedenfalls meinte die Frau – die definitiv keine Bedienstete war, bei der es sich also um Frau Leflor handeln mußte –, sie meinte also: »Na, komm mal rein. Wie heißt du?«

»Theo.« Ich trat ein. Hinter mir fiel die Türe ins Schloß.
»Helene!« rief Frau Leflor, die etwa im Alter meiner Mutter war, die vierzig umkreisend. »Theo ist da, wegen der Hausaufgaben.«

Ich hörte Schritte auf dem glatten, glänzenden Parkett. Und ich wußte auch gleich, bevor ich Helene noch sah, daß diese Schritte, dieses Tapsen, ganz sicher nicht von jemand stammte, mit dem ich auch nur theoretisch die gleiche Schulbank drücken konnte. Und fragte mich, wie ich mir überhaupt so sicher hatte sein können, Helene sei ein Mädchen. Ein Mädchen wie das, welches mit einer Fingerkuppe einen Namen, eine Straße und eine Hausnummer auf einem Badezimmerspiegel hinterlassen hatte. Als könnte Helene nicht auch eine erwachsene Frau sein.

Oder ein Hund.

Und um einen Hund handelte es sich, der da jetzt aus einem seitlichen Gang in den weiten, hellen Vorraum hereintrabte und langsam auf mich zukam. Alles an ihm war langsam, besser gesagt, alles an *ihr*, denn es handelte sich schließlich um Helene. Selbst der Schwanz wedelte in einem Tempo, bei dem man das Hin und Her hätte mitzählen können.

Ich hatte es bis dahin nie so mit Hunden gehabt. Mit diesem jetzt aber schon. Manchmal weiß man das sofort. Wie diese Sache, die die Erwachsenen Liebe auf den ersten Blick nennen. So war das bei diesem Hund hier, einem Labrador-Retriever, einem gelben, wobei ich unter der grünen Einfärbung das Gelb eher als das eines Eisbären wahrnahm: heller Urin im Schnee.

Allgemein wird Vertretern dieser Rasse nachgesagt, den Menschen, mit denen sie zu tun haben, gefallen zu wollen. Die Engländer nennen es den *will to please*. Ein Eifer, der mit unterschiedlicher Heftigkeit vorgetragen wird. Viele Hunde treiben um die Menschen herum ein Theater, das man eigentlich nicht ernst nehmen kann. Weniger einen *will to please* als einen *will to get on your nerves,* was wiederum von nicht wenigen Hundebesitzern sehr geschätzt wird, auf diese Weise genervt zu werden. Sie leiden gerne unter der radikalen Aufmerksamkeit der Kreatur. Unter dem Starkult, den das Tier ihnen beschert.

Womit aber Helene nicht diente. Ihre bedächtige Art bewies eine Würde, die vielleicht ihren Genen, vielleicht ihrem Alter geschuldet war. Sie näherte sich, ohne mich sofort mit ihren Haaren und ihrem Speichel zu benetzen. Sie schleckte nicht, sondern schnüffelte, sie machte keinen Zirkus, sondern umrundete mich sorgfältig, wie um einen ganz leichten Kranz zu winden, aus dem ich steigen konnte, wann und wie ich wollte.

»Um welche Hausaufgabe ging es noch mal?« fragte Frau Leflor.

Ich biß mir auf die Lippen. Wieviel konnte ich verraten?

Ich tat, was man gerne tut, wenn ein Hund in der Nähe ist: ihn streicheln und sich beim Streicheln Zeit verschaffen. Zeit, um auszuweichen, Zeit, um sich etwas einfallen zu lassen. Weshalb ich behutsam in die Knie ging und meine Hand über den breiten Schädel der Hündin führte, über das kurze Fell, diesen Spannteppich von Stirn.

Frau Leflor stand daneben, drängte nicht, hatte die Finger ihrer Hände vor dem Bauch zu einer betenden Faust verzahnt und den Kopf etwas seitlich geneigt. Es sah aus, als wäre sie gerade dabei, eine Gesichtscreme einziehen zu lassen, was ohnehin eine Weile dauert. Und sie darum auch gut und gerne auf meine Antwort warten konnte.

Streichelnd dachte ich nach. Endlich richtete ich mich auf und sagte: »Das mit den Hausaufgaben war gelogen.«

Figuren wie Tom Cruise oder Matt Damon hätten darauf geantwortet: »No shit?!« Frau Leflor aber drückte es so aus: »Wenn die Lüge für einen guten Zweck ist, wäre das in Ordnung.«

»Ich habe ein Mädchen kennengelernt«, sagte ich, »das mir eine Nachricht hinterlassen hat. Eine kurze Nachricht, nur eine Adresse, diese, und einen Namen: Helene. Sonst wüßte ich ja nicht, daß hier ein Hund ist, der so heißt, nicht wahr?«

Nun, das war nicht ganz richtig, schließlich hatte ich gar nicht gewußt, daß Helene ein Hund war. Erst in diesem Moment ... Aber das war nicht der Punkt. Der Punkt war, von diesem Mädchen gesprochen zu haben. Und es war doch vollkommen logisch, daß Helene der Hund dieses Mädchens war. Ihr Haustier. Hätte sie mich sonst an diesen Ort geschickt?

Ich sah, wie durch Frau Leflor ein Ruck ging. Zuerst ein Ruck, dann versteinerte sie. Um im Versteinern zu schrumpfen. Ja, mir kam vor, sie sei jetzt deutlich kleiner als zuvor. Fast so klein wie meine eigene Mutter.

»Wie hieß das Mädchen?« fragte Frau Leflor und griff mir seitlich an den Arm. Hätte sie es nicht getan, wäre sie vielleicht umgefallen.

»Ich habe ihren Namen nicht erfahren«, sagte ich, gab aber eine Beschreibung: »Kleiner als ich, einen ganzen Kopf, ein bißchen jünger. Ein Jahr vielleicht. Noch ein bißchen dünner als ich. Und sehr sportlich.« Wobei ich nicht schilderte, woher ich das mit der Sportlichkeit wußte. Mir war ja bereits klar, daß es sich bei Frau Leflor um niemand anders als die Mutter des Mädchens handeln konnte. Ich wollte nicht von dem Laufband berichten, aus dessen Fängen ich ihre Tochter gerettet hatte. Sondern erzählte allein davon, ihr in einem verlassenen Strandhaus begegnet zu sein. Und als ich dann ein zweites Mal in dieses Haus gelangt war, war das Mädchen zwar verschwunden gewesen, hatte aber ebendiese eine Nachricht hinterlassen: Name und Adresse ihres Hundes.

»Meine Güte! Anna!« Frau Leflor faßte nach meinen

Händen, hielt sie fest umklammert und schaute mir in die Augen, wie ich das noch nie erlebt hatte. Nicht bohrend, sondern eine Brücke spannend, eine goldene Hängebrücke zwischen Frau und Kind. Dann sagte sie: »Du hast Anna gesehen!«

Anna hieß sie also. Ich nickte.

»Gott, sie lebt!«

Nun, ob sie das noch immer tat, hätte ich jetzt nicht mit Sicherheit sagen können, wollte aber keinesfalls meinen Zweifel zeigen, sondern erzählte noch einmal von dem Haus, vom Strand, unterschlug jedoch die Männer mit den Ferngläsern. Unterschlug die Möglichkeit, daß man Anna erneut auf ein Laufband gezwungen hatte.

Fortgesetzt hatte Frau Leflor meine Hände umklammert, als sie fragte: »Was geschieht dort mit ihr?«

»Ich weiß es nicht«, log ich.

»Aber irgend etwas... Und wieso hast du flüchten können und sie nicht?«

Noch einmal sagte ich: »Ich weiß es nicht.« Aber diesmal war es die Wahrheit.

Annas Mutter löste ihre linke Hand und griff sich an den Mund. In ihren Augen war Glas. Ein grüner See aus Splittern. Als wäre eine Flasche zerschellt. Aus der zerbrochenen Flasche rannen Tränen.

Ich sagte ihr, daß, nachdem ich die Nachricht auf dem Badezimmerspiegel gelesen hätte, ich aus dem Haus gelaufen sei. Niemand habe mich aufgehalten. Und sei sodann in der irrigen Meinung hierhergekommen, auf eine Freundin von Anna zu stoßen. Eine menschliche Freundin namens Helene.

Frau Leflor wischte ihre Tränen in Richtung der Schläfen und bestätigte: »Helene ist Annas Hund. Ihr *Alles*.«

Und dann sagte sie: »Du mußt mir das Haus zeigen.«

Ich erwiderte, es sei vielleicht das Beste, die Polizei zu benachrichtigen. – Ach ja, plötzlich.

»Keine Polizei«, meinte Frau Leflor bestimmt.

»Wieso?«

»Weil die Polizei nicht hilft. Warum sollte sie?« Dabei schaute sie mich verwundert an, als wäre allgemein bekannt, daß man sich in solchen Fällen als Letztes an die Polizei wende. Weil die sowieso Besseres zu tun hatte oder alles nur noch schlimmer machte oder sogar mit denen unter einer Decke steckte, die kleine Mädchen entführten. – Ich weiß, einige Leute von dort, wo ich herkomme, hätten jetzt höhnisch und mit einem Hinweis auf persönliche Erfahrungen erklärt, eine solche Polizei, die weder Freund noch Helfer sei, habe in absolut jeder Welt Gültigkeit. Grün oder nicht grün. Dennoch war ich verwundert und beschrieb ihr also, wie ich nach Nidastat gekommen war und daß ein Mann namens Béla mich gefahren hatte.

»Hat er was damit zu tun?«

»Nein, das glaube ich nicht. Er ist ein Fernfahrer. Er ist dort einfach vorbeigekommen und hat mich einsteigen lassen.«

»Woher stammst du, wo sind deine Eltern?« fragte Annas Mutter.

»Ich habe keine Eltern.«

Wow, ich hatte es einfach so gesagt. Gewiß nicht, weil das ohnehin mein sehnlichster Wunsch war, endlich einmal elternlos zu sein. Aber es war schlichtweg die bessere Antwort. Und in bezug auf die Rollowelt eigentlich auch die richtige.

»Du siehst nicht aus wie ein Streuner«, kommentierte Frau Leflor mein einigermaßen gepflegtes Äußeres, das lange blonde, also grünblonde Haar, mit dem ich erst letzte Woche beim Friseur gewesen war, der Spitzen wegen.

»Ich bin ein Luxusstreuner«, erklärte ich und grinste.

»Komm«, sagte Frau Leflor, »ich mache dir schnell was zu essen, und wir überlegen uns einen Plan.« Stimmt, mein

Magen war eine leere Kirche. Ein paar Kerzen flackerten. Und der Wind drehte sich geräuschvoll darin.

Frau Leflor hatte jetzt ihre Fassung wiedergewonnen. War deutlich gewachsen, auf die ursprüngliche Größe zurückgewachsen. Einen Moment erinnerte mich das an Lucian, wie er geschrumpft war und hernach seine alte Gestalt und seinen alten Glanz zurückerhalten hatte.

Annas Mutter war so ungemein damenhaft und elegant, aber es war die Eleganz von jemand, der zur Not auch mal die Makellosigkeit seiner Frisur riskierte, wenn die Courage es erforderte.

Während wir in die Küche gingen, trottete Helene neben uns her. Plötzlich kippte sie um, fiel auf die Seite. Es sah aus, als hätte jemand Unsichtbarer ihr die Hinterbeine zur Seite gefegt. Sie rappelte sich ohne Umstände wieder auf – ähnlich wie diese Eistänzer, die nach einem Sturz so tun, als wäre nichts geschehen, und einfach weiterfahren. Ja, Helene fuhr auch einfach weiter.

»Das kommt häufig bei ihr vor«, erklärte Annas Mutter. »Muskelschwund. Eine Erbgeschichte. Nichts, wofür sie etwas könnte. Also, ich meine, weil sie zuviel genascht hat oder so. Zu Labrador-Retrievern gehört diese Krankheit einfach dazu.«

Ein eisbärfarbener Labrador also. Wobei ich diesen Urin-im-Schnee-Farbton wenig später mit einer nur noch schwachgrünen Verfälschung sah, indem nämlich die Sonne hinter den Türmen von Nidastat unterging. Im Licht der stromgespeisten Lampen und Laternen wirkten die Farben der Dinge bald in der Weise, wie ich es gewohnt war, und meine Augen brauchten nicht mehr zu spekulieren und zu erahnen, was sich unter der »grünen Decke« befand.

Im Laufe des Abends bekam ich mehrere Brote mit Wurst und Käse serviert, dazu einen Fruchtsaft, Obst und Schokolade. Ein gutes Essen. Ich bin sowieso keiner von den Warmessern. Daß Kinder täglich eine warme Mahlzeit benötigen, halte ich für etwas, was man als »Ernährungsirrtum« bezeichnen könnte. Ein Irrtum, der wahrscheinlich forciert wird, um den Verkauf von Küchengeräten zu garantieren. Kaltes Essen wäre der Ruin etwa der Mikrowelle und der Schulkantine.

Ich wurde also bestens satt. Helene hockte die ganze Zeit neben mir und stierte unentwegt auf den Boden. Was ich zuerst nicht verstand, warum sie ein Loch ins Parkett starrte. Die meisten Hunde sitzen ja beim Essen dabei und werfen den am Tisch Sitzenden leidende und verzweifelte Blicke zu, wie die Kinder auf diesen Plakaten, die gegen den Hunger werben. Helene aber schaute hinunter. Endlich ging mir auf, daß sie einfach wartete, bis etwas herunterfiel. Auf das »Theater des Verhungerns« verzichtete sie, obgleich sie immer hungrig zu sein schien. Aber ohne Theater. Als ich's begriff, ließ ich heimlich eine Scheibe Wurst und zwei Stücke vom Apfel auf den Boden fallen.

Es heißt ja allgemein, das sei nicht gut für die Tiere. Ich frage mich dann immer: Was ist nicht gut? Die Wurst? Der Apfel? Daß sie es vom Boden essen? Weil es eine Zwischenmahlzeit ist?

Aber natürlich redete ich mit Annas Mutter nicht über Hundeernährung, sondern beschrieb ihr jetzt, wie rätselhaft sich die Türklinken des Strandhauses verhalten hätten, bockig, und auch die Fenster seien bockig gewesen.

»War da noch jemand?« fragte Frau Leflor. »Leute? Männer?«

»Ich habe niemanden gesehen.« Ich konnte die Wahrheit einfach nicht aussprechen.

Frau Leflor folgerte: »Dann verstehe ich nicht, wieso Anna nicht zurückkommt.«

»Ich glaube, das Haus hält sie gefangen.«

»Das Haus?«

Konnte man das so sagen? Jedenfalls war es mir lieber, als von den Feldstechermännern zu reden. Ich kramte den Zettel aus meiner Tasche, auf dem Bélas Handynummer stand, legte ihn vor Frau Leflor auf den Tisch und erklärte: »Er kann uns dorthin zurückbringen, glaube ich, und dann gehen wir in das Haus und suchen Anna.«

»Genau das werden wir«, sagte Frau Leflor, zog ihre auf dem Tisch aufliegenden Hände zu kleinen weißen Fäusten zusammen. Ich dachte an feste Schneebälle, geeignet, eine Scheibe zu durchdringen. Sie erzählte mir, wie vor zwei Jahren ihre Tochter verschwunden war.

»Zwei Jahre!« staunte ich.

»Ja, zwei Jahre, und ein Jahr davor mein Mann, Annas Vater. Auf die gleiche Weise. Plötzlich und ohne jede Erklärung. Ohne Spur, ohne daß irgend jemand je ein Lösegeld gefordert hätte, oder etwas Ähnliches. Dazu kommt, daß mir absolut keiner geglaubt hat, nicht die Polizei, nicht meine Freunde, nicht Annas Lehrer, nicht einmal meine eigenen Eltern, Annas Großeltern. Alle taten so, als bildete ich mir nur ein, einmal einen Mann und ein Kind gehabt zu haben. Daß in Wirklichkeit gar niemand verschwunden ist, weil da auch gar niemand je war, der hätte verschwinden können. Als wäre ich eine verrückte Frau, allein, nur zusammen mit einem Hund mit Muskelschwund.«

»Das ist eine große Wohnung hier«, stellte ich fest, »zu groß für eine Frau und ein Haustier.«

»Ich habe die Wohnung geerbt«, sagte sie und erklärte, daß dort drüben noch immer der Schreibtisch ihres Mannes stehe und dort noch immer das Kinderzimmer ihrer Tochter sei ... Freilich, verrückte Menschen würden auch Spielsachen für Kinder kaufen, die nie existiert haben und nie existieren werden. »Du kannst dir also vorstellen, Theo, was es für mich bedeutet, daß du Anna gesehen hast.«

Ich lächelte. Nicht ohne daran zu denken, angesichts der

Ereignisse meinen eigenen Verstand in Frage gestellt zu haben. Und hätte ich Frau Leflor jetzt von dem Rollo berichtet und von meiner eigentlichen, vergleichsweise ungrünen Welt, sie wäre vielleicht auf die Idee gekommen, sich mich bloß einzubilden. Als eine weitere Konstruktion ihrer kranken Geistes.

Aber man kann es auch so sehen: Selbst die eingebildeten Dinge müssen gelebt werden. Zudem war ich nicht hier, um ein Unglück zu verstärken, sondern um ein Mädchen wiederzufinden und zu retten. Eingebildet oder nicht. Und indem ich nun die Mutter des Mädchens wie auch den Hund des Mädchens ausfindig gemacht hatte, war ich doch einen guten Schritt weitergekommen. Auch wenn dieser Schritt wieder zu dem Haus am Strand zurückführen würde.

Frau Leflor versuchte mehrmals an diesem Abend, den Mann, der Béla hieß, zu erreichen. Jedoch vergebens. Niemand meldete sich, auch kein Anrufbeantworter.

»So oder so«, sagte Frau Leflor, »wir fahren morgen zu dem Haus. Du wirst es schon wiederfinden.«

Ich lag in dieser Nacht in Annas altem Bett. Ich meinte, sie auch nach zwei Jahren noch riechen zu können. Nicht nur Blüten und Parfüm und Socken kann man riechen. Hätte ich Annas Geruch in diesem Bett und in diesem Zimmer bestimmen müssen, ich hätte gesagt: So riecht der Mars, und zwar der Mars von der Erde aus betrachtet, also verdammt klein und nur unter günstigen Umständen zu erkennen. Anna roch nach einem Planeten in großer Entfernung, der zugleich jedoch sehr viel näher war als der Rest des Weltraums, somit ein Nachbar.

So müde ich verständlicherweise war nach einem Tag in der Rollowelt und ohne Schlaf davor, überlegte ich, wieviel Zeit wohl bei mir zu Hause vergangen war. Mein Fehlen jedenfalls würde längst bemerkt worden sein. Woraus sich eine bestechende Parallele ergab, nämlich auf die gleiche jähe Art verschwunden zu sein wie Anna und ein Jahr zuvor ihr

Vater. Warum auch hatte ich keine Nachricht hinterlassen? Einen Hinweis zur Beruhigung. Nicht entführt worden zu sein. Sicher wieder heimzukehren. Und wie wenig mein Verschwinden mit einer schlechten Schulnote oder den Gemeinheiten meines Bruders und üblicher Unbill zu tun habe.

Und was, wenn ich versuchte, von hier aus Kontakt aufzunehmen? Denn Computer und Internet und Mailverkehr existierten schließlich auch in Nidastat. War das Internet unendlich und alles durchdringend und benötigte nicht mehr als eine richtige Mailadresse?

Mit der Frage, ob derlei Kommunikation auch zwischen den beiden Welten funktionieren könnte, schlief ich ein.

Und ich muß sagen: Ich schlief so gut wie schon lange nicht mehr. Das Ganze hatte natürlich auch etwas von Urlaub. Ich konnte mich erstens ausschlafen und mußte zweitens nicht in die Schule. Und obgleich Helene sehr zeitig zu mir gekrochen kam – daß sie aufs Bett gesprungen war, konnte ich mir schwer vorstellen –, blieb sie neben meinen Beinen liegen, anstatt irgendwie den Wecker zu spielen. Immerhin meinte ich im Halbschlaf ihr Herz klopfen zu hören, ein krankes Herz, wie ich noch erfuhr. Aber ehrlich gesagt, dieser Hund und ein gesundes Herz hätten kaum zusammengepaßt.

Ich war schon wach, als Frau Leflor mit dem Frühstück hereinkam. Sie sagte: »Beeil dich bitte! Ich habe diesen Béla erreicht. Er fährt heute zurück und nimmt uns mit. Und bringt uns zu der Stelle, wo du bei ihm eingestiegen bist. Ich habe ihm gesagt, du hättest dort etwas Wichtiges verloren. Wie es scheint, hält er mich jetzt für deine Mutter. Denkst du, es ginge, wenn wir das so lassen? Um so weniger müssen wir ihm erklären.«

»Ach ja, können wir machen«, sagte ich. »Für den guten Zweck.«

»Und jetzt Frühstück!« bestimmte sie.

Ich fragte sie, ob Helene mitkomme.

»Natürlich, wenn jemand Anna aufspüren kann, dann Helene. Sie ist nicht so degeneriert, wie sie manchmal wirkt. Ein guter Fährtenhund. Sie hat ein krankes Herz, aber auch ein mutiges.«

Während ich frühstückte, legte mir Frau Leflor meine gewaschene und gebügelte Kleidung über die Bettkante. Sodann hielt sie das Messer hoch, das in meine Hose eingerollt gewesen war.

»Das ist Lucian«, sagte ich, »mein Messer.«

»Ist das nicht ein bißchen groß?«

»Ist Helene nicht ein bißchen schwer?«

»Wie meinst du das?« fragte sie.

»Na, daß man sich so was nicht genau aussuchen kann. Lucian ist halt so groß, wie er groß ist. Es war nicht meine Entscheidung, mir ein großes Messer zu nehmen, sondern Lucian hat sich einen kleinen Jungen ausgesucht.«

»Du meinst, er ist dir zugeflogen?«

»So ungefähr«, sagte ich, vermied freilich, von der ultraschwarzen Küche zu sprechen und zu erzählen, wie ich mit Hilfe von Lucian das Seil durchtrennt hatte, an dem Anna festgebunden gewesen war.

»Paß aber auf, daß du dich mit dem Monstrum nicht schneidest.«

»Passiert nicht, keine Angst«, sagte ich. Wovon ich überzeugt war. Mit einem elften Finger schneidet man sich nicht. Nur andere. (Doch einmal würde es dann doch geschehen.)

Eine halbe Stunde später standen wir auf der Straße und wurden von Béla in seinem Kleinwagen abgeholt. Er brachte uns vom Kleinwagen zum Großwagen.

8

»Also doch ausgebüxt«, sagte Béla zu mir, als wir beim Umsteigen auf den Sattelzug einen Moment allein waren. »Und dann so tun, als hättest du keine Ahnung von Nidastat. Übrigens finde ich, daß deine Mutter nicht die Bestie ist, vor der man Reißaus nehmen muß.«
»Vielleicht war es ja eine andere Bestie, wegen der ich geflüchtet bin.«
»Dein Vater?«
»Der ist schon lange weg«, sagte ich und meinte damit natürlich Annas Vater.
»Wie auch immer, überleg es dir beim nächsten Mal«, riet Béla. »Weißt du, da draußen in der Wüste sollte man nicht alleine unterwegs sein. – Was ist das überhaupt, weswegen ihr da noch mal hinwollt? Deine Mutter sagte, du hättest etwas verloren.«
Ich erzählte ihm von dem Strandhaus und wie ich in den Räumen herumgeschlichen war. Und dann sprach ich von einer Fotografie, die mir aus meiner Tasche gerutscht sein müsse und nun in einem der Zimmer liege. Ein altes Familienfoto, das meiner Mutter überaus wichtig sei. Und wir also darum in dieses Haus zurückkehren wollten. – Genau das zu sagen hatte ich mit meiner »Pflegemutter« vereinbart, um auf die erwartete Frage Bélas antworten zu können. Ja, ich gab vor, ein unersetzliches, niemals vervielfältigtes Fa-

milienbild verloren zu haben. Was im Grunde eine mehr als passende Chiffre dafür war, daß wir nach Anna suchten.

Béla sagte, er verstehe. Er verstehe, welche Bedeutung so ein altes Foto bekommen könne.

Ich erkannte die Trauer in seinem Blick. Es war eindeutig, daß er etwas im Leben verloren hatte. Mehr als nur Geld an der Börse oder einen Gegenstand von der Art einer superteuren Rolex. Sondern etwas, was allein auf einer Fotografie weiterexistierte. Das mußte nicht gleich ein totes Kind oder eine tote Frau sein. Vielleicht war er einfach verlassen worden oder hatte jemand verlassen und bereute es jetzt. Ohne jede Chance, es rückgängig zu machen. *Bis in alle Ewigkeit* fing bei manchen Menschen schon zu Lebzeiten an. – Ich hätte mich jetzt erkundigen können. Nach seiner Familie. Seiner Heimat. Aber Béla war in diesem Moment zu sehr in seine Gedanken versunken ... Sein Gesicht wirkte nun selbst wie eine alte Fotografie, Schwarz und Weiß und die vielen Graustufen dazwischen, an den Rändern ausgefranst, das Papier knittrig, weshalb ich ihn in Ruhe ließ.

Und dann kam Frau Leflor, die noch etwas Geld abgehoben hatte. Oder eher sogar *viel* Geld. Wenn erforderlich, würde sie bezahlen, wer auch immer sich von einem Geldbetrag zur Gnade verführen ließe und ihr Anna zurückgäbe. Obgleich ich mir das bei den Feldstechermännern nur schwer vorstellen konnte. Daß bei denen Geld eine Rolle spielte. Wir würden sehen.

Ich gestehe, es bereitete mir einiges Vergnügen, Frau Leflor mit »Mama« anzusprechen. Zu schauspielern. Obgleich es wohl tiefer ging als ein bloßes Schauspiel. Ich sagte: »Komm, Mama! Da steht Bélas Lkw. Bombig, was!?«

»Ja, Schatz, bombig«, gab sie zurück und lächelte. Im Zuge von Abenteuern geben Leute eben nicht nur vor, Mann und Frau zu sein, sondern auch Kind und Mutter beziehungsweise Kind und Kindsmutter und Kindshund. Letzteren hob

Béla nun mit seinen Armen gabelstaplerartig hoch und beförderte ihn auf den Beifahrersitz.

Bei meiner ersten Fahrt nach Nidastat hatte ich noch gedacht, eine Kuh würde auf dem Beifahrersitz spielend Platz finden, und dementsprechend herrschten nun ideale Bedingungen, um Kind und Mutter und Hund auf der Sitzbank aufzunehmen. Helene grunzte zufrieden und rollte sich zwischen mir und Leflor zu einem Nest ihrer selbst zusammen.

Béla startete. Der Laster gab ein Geräusch von sich, das klang, als hätte ein Elefantenbulle gerade zugestimmt, gegen einen Sprintweltmeister anzutreten. (Wobei ich keine Ahnung habe, ob Elefanten auf hundert Metern nur annähernd so schnell sind wie Sprintweltmeister, was ich aber wohl weiß, ist, wie dominant Elefanten sein können und wieviel Platz sie beanspruchen.)

Natürlich fuhren wir mehr als hundert Meter. Hinaus aus der Stadt und ihrem regen Verkehr, um schließlich auf jene Straße zu gelangen, die vollkommen gerade die Wüstenlandschaft durchzog und auf ferne Berge zuführte.

Leflor und Béla unterhielten sich über die Verhältnisse in Nidastat und darüber, daß es jedes Jahr wärmer werde, was verschiedene Gründe haben mochte. Béla plädierte dafür, dies als einen simplen Akt der Natur zu begreifen, während Leflor die Wetterkapriolen der letzten Jahre als eine göttliche Fügung interpretierte. Aber keiner von beiden gab der Wirtschaft die Schuld, der Autoindustrie, den Kraftwerken, den Industrienationen und so weiter, was ich doch erstaunlich fand. Während es ja in meiner Welt so war, daß die gleichen Leute, die in Flugzeugen saßen, selbige Flugzeuge für die Luftverschmutzung verantwortlich machten. Nicht so hier! Ein weiterer Beweis für die Unterschiede zwischen meiner und der grünen Welt. Aber da war noch etwas anderes, was mir auffiel, als ich den beiden zuhörte: nämlich von Béla seinen Nachnamen nicht zu kennen und von Leflor ihren Vornamen nicht.

Ich hätte fragen können, aber ich ahnte, daß es da nichts zu fragen gab. Sie waren *der* Béla und *die* Leflor.

»Hier in etwa!« äußerte Béla, nachdem er seinen schweren Wagen zum Halten gebracht hatte. Ich selbst hätte es kaum sagen können. Man konnte von dieser Stelle aus das Meer nicht sehen, da die Dünen einen Wall bildeten, hinter dem auch das Haus verborgen sein mußte. Dazu kam, daß ich bereits eine ganze Weile unterwegs gewesen war, bevor Béla an dieser Stelle gehalten hatte. Ich war ja – eingedenk einer Bemerkung meines Biolehrers – links abgebogen, als ich die Straße erreicht hatte, und damit in die falsche Richtung marschiert. Nidastat lag rechts. Als Béla mich aufgegriffen hatte, hatte ich jedoch einfach am Straßenrand gestanden, als wäre ich soeben vom Strand gekommen.

Béla startete wieder und fuhr noch etwa hundert Meter weiter, um den Laster auf einer betonierten Fläche zu wenden. An dessen Rand konnte ich ein Klohäuschen und eine Telefonzelle erkennen, so nahe nebeneinander, daß man sie von weitem auch für ein altes Ehepaar hätte halten können. Ich dachte an meine Großeltern.

Wir fuhren ein Stück zurück.

»Dort!« rief ich, als ich zur Küste hin einen Pfad erkannte, einen dünnen Streifen im Sand, der möglicherweise der richtige war.

Als der Laster mit einem erneuten Elefantenschnaufen zum Halten kam, fragte Béla, ob er uns nicht zu dem Strandhaus begleiten solle. Sechs Augen würden mehr sehen als vier.

»Das hängt schon sehr von der Qualität der Augen ab«, urteilte Leflor.

»Es war ein Angebot«, versicherte Béla, »und ich habe ja

nicht gefragt, ob Sie mit mir essen gehen wollen, oder? Nicht, daß ich Sie nicht gerne einladen würde.«

Leflor sagte, sie wisse schon, wie er es gemeint habe. Doch die Sache sei nicht ganz so einfach.

»Was meinen Sie mit *nicht so einfach?*«

Leflor überlegte, dann entschied sie sich und erzählte Béla vom spurlosen Verschwinden ihrer Tochter Anna. Und daß es sich also hier nicht um ein verlorengegangenes Foto, sondern um ein verlorengegangenes Kind handle. Und wie da kürzlich ein Junge bei ihr aufgetaucht sei und erzählt habe, in einem Haus am Strand einem Mädchen begegnet zu sein. Einem Mädchen, das mit großer Wahrscheinlichkeit Anna sei. Anna, ihre Tochter.

»Wie?« fragte Béla. »Theo ist gar nicht Ihr Sohn? Jetzt bin ich etwas verwirrt.«

Es schien, als scheue sich Leflor, einfach zuzugeben, in diesem Punkt getrickst zu haben. Stattdessen erklärte sie: »Den Theo hat mir Gott geschickt.«

Ich lächelte bei dieser Formulierung. Sie erinnerte mich an das, was man ein »Wunschkind« nannte, ganz abgesehen vom Begriff der unbefleckten Empfängnis. Aber klar, für Frau Leflor hatte ich etwas von einem Engel an mir. (Und ist es nicht tatsächlich so, daß Engel nichts anderes sind als Leute von der anderen Seite des Himmels? Oder eben des Rollos?)

»Also, wie auch immer«, meinte Béla mit einem leichten Kopfschütteln, »Sie beide sollten wirklich nicht alleine dort hingehen. Ich komme mit.«

Er öffnete sein Handschuhfach. Hielt einen Moment inne und fragte Leflor: »Erlauben Sie, daß ich eine Pistole mitnehme?«

»Ich weiß nicht, ob das so gut ist.«

»Vertrauen Sie mir, ich weiß, was ich tue.«

»Im Ernst?«

»Wäre ich sonst hier? Hätte ich Sie sonst gefahren?«

»Gut«, sagte Leflor, »aber nur zur Sicherheit. Sie ballern nicht herum um des Ballern willens. Versprochen?«

»Versprochen.«

Ich konnte Béla gut verstehen. Ich fühlte mich ja auch sehr viel besser mit dem Messer, das noch immer dicht an meiner Haut lag. – Das Komische ist doch, daß wir Waffen in erster Linie als tötend ansehen und so selten als lebensrettend. Dabei muß nicht jede Lebensrettung mit einer Tötung einhergehen, wie ich ja bewiesen hatte, indem ich nicht etwa versucht hatte, einen der *Männer mit den scharfen Augen* zu verletzen, sondern vielmehr das Seil auf der Laufbandmaschine durchschnitten hatte.

Mit Messer und Pistole und zusammen mit der Labradorhündin – somit zu sechst – kletterten wir aus der Höhe des Führerhaus auf die Straße hinunter. Es war jetzt noch wärmer als in Nidastat. Der heiße Wind umfing uns augenblicklich und einen Moment lang meinte ich, den Dampf einer kochenden Suppe einzuatmen. So, als würde mich jemand im Nacken festhalten und dabei dicht über den Suppenteller halten.

Ich brauchte eine Weile, mich daran zu gewöhnen, an die Suppe vorm Gesicht. Allerdings half mir, daß Béla sich die Schirmmütze vom Kopf nahm und sie mir über den Scheitel zog. Ein jäher Schatten umgab mich bis zur Kinnspitze hinunter. Dann spürte ich, wie Béla den rückseitigen Klemmverschluß enger stellte und auf diese Weise den Hutumfang auf meinen Kinderkopf zuschnitt.

Die auf der Erde abgestellte Helene stand auf leicht gespreizten Beinen – wie ein Tisch aus den Fünfzigerjahren – und wirkte total unzufrieden. Der Wind wehte ihr Sand in Nase und Augen. Sie richtete den Kopf nach unten, ausnahmsweise nicht in der Hoffnung auf heruntergefallene Speisen.

»Komm, Helene, komm schon!« rief Leflor nach der Hündin, die sich aber nicht von der Stelle rührte. Ich ging ein paar Schritte zurück und gab ihr einen kleinen Klaps auf den Hintern. Sie richtete den Kopf seitlich hoch und blinzelte mich an, als wollte sie sagen: »Und was, wenn Gott ein Hund ist?« Dann trabte sie los, nur um einer zweiten Berührung ihres Pos zu entgehen.

Mag sein, daß manche Hunde es schätzen, am Hinterteil gekrault zu werden. Nicht Helene. Abgesehen davon, daß ich sie nicht gekrault, sondern geklapst hatte. Jedenfalls beschloß ich, sie nie wieder auf diese Weise anzufassen. Das Hinterteil eines fremden Wesens ungefragt zu berühren war eine Gemeinheit. Und es war – da hatte die Hundedame mit ihrem Blick recht – gotteslästerlich. Das begriff ich. Immerhin befand ich mich in einer Phase meines Leben, wo ich immer mehr lernte, zwischen »würdevoll« und »würdelos« zu unterscheiden und wie sehr man vom zweiteren in Fallen gelockt wurde, um sich der Bedeutung des ersteren bewußt zu werden.

Auf dem Pfad, der sich allein durch eine vage Vertiefung im Sand zeigte, gelangten wir zu den Dünen und an das Meer, aber nicht zu dem Haus. Allerdings erkannten wir in einiger Entfernung einen Flecken, den einzigen Flecken in dieser vom Sand reingewaschenen Landschaft. Beim Näherkommen nahm der Flecken die Gestalt jenes Gebäudes an, in dem ich Anna begegnet war. Und in dem sich ein Badezimmer mit grünem Rollo befinden mußte.

Endlich standen wir vor der Türe. Wir waren also nicht etwa in der heimlichen Manier eines Sonderkommandos herangeschlichen. Wer uns hatte kommen sehen wollen, hatte uns auch kommen sehen. Béla klopfte. Und klopfte ein zweites und drittes Mal, um schließlich die Klinke zu drücken, die sich in seinem Fall auch mühelos abwärts bewegen ließ. Was wiederum nichts daran änderte, daß die Tür verschlossen war. Entweder abgeschlossen, oder aber das gänzlich unverschlossene Schloß übernahm diesmal den Akt der Verweigerung.

Übrigens war ich mir nicht einmal hundertprozentig sicher, daß es sich wirklich um das richtige Gebäude handelte. Zwar stimmte es vom Baustil her mit meiner Erinnerung überein, schien jedoch deutlich gealtert. Die Holzlatten der Fassade hatten ihren glänzenden Anstrich eingebüßt, wirkten verrostet, wenn man sagen könnte, Holz könne rosten. Das gleiche Haus vierzig Jahre später.

»Ich denke«, meinte Béla, »wir halten uns nicht weiter mit dieser Tür auf, okay?«

»Sie sind der Mann hier!« antwortete Leflor und gab ihm solcherart die Erlaubnis, Gewalt einzusetzen.

Béla nahm das Einverständnis gerne an und trat wuchtig gegen die Türe, die gleich mit dem ersten Stoß aus den Angeln flog. Es machte *Plopp!*, als wäre ein sehr großes und sehr altes Glas Sauerkraut aufgesprungen, um jetzt nicht von einer Konserve noch aus dem Ersten Weltkrieg zu sprechen. Ein heftiger Gestank drang aus dem Inneren. Es dauerte eine kleine Weile, bis mir klar wurde, daß es nicht der Geruch verwesenden Fleisches war, sondern derselbe, den ich bereits in der Küche erlebt hatte, nur ungleich stärker. Verwesung schon, aber nicht von Fleisch. Keine toten Tiere oder toten Menschen. Dafür aber Früchte, Brot, Pilze, verdreckte Geschirrtücher, unausgeputzte Knoblauchpressen, dazu hundertjähriger Filterkaffee, schlecht entsorgter Biomüll.

Zusätzlich mit dem *Plopp!* entwich staubiger Nebel aus dem Gebäude. Der heiße Wind trug ihn davon.

Béla schritt durch den türfreien Rahmen in den weiten Raum des Untergeschosses. Wir folgten ihm, wobei auffiel, daß die sonst so gelassene Helene, deren größte Gefühlsaufwallung bisher in einem moderaten Beleidigtsein bestanden hatte, aufgeregt wirkte. Ihre Nase glitt dicht über den Boden.

Und sicher nicht, weil hier jemand eine Portion Spaghetti ausgekippt hatte.

Und wieder war ich überrascht, wie sehr die Verhältnisse sich geändert hatten. Das schien mir überhaupt ein Prinzip der grünen Welt: der Wandel. Der Wandel der Dinge. Ihre rasante Evolution. Und ihr rasanter Verfall. War bei meinem ersten wie auch zweiten Besuch dieser Raum völlig sauber gewesen, lag nun überall Müll herum: leere Flaschen, zerknülltes Zeitungspapier, ein großer zerkratzter Tisch, aufgeplatzte Sessel, alles verwahrlost, desolat, ein stummes Radiogerät, ein mit Kippen gefüllter Aschenbecher. Dort, wo anfangs das Laufband gestanden hatte und später gar nichts gewesen war, befand sich nun ein Stuhl, dessen Beine in Rollen endeten und in dessen Sitz eine kleine Kunststoffwanne eingelassen war, ein Topfeinsatz, beigefarben. Ein Babyklo, aber für Erwachsene. Für bettlägerige Menschen, die man auf solche Konstruktionen hob, damit sie ihre Notdurft verrichten konnten. Vielleicht band man sie zu diesem Zweck an, so wie man hier kleine Mädchen an Laufbänder band. Am Boden um den Stuhl herum klebten lang vertrocknete Spritzer. Nicht wirklich eindeutig Kot oder Erbrochenes oder Blut, wahrscheinlich von allem etwas. Der Anblick des Ganzen war verstörend, ohne dabei eindeutig Schreckliches zu zeigen. Der Anblick drückte etwas aus, was mir später in der meisten »modernen Kunst« präsent schien: das unsagbar Abgründige. So, wie ja auch die Männer mit den Ferngläsern diesen »wortlosen Abgrund« verkörperten.

Man hätte dies freilich einfach für einen Ort halten können, an dem hin und wieder ein paar Landstreicher zusammenkamen, die wenig vom Aufräumen hielten und von denen einer diesen Klomuschelsessel benutzt hatte. Häßlich, widerlich, aber nicht wirklich ein Horror.

Helene zog eine Spur um den Sessel und die Flecken, ihre Nase fortgesetzt nahe am Boden haltend.

»Los, Helene!« rief Leflor. »Such Anna, wo ist Anna?«

Die Hündin verstand. Sie verstand ja schon die ganze Zeit, wendete den Kopf nach links, nach rechts, und entschied sich dann für eine Richtung, die uns hinter die freischwebende Treppe führte. Dort war eine Türe, die mir bislang nicht aufgefallen war. Eine offene Türe, die auf steinernen Stufen hinunter in den Untergrund führte. Den Keller.

Der Keller ist der fürchterlichste Ort, schlimmer noch als jedes Badezimmer. Ganz gleich, wie harmlos die Gegenstände sein mögen, die dort aufbewahrt werden, ob Kartoffeln oder Heizkohle. Einmal im Keller, verwandeln sich Kartoffeln in Gespenster. Erst zurück im Erdgeschoß, nehmen sie wieder ihre harmlose Kartoffelgestalt an und enden als Opfer der kochenden Menschen.

Kein Kind, das je freiwillig in einen Keller gegangen wäre.

Oder ohne Messer. – Ich faßte mir an die Seite und spürte den hölzernen Griff Lucians unter meinem T-Shirt, als ich nun hinter Béla und Leflor, aber noch vor Helene die Stufen hinunterstieg. In die Unterwelt.

Zu einer Unterwelt paßt natürlich Dunkelheit. Welche auch kam, indem nämlich – ganz wie oben in der Küche – sich der letzte Rest von Grün verlor und eine weltraumartige Schwärze ausbreitete. Dazu Kälte. Wobei mir das nach der Hitze oben ganz guttat. Mein Körper knisterte geradezu von der abkühlenden Haut. Es kam mir vor, als würden sämtliche Schweißtropfen zu kleinen Eiskristallen erstarren, dann von meiner Haut abfallen und mit einem feinen Klirren am Boden zerspringen. Winzige Sektflöten, die dutzendweise zersplitterten.

Indem ich so dachte, vom Schweiß zu den Kristallen zu den Gläsern, war ich für einen Moment abgelenkt. Und in der Ablenkung so gut wie angstlos. Kurz. Als mir dann aber wieder einfiel, wo ich eigentlich war, umgeben von absoluter

Schwärze, realisierte ich auch, alleine zu sein. Ich spürte es. Da war keine Helene mehr, die hechelte, keine Frau Leflor, deren Parfüm ihr eine weitreichende Wirkung verlieh (jedes Parfüm dient der »Ausbreitung« einer Person, als öffnete sich ein Fächer), und selbst der feste Atem des unechten Ungarn war verschwunden. Eine Panik erfaßte mich, auch eine Wut, weil hier alles so verdammt überraschend kam. Ich rief nach den dreien, obwohl ich wußte, wie sinnlos es war. Da war niemand, der mir antwortete. Auch kein Handylicht aus der Ferne (überhaupt fiel auf, wie gering die Bedeutung solcher »Taschendämone« in Greenland war; es gab sie, das schon, Béla hatte eines, zumindest hatte er mir seine Handynummer aufgeschrieben, allerdings ... nun, gesehen hatte ich keines. Mein eigenes wiederum lag zu Hause, und es war auch unwahrscheinlich, daß es hier drüben irgendwie funktioniert hätte, eher wäre es in dieser Welt ohnmächtig geworden, verkümmert, geschrumpft, verendet.)

Immerhin, wenigstens Lucian war weiterhin an meiner Seite. Ich zog ihn sicherheitshalber hervor und richtete seine Spitze nach vorn, während ich mich mit der anderen Hand am Geländer festhielt und mutig in den Keller hinabstieg.

Stimmt, ich hätte auch zurückgehen können. Aber das wäre eine Flucht gewesen. Zudem war mir klar, daß, wenn ich Anna finden wollte, dies nur gelänge, indem ich den einmal beschrittenen Weg fortsetzte. Weiter also!

Es folgten noch ein paar Stufen, bevor der Gang eben dahin führte, damit aber auch weg vom hilfreichen Geländer. Ich stand jetzt in der undurchdringlichen Finsternis und wußte nicht, wohin ich mich bewegen sollte. Auch Lucian konnte nicht helfen, denn obzwar ich seine Anspannung fühlte, spürte ich ebenso seine Ungewißheit. Selbst er schien unter diesen Verhältnissen außerstande, irgend etwas zu *sehen*. Es hätte wohl eines minimalen Restes von Lichtes bedurft, das sich auf seiner breiten Klinge hätte spiegeln können.

Drrrrrrrrr!

Telefongeklingel. Und zwar altmodisch. Beziehungsweise echt. Wie man es aus früheren Fernsehsendungen kannte oder aber von Leuten, die für ihr Handy einen Klingelton ausgewählt hatten, der scherzhaft tatsächlich an ein Telefon erinnerte. So kam es manchmal vor, daß mitten in einer U-Bahn der Eindruck eines gemütlichen kleinen Wohnzimmers entstand.

Wie auch jetzt. Da war ein Telefon, das läutete, ganz in meiner Nähe. Ich brauchte nur die Hand etwas nach rechts auszustrecken, und schon berührte ich die leicht warme Oberfläche aus Kunststoff. Ich hob den Hörer hoch und hielt ihn an mein Ohr. Eine beamtete Frauenstimme meldete sich. Auf eine höfliche Weise unhöflich, dieser süßsaure Tonfall des Genervtseins. Und obgleich *sie* es war, die angerufen hatte, fragte sie: »Ja, wer spricht?!« Wie man fragt: »Mit oder ohne Betäubung?!«

Ich nannte meinen Namen, meinen Vornamen, Theo, weil ich mir denken konnte, wie wenig mein Nachname in der Rollowelt von Bedeutung war. Und lag damit auch richtig. Die Frauenstimme äußerte: »Ach ja, du.«

Und wies mich gleich darauf an: »Mach die Augen zu, und geh los auf zehn Uhr.« Dann legte sie auf.

Ich hätte sie noch gerne gefragt, wozu es nötig sei, an einem solchen Ort die Augen zu schließen. Folgte jedoch ihrer Anordnung. Und wirklich ... Nicht, daß ich nun irgend etwas erkannt hätte, allerdings fiel es mir sehr viel leichter, blind durch einen völlig dunklen Raum zu marschieren, als zuvor sehend. Im Geist stellte ich mir eine Uhr vor und folgte dem Strich, der genau jene Zeit markierte, zu der ich bei mir zu Hause allerspätestens das Licht ausschalten mußte. Und auch wenn ich es nicht sah, so spürte ich, wie ich nach einigen Metern durch einen Türrahmen schritt und in einen schmalen Flur geriet. Ich ahnte die Wände rechts und links sowie die niedrige Decke über mir. Und hoffte, dieser Gang werde sich nicht zu einer Art von »Gehsarg« verjüngen.

Große Erleichterung, als ich Stimmen hörte, ein Gewirr, hallend. Ich öffnete die Augen. Und erkannte ein erstes fernes Licht. Eine Dämmerung. Abend und Morgen in einem. Und dann den Tag.

Einige Schritte noch, und ich gelangte erneut in eine Küche, diesmal aber eine hell erleuchtete, eine Restaurantküche, in der ein Mann an einer Fritteuse stand. Er schaute mich kurz von der Seite an, nicht weiter erstaunt, dann holte er ein Sieb aus dem sprudelnden Fett, ließ die darin befindlichen Pommes abtropfen und leerte sie schließlich in eine metallene Schüssel. Wo er sie salzte und in der Folge schüttelnd das Salz verteilte.

Erneut blickte er mich an, und zwar mit einem Hundeblick, der weit intensiver und leidender war als jener Helenes, und erklärte: »Du mußt wissen, mein Junge, ich war früher Meisterkoch. Das ist kein Witz. Außerdem habe ich viele bekannte Kochbücher verfaßt. *Die Renaissance des Frühstücks.* Oder *In zehn Minuten besser kochen als andere in drei Stunden.* Und vor allem natürlich mein *Glück und Unglück der Nachspeise – Die Sache mit den Kalorien.* Lauter Bestseller. Das kannst du mir glauben, auch wenn's dir schwerfallen mag, hier, inmitten dieser verteufelten Schwimmbadküche.«

Richtig, die Geräusche waren mir gleich bekannt vorgekommen. Die vielen vergnügt erregten Stimmen, die hoch aufstiegen und die dann quasi von der Wölbung des Raums wieder herunterregneten. So was gab es nur in Kirchen und Schwimmbädern. – Indem ich jetzt an dem Koch vorbeisah, konnte ich am anderen Ende der Küche und durch eine Tür hindurch den oberen Teil eines Sprungturms erkennen.

»Das Schreckliche ist«, erklärte der Koch, »daß die Leute absolut jeden Mist fressen, Hauptsache, das Zeug trieft vor

Fett. Das Schnitzel, die Würste, die Pommes, die Saucen. Und wenn es gebackener Kaninchenkot wäre, würden sie es genauso futtern, wenn viel Fett dran ist. Versuche ich mal, den Fettanteil zu reduzieren, gibt's Beschwerden. Außerdem essen sie am liebsten mit den Händen. Mit den Händen und halbnackt, bekleidet mit einer Badehose – und sind wir doch ehrlich, eine Badehose ist doch auch nur eine etwas wassertauglichere Unterhose. Und keiner hier, der bereit wäre, für das wenige Geld, das er ausgeben möchte, auch einmal etwas Gutes zu speisen.«

»Wäre etwas Gutes nicht teuer?«

»Wieso?« fragte der Koch zurück, der ein sehr vornehmes, wohl aus seinem alten Leben stammendes, eingegrünt blendend weißes Kochjäckchen mit zwei Reihen silberner Knöpfe trug (es war nur wenig Tageslicht, das hier hereinkam, aber es genügte eben stets auch weniges, um einen Raum einzugrünen). Er erklärte: »Eine Kartoffel ist eine Kartoffel und im Grunde gleich teuer, ob ich daraus Pommes mache, die wie aufgeweichte Fischknochen schmecken, oder aber ein herrliches Püree.«

Ich erinnerte mich, im Unterricht gehört zu haben, auch viele der Tiefkühlfritten würden aus Püree bestehen. Genau das sagte ich jetzt.

Doch der Koch erwiderte: »Ja, vereister Matsch! Ich aber rede von einem cremigen Kartoffelpüree, ein wenig Sahne, etwas Muskatnuß, einige Tropfen Trüffelöl – einem Püree, das wie eine Hautcreme für den Geschmack funktioniert. Der Geschmack wird weich und fein und bekommt keine Falten. Bei Leuten, die Fritten essen, kriegt der Geschmack Falten und das Gesicht genauso.«

Hm! Ich dachte nach. Essen als Kosmetik hatte ich mir noch nie so richtig vorgestellt. Eher als etwas Seelisches, als Trost oder Belohnung oder Ablenkung. Weshalb wahrscheinlich die dicken Leute zwar die traurigen, aber auch die getrösteten waren, die besonders dünnen hingegen genauso traurig, jedoch ungetröstet.

Ungetröstet und ungeröstet! Ein Wortspiel, das mir gerade eingefallen war, wobei der Koch eher schmal wirkte und somit auch ungetröstet, trotz seiner angeblichen Kochkünste. Zumindest aber machte er in dieser Küche einen gerösteten Eindruck. Wirkte also gar nicht blaß, sondern gebräunt. Grün gebräunt.

Weil ich jetzt wirklich Hunger hatte, fragte ich ihn, ob er mir eine Kleinigkeit herrichten könne, gerne auch etwas mit wenig Fett und von guter Qualität.

»Wie denn?« fragte er. »Was denkst du, was die Leute, die dieses Bad verwalten, so an Lebensmitteln einkaufen? Immer nur das Billigste. Und natürlich miserables Frittierfett.«

Doch während er das noch sagte, öffnete er den Kühlschrank, zog ein Stück Wurst hervor, mehrere Gürkchen, einige Salatblätter, Senf, ein Glas Mayonnaise, einige Scheiben hartes Ei, eine etwas schlappe Frühlingszwiebel und noch ein paar Sachen, die ich auf die Entfernung und des ungewohnten Lichts wegen nicht identifizieren konnte.

Fortgesetzt die mindere Qualität dieser Zutaten beklagend, begann er, längliche Streifen der Zwiebel und kleingeschnittene Stückchen möglicherweise eines Pilzes in einer mit Butter bestrichenen Pfanne zu rösten und in einer Weise mit Salz zu bestreuen, als fütterte er Fische in einem Aquarium.

Sodann bat er im Ton größter Selbstverständlichkeit: »Gibst du mir mal dein Messer?«

Stimmt, ich hatte ganz vergessen, ja noch immer Lucian in der Hand zu halten, den Arm angewinkelt, und infolgedessen mit der Spitze auf ihn, den Koch, zu zeigen. – Ich räusperte mich und reichte ihm das Messer.

Er hob es auf Augenhöhe an, betrachtete es im Licht der Deckenbeleuchtung und meinte anerkennend, man würde heutzutage selten noch auf derartige Messer treffen. Gleich darauf setzte er die Schneide an die Wurst an – schätzungsweise eine Salami – und schnitt ungemein dünne, ja so ungemein gleichmäßig dünne Scheiben herunter, wie ich das bisher nur bei maschinengeschnittener Wurst erlebt hatte. Wobei es aussah, als ginge das ganz einfach.

»Toll, wie Sie das machen!« applaudierte ich.

»Ach was! Mit so einem Messer könnte meine blinde Großmutter dir einen Holzsplitter aus dem Daumen operieren.«

Er schien mir eigentlich zu alt, um noch eine Großmutter zu haben, aber was wußte ich, wie lange die Leute in der Rollowelt lebten. Und vielleicht war es ja auch nur als Bild gemeint. Jedenfalls lagen nun auf dem Schneidbrett ein Dutzend sehr ordentlich sortierter Salamischeiben. Sodann dividierte der Koch mit Hilfe von Lucian einige feste Weintrauben durch vier und zerteilte die Essiggurken derart fein, daß man durch die einzelnen Scheibchen hätte durchsehen und sie als Weichzeichner verwenden können.

Als auch das erledigt war, hielt er das Messer unters Wasser und fuhr schließlich mit einem weichen Lappen darüber, bevor er es mir wieder reichte. Dabei seufzte er und sagte: »Auch die Messer werden heutzutage immer fauler. Niemand will arbeiten. Deines aber ist anders. Von früher halt, als die Messer noch Messer waren.«

»Ist das nicht ein Klischee?« fragte ich, eins meiner neueren Wörter gebrauchend. »Das mit den guten alten Tagen?«

»Also, bei mir waren sie definitiv besser«, sagte er. »Aber klar, es wird auch manches besser geworden sein. Allerdings müßte ich dann mal aus dieser Küche rauskommen, um das feststellen zu können.«

Ich schob mir Lucian zurück in den Hosenbund und deckte seinen Griff mit meinem T-Shirt zu. Ich meinte jetzt sogar zu spüren, wie sich das Messer an den Enden zu mir bog und sich dabei dem Verlauf meiner Taille anpaßte. Wollte aber nicht nachsehen, um mir dies zu beweisen. Die Beweissucht ist eine Sucht der Erwachsenen (und natürlich ist es so, daß viele Dinge und Wesen diesen Trieb insofern sabotieren, als sie sich sofort totstellen, sobald sie unter ein Mikroskop gelegt werden. Sehr zu Recht! Oder würde man etwa den Papst in ein Labor einsperren, um seine Unfehlbarkeit zu beweisen? Auch der Papst würde sich dann totstellen, oder? Die Aufklärung hat sicher ihre guten Seiten, doch ihr Fehler ist ihr schlechtes Benehmen, ihr Hang, sich allem bis auf Griffweite zu nähern, gewissermaßen einer völlig fremden Frau an den Busen zu fassen. Und dann gibt's Ohrfeigen für die Aufklärung. Die Ohrfeigen werden sodann als Grenzerfahrungen bezeichnet.)

Nachdem nun alle Zutaten präpariert oder in eine bestimmte Form gebracht waren, befeuchtete der Koch zwei halbierte Scheiben dunklen Brotes und ließ sie in die Fächer eines Toasters gleiten, um bald darauf die knusprig gerösteten Teile zu bestreichen und zu belegen.

Was ich dabei wirklich verblüffend fand, waren die zugleich ruhigen und dennoch ungemein rasanten, geradezu unsichtbaren Handgriffe, mit denen der Koch einen mehrere Zentimeter dicken Belag auf den Broten entstehen ließ. Ganz am Schluß tauchte er einen Pinsel in die Mayonnaise und setzte ein Zeichen auf das oben aufliegende Salatblatt. Und tat auf die Mayonnaise einen winzigen Tropfen grünbraunes Öl, das, wie er verriet, aus Österreich, aus der Steiermark, stamme und welches er gewissermaßen in diese Proletenküche geschmuggelt habe.

»Mein Markenzeichen«, erklärte er die saucige Kalligraphie.

Hätte ich es beschreiben müssen, ich hätte gesagt: ein Gehirn. Ein Gehirnlogo. Und auf dem Gehirn ein kleiner, dunkler Fleck. Aber kein Tumor, sondern ... eine kernige

Idee. (Was ich in diesem Moment so gar nicht realisierte, war der Umstand, daß es offensichtlich auch in dieser Parallelwelt einen Staat namens Österreich und darin ein Land namens Steiermark gab, wie Dotter im Ei. Oder aber der Koch meinte damit, es von drüben, von der anderen Seite des Rollos, hergeholt zu haben. Denn wenn es hier kein Ungarn gab, wieso sollte es dann ein Österreich geben? Das wäre nun wirklich eine Frage für den Geschichts- wie für den Geographieunterricht gewesen.)

Ich hatte befürchtet, gleich beim ersten Bissen einen Teil des zentimeterhohen Belags zu verlieren, doch dieser war ungemein kompakt, blieb auf dem Brot oder landete in meinem Mund, aber nicht auf Teller oder Boden. Und schmeckte ganz hervorragend, trotz des Senfs, den ich eigentlich gar nicht mochte. Aber es war ja auch grüner Senf, welcher der Wurst eine ganz leichte Schärfe verlieh, einen strengen Ton, streng, aber gerecht, wie man so sagt, wenn man die Strenge für gut befindet.

»Und?« fragte er und sah mich erwartungsvoll an.

Ich kaute zu Ende, schluckte hinunter und erklärte: »Brillant!«

Auch eins meiner neuen Wörter, wobei ich aber bislang noch nicht so richtig gewußt hatte, wo man es am besten einsetzte. – Jetzt wußte ich es.

»Nachschlag?« fragte er, als ich eben von dem zweiten abbiß.

Ich nickte eifrig. Und so kam ich zu insgesamt vier Stück der sicher besten belegten Brote meines Lebens. Und wollte darum etwas Nettes sagen und meinte, er, der Koch, werde sicher wieder einen besseren Job finden, als in dieser fettverseuchten Hallenbadküche arbeiten zu müssen.

»Du hast keine Ahnung, mein Junge. Wer einmal bestraft wird, der bleibt in der Strafe hängen. Für alle Zeiten.«

Ich erinnerte mich an eine Aussage Bélas und erklärte, das

Entscheidende sei, die Strafe hinzunehmen, sich dabei aber für absolut nichts zu entschuldigen.

Der Koch blickte mich mitleidig an und meinte: »Schau ich denn aus, als würde ich mich gerne entschuldigen?«

»Eigentlich nicht«, stimmte ich zu.

»Siehst du. – Nein, die Strafe ist fundamental, und sie wirkt, ganz gleich, wie du dich verhältst. Die Strafe ist blind für alle Manöver des Bestraften. Mag ja sein, daß ich später einmal in einer anderen Küche arbeiten werde, dann wird es aber eine Bahnhofsküche sein oder so eine Absteige, wo alle nur Toast Hawaii bestellen, oder eine Großküche für die Kindergartenversorgung.«

»Wofür bestraft man Sie eigentlich?« fragte ich.

Nicht, daß ich jetzt erwartete, er werde etwas Dramatisches wie einen Mord oder einen Banküberfall gestehen, denn dann wäre er wohl eher in einer Gefängnisküche gelandet als in einem Schwimmbad. Andererseits konnte es sich nicht um eine Kleinigkeit handeln. War es etwas Politisches? Hatte er die Wahrheit gesagt? (Und dabei einen fremden Busen angefaßt?)

Die Antwort, die jetzt folgte, erstaunte und erschreckte mich. Er sagte: »Ich habe einem kleinen Mädchen geholfen.«

»Anna?!« rief ich aus.

»Mag sein. Soweit kam es nicht, daß ich ihren Namen erfahren habe. Es war genauso wie mit dir. Die Kleine hatte Hunger. Da habe ich ihr ein paar Brote gemacht. Natürlich nicht hier. Sondern in meinem eigenen Restaurant damals, *Chez Felix*, vier Hauben und zwei Sterne, wobei ich nie viel auf diese Hauben und Sterne gegeben habe. Sie kommen und gehen. Jedenfalls betrat das Mädchen plötzlich meine Küche, so wie du jetzt. Ich hatte Mitleid mit ihr. Ihr stand der Hunger ins Gesicht geschrieben. Zudem sind belegte Brote meine Spezialität. Ein absolut vernachlässigtes Terrain.«

Ich sagte, mir nicht vorstellen zu können, daß man bestraft werde, weil man einem kleinen Mädchen etwas zu essen gebe. Da könnte er ja genausogut auch dafür belangt werden, *mir* ein paar Brote gemacht zu haben.

»Na, mein Junge, du bist ja wohl selbst ein Bestrafter, nicht wahr? Oder wärst du sonst hier?«

Mir fiel jetzt Annas Prophezeiung wieder ein, nachdem ich sie mit Hilfe von Lucian von dem Band befreit hatte. Daß nämlich die *Männer mit den scharfen Augen* nun auch hinter mir her sein würden. Daß auch mir eine Art von Strafe drohe.

Dennoch wiederholte ich meine Frage, was für ein Verbrechen es denn sei, ein Kind von seinem Hunger zu befreien. Selbst wenn dieses Kind vielleicht etwas angestellt habe. Etwas Unanständiges gepostet oder die Unterschrift der Eltern gefälscht habe.

Der Koch, der Felix war, lachte: »Das kommt wohl drauf an, was die Fälschung einer Unterschrift bewirkt. – Schau mal, ich weiß wirklich nicht, was dieses Mädchen verbrochen hat, aber Faktum ist, daß jeder, der ihr hilft – bewußt oder unbewußt, das ist egal –, in der Falle sitzt. Wir alle, du und ich und wer sonst noch, sind durch die Strafe verbunden. – Willkommen im Club! Gratulation!«

Ein anderer Mann kam herein und legte mehrere Zettel auf den Tisch. Der Koch sah sie sich an und klagte: »Warum essen die Menschen so gerne Pommes?«

Ich antwortete: »Vielleicht, weil man ja zum Ketchup etwas dazubraucht. Die Pommes tragen das Ketchup. Tragen es in den Mund hinein.«

Er sah mich von der Seite an und meinte: »Du bist ein ganz Raffinierter, was?«

Ich grinste und antwortete: »Ich hoffe sehr.«

»Na, dann geh mal hinüber in die Schwimmhalle, und sieh zu, wie du deiner kleinen Freundin helfen kannst.«

»Anna?«

»Wenn sie so heißt, ja«, sagte er und drehte sich zu seiner Fritteuse hin.

Ich griff heimlich nach zwei Stück Pommes, die am Rand lagen und die ich mir nun auch ohne den Zweck einer Ketchupbeförderung in den Mund steckte.

Kauend trat ich durch die Türe und durchquerte die mit Donuts und Brötchen bestückte Theke. Hier gab es zudem Cola und Fanta. Welch mächtige Übereinstimmung meiner und der Rollowelt! Wie sehr eben manche Produktnamen sich im gesamten Universum und in sämtlichen Sphären durchzusetzen verstanden (was möglicherweise aber auch für Länder wie die Steiermark galt sowie für das von dort stammende Kürbiskernöl).

Was ich in der Folge allerdings zu sehen bekam, war doch sehr viel anders. Nicht das Schwimmbad an sich, mit diversen Rutschen, vielen bunten Liegen, Palmen, einem großen geschwungenen Becken und mehreren kleinen Bassins, in denen das Wasser sprudelte. Durch die hohen Scheiben erblickte ich eine schneebedeckte Landschaft. Im Hintergrund eine Gebirgskette. Geblieben war das grüne Licht, etwas schwächer allerdings, ein Winterlicht.

Es war jetzt aber nicht dieser Wechsel der Jahreszeiten, der mich zusammenfahren ließ, sondern die vielen Männer, die den gesamten Beckenrand füllten, einer neben dem anderen, und jeder hielt sich in der bekannten Weise einen Feldstecher vors Gesicht. Nur daß sie nun weit weniger gleichartig wirkten, denn sie hatten ihre Kutten abgelegt und trugen Badehosen. Badehosen von der Farbe der Kutten. Unterschiedlich hingegen die Gestalt der sonst nackten, blaßgrünen Körper, anders, als ich das beim ersten Mal vermutet hatte, als ich sie mir alle recht schlank gedacht hatte. Manche von ihnen waren jedoch ausgesprochen dick, andere halbdick, wenige dünn. Niemand aber *jung* dünn. Alle Körper, auch die, denen man den Sport ansah, verrieten ein fortgeschrittenes Alter. Männer ab fünfunddreißig oder vierzig, die in ihrem Leben schon zu viele Pommes gesehen hatten, sodaß kein Waldlauf und keine Hantel diesen Eindruck leichten oder starken Angefettetseins mehr wettmachen konnte. Ich kannte das von meinem Vater und von meinen beiden Opas und eben von den vielen Besuchen im Schwimmbad: diesen gewissen puddinghaften Anteil, den viele annahmen, wenn die Jugend vorbei war. Praktisch im Wasserbad des Lebens *gegarte* und aus der Form *gestürzte* Männer.

Wie zuvor konnte ich auch jetzt keine Gesichter erkennen, zu massiv war die maskenhafte Verschleierung. Alle Feldstecher waren auf die Mitte des Bassins gerichtet. Und in diesem befand sich eine einzige Person: schwimmend, kraulend: Anna.

Es konnte nur sie sein. Der kleine, kurze, schmale Körper. Badehaube, Schwimmbrille, ein glatter Anzug. Und was sofort wieder auffiel, wie gut ihre Technik war. Wie schon zuvor beim Laufen. Maschinenhaft perfekt. Wahrscheinlich frühvollendete Triathletin.

Allerdings schien sie trotz perfekter Bewegungen nicht von der Stelle zu kommen. Und natürlich versuchte ich, ein Seil zu erkennen, das ihren Hals fixierte. Aber da war keines. Vielleicht aber blieb es mir seiner Transparenz wegen verborgen. In jedem Fall bestand auch jetzt eine Bedrohung. Anna schwamm hier nicht einer guten Schulnote oder einer Schwimmauszeichnung wegen, sondern sie schwamm um ihr Leben.

Ich näherte mich rasch, stieg eine Treppe zum Becken hinunter, vorbei an Leuten, die in ihren Liegestühlen lagen oder in den Sprudelbecken lümmelten, ohne sich um die Geschehnisse im Hauptbecken zu kümmern. Als wäre dieses bloß wegen einer »Übung« vorübergehend gesperrt.

Ich gelangte direkt hinter die dichte Mauer der am Beckenrand stehenden Männer. Ihre Körper glänzten feucht. Ob vom Schweiß oder vom Wasser, konnte ich nicht sagen. Und fand nirgends eine Lücke, um näher an das Becken zu gelangen. Allerdings merkte ich, wie Lucian sich regte. Sich meldete. Er drückte gegen meinen Knochen. Weshalb ich ihn aus meiner Hose heraus und unter dem T-Shirt hervorzog und ihn fest umklammert in die Höhe hielt.

»Whuch!« kam es aus meinem Mund, als ich die Kraft spürte, mit der Lucian mich vorauszerrte. Er schien nicht bereit, hier erst mühsam eine ohnedies nicht vorhandene Lücke zu suchen, sondern zielte auf einen so gut wie unsichtbaren Schlitz zwischen der rechten Speckhüfte eines Feldstecherträgers und dem linken Pendant seines Nachbarn. Und indem mich Lucian praktisch hinter sich herzog, wurde mein angespannter Körper zwischen die beiden Körperteile gedrückt, und es bildete sich eine Lücke dort, wo vorher keine gewesen war.

Ich ließ Lucian nicht los, durchbrach die Männermauer, flog über den Beckenrand und landete zum zweiten Mal während meiner Rollowelterlebnisse im Wasser. Ohne diesmal aber gleich wieder hochzukommen, da Lucian unter Wasser blieb und mich zu der Stelle hinübertauchte, auf deren Höhe sich Anna befand.

Und da ... Schließlich sah ich es doch, das Seil!

Die Schlinge führte lassoartig um Annas Körpermitte herum, während das Band zum Boden des Bassins reichte und dort in eine Apparatur mündete, die an einer Schiene angebracht war. Das Seil war in der gleichen Weise gespannt wie damals auf dem Laufband. Und auch jetzt schien es, als könnte Anna allein durch das Beibehalten eines forcierten Tempos verhindern, gänzlich unter Wasser gezogen zu werden. Das Seil führte leicht schräg nach hinten, während Anna sich auf der immer gleichen Stelle bewegte. Wie bei einer Gegenstromanlage.

Lucian mochte an Land und in der Luft einige Fähigkeiten besitzen und schaffte es ja immerhin, mich auch unter Wasser hinter sich herzuziehen. Allerdings spürte ich ihn schwächeln, als würde ihm, wie mir selbst, langsam die Luft ausgehen. Zusammen tauchten wir kurz auf. Oben angekommen, mußte ich erkennen, daß sich Annas Schlagzahl verringerte und der Strick begann, sie unter die Oberfläche zu ziehen.

Höchste Zeit! Ja, auf eine schicksalhafte Weise erreichte ich Anna immer genau dann, wenn sie zu unterliegen drohte.

Ein rascher Blick zu den Männern am Beckenrand. Wie gehabt verblieben sie in der Position derer, die beobachteten. Obgleich ich meinte, sie grinsen zu sehen, so war dies eine reine Vermutung. Ihre Münder lagen unerkennbar im Schatten der Ferngläser, die sie umklammert hielten.

Ich holte noch einmal tief Luft, katapultierte mich ein Stück hoch und glitt sodann mit Lucian zurück in die Tiefe. Jetzt war ich es, der ihn zog.

Anna war bereits weit nach unten geraten, obgleich sie heftig mit den Armen und Beinen durchs Wasser stieß. Doch die Apparatur schien es satt zu haben, zu warten, bis ihr Opfer vollends die Kraft einbüßte. Oder aber sie ahnte, es könnte ihr genauso ergehen wie dem Seil auf dem Laufband, und beeilte sich darum.

Ich mich auch. Anna sah mich kommen und beendete ihren verzweifelten Versuch, sich zu befreien. Sie blieb nun ganz ruhig, allein noch damit beschäftigt, die Luft anzuhalten. Ich griff nach dem Seil, setzte Lucian an und fing an zu sägen. Leider ohne Wirkung. Lucian war im nassen Element einfach nicht zu Hause. Zudem handelte es sich bei dem Seil um eine dicke Anglerschnur, von der man *sehr wohl* sagen konnte, sie sei im nassen Element zu Hause.

»Gott verdammt, Lucian, streng dich mal an!« dachte ich ganz ungerecht.

Und vernahm jetzt eine Stimme, Lucians Stimme, wie er praktisch antwortete. Natürlich in der telekinetischen Weise, was unter Wasser sowieso die bessere Form war. Er fragte mich, ob ich denn ernsthaft glaubte, er würde simulieren.

Ich kannte das Wort »simulieren« noch nicht, begriff aber, daß ich in Zukunft ein bißchen auf meine Gedanken aufpassen sollte. Also nahm ich einen neuen Anlauf und erkundigte mich, in Erinnerung an eine Kinderserie namens *Bob der Baumeister*: »Können wir das schaffen?«

Lucian hätte darauf – gleich den lebenden und sprechenden Baufahrzeugen in dieser Geschichte – antworten müssen: »Yo, wir schaffen das!«

Sagte er aber nicht. Woher auch sollte er diese Serie kennen? Er war kein Traktor, sondern ein Messer, noch dazu in der Rollowelt lebend. Dennoch spürte ich nun seinen unbedingten Willen, alle Kräfte zu mobilisieren. Auch auf die Gefahr hin, dabei ums Leben zu kommen, praktisch zu ertrinken. Nein, Lucian war das mutigste und couragierteste Messer, welches je existiert hat, und sicher nicht jemand, der ... simulierte.

Ich gab jetzt selbst die Antwort und brüllte richtiggehend durchs Wasser: »Ja, wir schaffen das!«

Und schwang die Klinge hin und her. Hin und her ... Merkte freilich, wie auch mir die Luft ausging. Und hätte ja nur loslassen und auftauchen müssen. Ließ aber nicht los. Und endlich ...

Wir beide zusammen – vereint in der Todesbereitschaft – waren stärker als das Seil. Bald bestand es an der Schnittstelle allein noch aus einem dünnen Faden. Und indem nun auch Anna sich wieder in Bewegung setzte, riß es. *Sllllmm!* Man konnte es richtig hören, als ginge mit dem Seil auch ein Stück vom Wasser entzwei.

Sllllmm! Sllllmm! In meinen Ohren klangen reißende Wasserfäden. Ich lauschte. Geradezu verträumt. Anstatt nämlich aufzutauchen. Ich war soeben dabei, den Verstand zu verlieren und das Bewußtsein dazu. So war es an Lucian, mich nach oben zu ziehen, so weit, bis ich mit dem Kopf durch die Wasseroberfläche schoß, den Mund aufriß, den Verstand gleichfalls, und heftig nach Luft schnappte.

Möglicherweise wäre ich gleich wieder untergegangen, aber Anna hatte mich gepackt und zog mich zum Beckenrand hinüber.

Es war mir ein wenig peinlich, weil ja eigentlich *ich* hier der Lebensretter war. Bloß war ich im Tauchen und Schwimmen halt lange nicht so gut wie dieses supersportliche Mädchen.

Gemeinsam stiegen wir aus dem Wasser. Die Männer mit den Feldstechern hatten sich wieder verklumpt und bildeten die Form eines Hufeisens, in dessen freier Innenfläche Anna und ich und Lucian jetzt tropfend standen. Die Männer klebten so dicht zusammen, daß selbst allerletzte Lücken oder wenigstens Schlitze unmöglich schienen. Auch Lucian unternahm keinerlei Anstrengungen, an irgendeiner Stelle durchbrechen zu wollen. Er lag vollkommen erschöpft in meiner Hand. So leblos, wie die meisten Menschen ohnehin denken, Messer seien leblos.

»Wir müssen auf die andere Seite schwimmen«, sagte Anna fest.

Ich nickte, sowenig ich zurück ins Wasser wollte. Wir wandten uns um und sprangen.

Wenn zuvor Lucian mich gezogen hatte, so war es nun umgekehrt. Ich merkte gleich, wie schwierig es war, mit einem erschöpften Messer in der Hand zu schwimmen, und zwar im Bruststil. Kraulen wäre wohl besser gegangen, da hätte ich mit der Klinge praktisch ins Wasser stechen können, aber dazu fehlte mir die Kraft. Ich war schon immer ein besserer Brustschwimmer gewesen.

Als wir das andere Ufer erreichten, fiel mir auf, mich am

linken Handballen leicht geschnitten zu haben. Ich blutete aus einer kleinen Wunde. Was ein komisches Gefühl war, nicht der Wunde wegen, sondern sich mit demselben Messer verletzt zu haben, dem ich und Anna so viel verdankten. Ohne Lucian läge ich jetzt wahrscheinlich ersoffen auf dem Grund dieses Bassins. Und Anna dazu. In einem Hallenbad mit Küchenchef und vielen Männern in Badehosen, aber offensichtlich keinem einzigen verantwortlichen und verantwortungsvollen Bademeister. In einem Alptraum von Erlebnisbad.

Ich führte die Wunde zwischen meine Lippen und preßte die Zungenspitze dagegen. Ich meinte, ich könne Lucian schmecken. Etwas von ihm war in meinem Blut.

»Wir müssen los!« rief Anna und legte ihre Hand auf meine Schulter. So klein und zart diese Hand war, fühlte sie sich ähnlich wie die göttliche Pranke Bélas an. Und wieder erschien es mir für einen Moment, als würde gar nicht *ich* Anna retten, sondern als wäre es umgekehrt.

Richtig, der Pulk der Männer bewegte sich in der bekannt ruhigen, langsamen Weise auf uns zu. Unaufhörlich. Wie eine Naturgewalt, die sich zur Not halt ein paar hundert Jahre Zeit nimmt, um sich durchzusetzen.

Vielleicht aber auch weniger.

Wir rannten los.

9

»Deine Mutter ist hier!« rief ich Anna zu.

»Wo?«

»Das kann ich nicht genau sagen. Sie ist mitgekommen, aber ich habe sie verloren.«

»Ist Helene auch da?«

»Ja.«

»Bin ich froh!« meinte Anna, während wir jetzt die Stufen nach oben hetzten, hinauf zur Kantine und hinein in die Küche.

Dort wartete Maître Felix mit zwei in Alufolie gepackten Jausen, welche die Dreiecksform gestapelter Sandwiches besaßen und die er einem jeden von uns in die Hand drückte, als wir durch den Raum eilten. Wie bei einer Staffelübergabe. Wir riefen ihm unseren Dank zu, während wir zurück ins absolute Dunkel des Verbindungsgangs drangen.

»Halt!« sagte ich und bremste, als nichts mehr zu erkennen war. Ich fügte mir das Messer in die eine Hosenseite, meine verpackten Sandwiches in die andere. Dann streckte ich meinen linken Arm durch die Schwärze und ertastete meine Begleiterin. Ich sagte: »Rasch, deine Hand, Anna!«

»Und du?« fragte sie. »Wie heißt du?«

»Theo«, sagte ich und wiederholte: »Deine Hand!«

Ich hatte nämlich die Theorie entwickelt, man müsse sich an den Händen halten, um in diesem Dunkel nicht separiert zu werden und in der Folge weit auseinanderzugeraten. Jedenfalls fanden sich unsere Hände, und auf diese Weise verbunden, bewegten wir uns weiter.

»Helene?!« flüsterte Anna.

Richtig, ich hatte ebenfalls registriert, wie sich hinter uns etwas Vierbeiniges näherte und nun zwischen uns drängte.

»Nicht loslassen«, warnte ich, als ich merkte, wie Anna ihren Griff lösen wollte, um ihren wiedergefundenen Hund zu begrüßen. Also reichte sie mir ihre Sandwiches, um sich die andere Hand freizumachen, mit der sie nun die Labradorhündin streichelte. Der warme Atem des Tiers stieg hoch und fuhr mir gleich den Ausläufern eines Lagerfeuers in die Nase.

So waren wir jetzt also wieder vier: Hund, Messer, Kind und Kind.

Gemeinsam schritten wir weiter durch das »Weltall«, nun allerdings geführt von Helene, die in unserer Mitte blieb, mit ihren Flanken unsere Beine berührte und scheinbar in der Lage war, den richtigen Weg zu erschnuppern. Ich fragte mich nicht, woher sie so plötzlich gekommen war, nachdem sie ebenso plötzlich verschwunden war. Mir war schon klar, daß vieles, was in der Rollowelt geschah, die Logik eines Traums besaß, ohne aber ein Traum zu sein. Wie man sagen konnte, manche Geschehnisse in meiner eigenen Welt würden die Logik eines Drehbuches besitzen, ohne aus einem solchen zu entstammen: 9/11, die Mondlandung, diverse Elfmeterschießen, königliche Geburten, der Krieg und nicht zuletzt der Handel mit Wertpapieren (auch wenn mein Vater gerne behauptete, die Mondlandung sei von einem Mann namens Kubrick verfaßt worden und der Aktienhandel von einem Mann namens Luzifer).

»Schau!« sagte Anna. Es dämmerte in einiger Entfernung.

Wir schritten in das aufkeimende Licht und gelangten in jenen weiten Raum, in dem einst ein Laufband gestanden hatte und in dem es noch immer so verdreckt aussah wie zuletzt.

»Wo ist denn die Kappe, die ich dir gegeben habe?« Es war nicht Anna, die da gesprochen hatte.

»Bitte!?« Ich drehte meinen Kopf nach rechts.

Drüben auf der Treppe stand der Mann, der Béla war, und hatte also soeben gefragt, was aus der Kappe geworden war, die er mir ja nicht geschenkt, sondern geborgt hatte.

Er stieg die letzten Stufen abwärts und kam zu uns herüber.

Richtig, die Schirmkappe! Ich mußte sie spätestens verloren haben, als ich in das Schwimmbecken gesprungen war, um Anna vom Seil zu befreien. Konnte mich aber nicht genau erinnern. Ich sagte: »Tut mir wirklich leid, die ist weg.«

»Das war ein wertvolles Ding, mein Junge«, erklärte der unechte Ungar. Meinte dann aber, na, die werde schon wieder auftauchen.

In dem Moment, als er das sagte, zuckte er zusammen, und sein Blick glitt an mir vorbei. Er hob rasch seinen Arm und damit auch die Waffe in seiner rechten Hand.

Es war das erste Mal in meinem Leben, daß ich persönlich erlebte, wie jemand schoß. Natürlich kannte ich Schießen aus dem Fernsehen. Aber in echt fühlte und hörte es sich doch ganz anders an. Vor allem sehr viel lauter. Und auch schneller. Zudem roch es. Es roch nach Silvester. Ich meinte sogar, ich hätte den Luftzug gespürt, der entstanden war, als die Kugel an mir vorbeiflog, nicht wirklich nahe, aber nahe genug. Ein Düsenflugzeug aus einem Kaugummiautomaten.

Und dann hörte ich, wie hinter mir jemand oder etwas umfiel.

Einen Augenblick fürchtete ich, es könnten Anna oder Helene gewesen sein, auf die Béla geschossen hatte. Béla, ein Agent der Feldstechermänner, ihr beauftragter Killer.

Aber Anna und Helene befanden sich ja links von mir,

während die Kugel an meiner rechten Seite vorbeigeflogen war.

Ich drehte mich um. Die getroffene Person lag mit dem Rücken auf dem Boden. Aus ihrer rechten Schulter trat Blut. Und aus ihrem Gesicht Schmerz.

»Oh nein!« rief ich und sagte zu Anna: »Deine Mutter!«

»Was für eine Mutter?« fragte Anna, die ja neben mir stand und ebenfalls zu der Getroffenen hinuntersah, zu Frau Leflor.

Ich wandte mich entgeistert an Anna und erkundigte mich: »Ist das denn nicht deine Mutter?«

»Ganz sicher nicht.«

»Aber Helene ist doch dein Hund, oder?«

»Helene ist mein Hund, stimmt. Macht das denn aus dieser Frau meine Mutter?«

Béla war rasch herübergelaufen. Ich sah, wie er seine Waffe einsteckte und dafür eine andere vom Boden aufhob. Eine, die sich in der Hand von Frau Leflor befunden haben mußte.

»Eigentlich sollte ich Sie erschießen«, sagte Béla zu Leflor hinunter.

»Ach!« preßte sie hervor. »Und gerade eben wollten Sie mich noch zum Essen einladen.«

»Ja, das war vorhin«, bestätigte er. »Vorhin ist nicht jetzt.«

»Na, dann schießen Sie halt«, erwiderte sie.

»Nicht vor den Kindern«, erklärte Béla.

Außerdem war es ja wohl ein großer Unterschied, ob man auf die Schulter einer stehenden Frau schoß oder auf das lebenswichtige Organ einer Liegenden.

Leflor blies voller Verachtung einen Schwall Luft aus. Ich meinte, die Kälte an meiner Wange zu spüren. Als pfiffe eine Leiche.

Béla aber wandte sich an Anna und wies uns an, uns zu beeilen, hier fortzukommen.

Ich zögerte. Meine Güte, was sollte ich davon halten?

Wem war hier eher zu trauen? Von der Logik eines Traums bestimmt zu werden, hieß schließlich nicht, es sei egal, welche Entscheidung man traf, mit wem man mitging.

Es war Anna, die mich anstieß. Offensichtlich war sie sehr viel sicherer, wer in dieser Situation die vertrauenswürdigere Person war. Sie hielt wenig von einer Frau, die sich für ihre Mutter ausgegeben hatte.

Was aber, wenn sie sich täuschte? War das möglich, daß man die eigene Mutter nicht erkannte? Eine Frage, die ich mir darum stellte, weil Frau Leflor auf mich so ungemein echt gewirkt hatte, echt als Mutter.

Nun, wir ließen die höchstwahrscheinlich unechte Mutter verletzt und fluchend zurück und liefen hinüber zur Türe. Jener Eingangstüre, die Béla zuvor mit einem beherzten Tritt aus den Angeln befördert hatte. Die sich nun aber wieder genau in diesen Angeln befand, und zwar in einem Zustand, den man als *geheilt* bezeichnen konnte. Und wie geheilt! Denn nicht nur, daß sie erneut verschlossen war, blieb sie diesmal von Bélas heftigem Dagegentreten unbeeindruckt. Ebenso die Fensterscheiben, ganz so wie damals bei mir. Dieses Haus war eindeutig eines, in das man leichter hineingelangte als hinausgelangte. – Ich denke, präziser kann man nicht beschreiben, worin der Sinn einer Falle besteht.

Und dann waren sie erneut da, die *Männer mit den scharfen Augen*. Sie hatten ihre Badehosen wieder gegen ihre Kutten getauscht, blickten aber fortgesetzt durch ihre Feldstecher. Auch ihre Bewegung war wie gehabt: schlicht und konsequent und ohne Eile. Dennoch kamen sie uns bedrohlich nahe.

»Nach oben!« rief ich. »Zum Badezimmer.«

Anna runzelte die Stirn. Klar, beim letzten Mal war das nicht optimal gelaufen. Aber im Grunde war es erneut der einzige Weg, der uns blieb.

Ich fragte Béla, warum er nicht schieße. Zumindest könnte er einen Warnschuß abgeben.

»Bei denen hilft das nichts«, antwortete er. Was ich mir eigentlich hätte denken können. Auf diese Männer zu schießen wäre gewesen, wie auf Steine zu ballern. Oder noch besser, auf Wasser. Wasser konnte man nicht erschießen, ebensowenig diese Kerle. Nur flüchten. Entkommen. Durch ein grünes Rollo entkommen.

Wir rannten zur Treppe und diese hoch. Wobei mir vorkam, die uns verfolgenden Männer seien diesmal noch knapper hinter uns, obwohl sie nicht etwa begannen, ebenfalls zu laufen. Eher war es so, daß sie ihren Atem beschleunigten und diese Beschleunigung den Abstand verringerte.

»Okay!« stieß ich hervor, als wir das Badezimmer erreichten. Hier war alles beim alten. Der Boden sauber, das Licht grün und das Rollo an der gleichen Stelle. Ich konnte deutlich die Konturen meines Kinderzimmers erkennen.

»Jetzt verstehe ich«, sagte Béla und schaute auf das glatte Gewebe. Offenkundig war er vertraut mit dieser Möglichkeit, die Seiten zu wechseln.

Ich griff wieder nach Annas Hand.

»Nein, das funktioniert nur getrennt«, erklärte Béla. »Wenn zwei gleichzeitig gehen, wird einer wieder ausgespuckt.«

»Wer sind Sie eigentlich wirklich?« fragte ich ihn.

»Ein kleines Rädchen im Getriebe der Rettung«, antwortete er.

Gott, was für eine schöne Antwort! Für einen Moment war es so, als könnte ich wieder an den Weihnachtsmann glauben. In der Folge schob ich Anna in Richtung des Rollos. Doch sie wehrte sich.

»Helene!« rief sie.

»Ich schicke sie dir gleich hinterher!« versprach ich.

Béla nickte zur Bestätigung. Aber sein Nicken war eine Lüge.

Als Anna nun in das Kraftfeld des Rollos gelangt und vollständig in das Gewebe eingetaucht war, da befanden sich die

Feldstechermänner bereits an der Schwelle zum Badezimmer. Ich war noch immer von einer gewissen Todesverachtung beseelt und wollte jetzt Helene in die rettende Nähe des Rollos befördern. Doch Béla hinderte mich daran. Gleichzeitig machte die Labradorhündin eine Bewegung rückwärts und kam knapp hinter Bélas Beinen zu stehen. Béla seinerseits versetzte mir einen Stoß, der mich auf das Rollo zustolpern ließ. Ich fing mich zwar, spürte aber bereits, wie sich alle meine Härchen verbogen und die Feuchtigkeit, die noch in meinen Klamotten steckte, in Richtung des Rollos hin verdampfte. Und schon schluckte mich das Gewebe und für einen Moment wurde ich Schimmel.

Sekunden später stand ich neben Anna in meinem Kinderzimmer. Wir starrten auf das Rollo. Wir mußten zusehen, wie sich der Pulk der Männer um Béla und Helene schloß, ohne daß diese noch eine Möglichkeit gehabt hätten, sich dem Rollo auf ihrer Seite zu nähern. Sie wurden nicht vom Rollo verschluckt, sondern von den Männern. Es war, als würde eine dunkle Wolke – ein Cluster aus Feldsteckerträgern – den Mann und die Hündin umhüllen und sie nicht wieder freigeben.

Wir sahen gerade noch so viel, um das Verschwinden von Béla und Helene zu erleben, sodann lösten sich die Konturen der Männerwolke und des Badezimmers auf, und wir standen vor einem Rollo, auf das das Sonnenlicht meiner Welt fiel und in dem nichts anderes zu sehen war als eine einheitliche Fläche von Grün. Wie wenn man sagt, jemand schaue aus, als könne er kein Wässerchen trüben.

Anna hatte ihr Gesicht in den Händen vergraben. Sie schluchzte leise. Ich faßte sie an der Schulter. Sie drehte sich weg. Ich erklärte ihr, daß ich versucht hätte, Helene vorzuschieben, daß Béla aber ... Was ich ihr nicht erzählte, war, wie Helene selbst verhindert hatte, gerettet zu werden. Wobei ich auch gar nicht hätte sagen können, ob sich die Hundedame bewußt geopfert hatte oder einfach in der Rollowelt und folglich bei Béla hatte bleiben wollen. Jedenfalls ließ ich es unerwähnt und erklärte allein, von Béla überrumpelt worden zu sein. Ich sagte: »Glaub mir, wie sehr ich deine Helene mag. Ich wollte sie retten. Könnte ich mit ihr tauschen ...«

Anna nahm die Hände vom Gesicht und schaute mich an. Ihre Augen waren glänzende Scheiben mit einem rosa Rand und einem großen schwarzen Kreis. Augen wie aus einem Manga. Ein letzter Schein von Grün verblaßte. Ein Echo ihrer Welt, das ausklang. Sie fragte mich: »Wohnst du hier?«

Ich antwortete, ja, das sei mein Zimmer und hier die Wohnung, in der ich mit meinen Eltern und meinen beiden Geschwistern lebte.

»Ohne Hund?« fragte Anna.

»Ich wollte nie einen.«

»Das glaube ich dir nicht.«

»Helene war mein erster Hund ... also, ich meine, er war ja nicht meiner, aber der erste, den ich mochte. Ich hätte ihn wirklich gerne herübergebracht.«

»Wir holen ihn, sobald wir können«, bestimmte Anna und biß sich auf die Unterlippe.

Doch so viel meinte ich bereits begriffen zu haben: Wer in den Pulk der Feldstechermänner geriet, der war verloren. Wir würden weder Béla noch Helene wiedersehen. Vielleicht waren sie jetzt selbst Männer mit Ferngläsern, ähnlich wie bei den Menschen, die, von einem Vampir gebissen, selbst zum Vampir wurden. Oder sie waren einfach aufgelöst worden. Oder steckten in einer Art von ewigem Gefängnis. Jedenfalls war dies keine Frage, die ich im Moment mit Anna diskutieren wollte. Sondern vielmehr, wie wir ihr Auftauchen meinen Eltern erklären sollten. Zunächst aber fragte ich sie: »Wo ist deine richtige Mutter, Anna?«

»Ich weiß es nicht«, sagte sie. Dabei machte sie ein Gesicht wie jemand, der stark nachdenkt. Stark und verzweifelt. Verzweifelt ob des Umstands, etwas vergessen zu haben. Eine Antwort, einen Begriff, einen Namen, eine Zahl. – War es möglich, daß Anna Schwierigkeiten hatte, bei der Frage nach ihrer Mutter sich überhaupt eine Vorstellung zu machen, wer diese Mutter war und wie sie aussah?

Später im Leben heißt das Alzheimer. Aber wie, bitte, heißt es bei Kindern?

Ich fürchtete, Anna erleide gerade einen rapiden Gedächtnisverlust, und erkundigte mich eilig, aus welchem Grund die *Männer mit den scharfen Augen* hinter ihr hergewesen seien.

»Meine Mutter ...« stammelte sie.

»Was ist mit deiner Mutter?« drängte ich.

»Es hängt mit ihr zusammen. Sie ist eine Diebin.«

»Wie bitte?« Ich lachte, als müßte ich beim Lachen auf eine Flöte beißen.

»Eine Meisterdiebin«, wurde Anna genauer.

»Du machst einen Scherz.«

»Kein Scherz, Theo. Sie hat diesen Leuten, diesen Männern ... sie hat ihnen etwas genommen. Etwas Wertvolles, etwas ungemein Wertvolles und Wichtiges. Mehr als nur einen Schatz.«

»Soll das heißen, diese Fernrohrkerle haben das alles mit dir gemacht – das fiese Laufband, das verdammte Schwimmbad –, um deine Mutter zu erpressen? Oder anzulocken?«

»Ich glaube ... ja«, sagte sie. Kleine Falten sammelten sich zwischen ihren Augen. So würde es immer sein, wenn sie nachdachte, angestrengt nachdachte. Als müsste sie dabei ein ungeheures Gewicht stemmen.

»Und deine Mutter ist wirklich nicht die Frau, die Béla angeschossen hat?«

»Béla?«

»Der Mann, der uns beschützt hat.«

»Nein, ich habe dir doch gesagt, daß das nicht meine Mutter ist.«

»Sicher?«

»Ich werd doch wissen …!« Sie stampfte mit ihrer Mädchenstimme auf, als wär's ein Fuß. Aber ich konnte gut sehen, daß sie nicht hundertprozentig sicher war. Hundertprozentig war hier gar nichts. Andererseits stimmte es, sie hatte gleich beim ersten Mal behauptet, die Frau auf dem Boden sei ihr völlig unbekannt. Zudem hätte Béla, dieses »kleine Rädchen im Getriebe der Rettung«, doch wohl kaum auf Frau Leflor geschossen, wäre sie tatsächlich die Mutter Annas gewesen. Einer Anna, für die er sich immerhin geopfert hatte.

Ich hatte mit meinen zehn Jahren schon oft genug von Geheimdiensten gehört, um mir vorzustellen, daß auch dort drüben, in der grünen Welt, ähnliches geschah. Wie sehr auch dort verschiedene Interessen kollidierten. Woraus ein Spiel resultierte, bei dem sich jeder mit jedem verbünden konnte und ebenso jeder gegen jeden denkbar war. Und es weniger um Ideologien als um Profite ging. Weniger um Weltrettung als eher darum, die Welt durcheinanderzubringen, überall den Streit einzuführen. Daß Annas richtige Mutter freilich eine Meisterdiebin sein sollte, fand ich ein starkes Stück. Das Faktum an sich wie auch den Umstand, es *so* und nicht anders auszudrücken. Man stelle sich vor, man wird in der Schule danach gefragt, was die Eltern arbeiten, und antwortet dann: »Meine Mutter ist …« Da war es ja noch einfacher zu sagen: »Mein Papa hinterzieht Steuern.« Oder: »Die Mama spricht im Fernsehen die Nachrichten.« Aber welcher Lehrer würde einen ernst nehmen, würde man von einer »Meisterdiebin« sprechen? Und doch hatte es Anna exakt auf diese Weise ausgedrückt. Vielleicht weil es einfach der Wahrheit entsprach und zu all den Ereignissen geführt hatte. (Wobei ich mir Annas Mutter natürlich nicht als eine Taschendiebin vorstellte oder als jemand, der Kosmetikabteilungen plünderte, sondern als eine Frau, die in lasergesicherte

Tresorräume einbrach und dabei supercool aussah und sich superelegant bewegte. Wie eben auch Anna sich zu bewegen verstand.)

Ich schaute auf die Uhr. Punkt drei. Drei am Nachmittag natürlich angesichts des Tageslichts draußen. Ich griff vorsichtig nach dem Rolloband, zog daran und ließ es ebenso vorsichtig sich nach oben hin einrollen.

»Meine Stadt«, offenbarte ich und zeigte auf das Häusermeer. Was so klang, als wäre ich hier der König oder Bürgermeister. Und korrigierte darum: »Die Stadt, in der ich lebe.«

Anna schaute kurz nach draußen.

Mußte ihr es denn nicht komisch erscheinen, wie ungrün an diesem Ort alles war, mal abgesehen von den Bäumen, dem Rollo und ein paar Gegenständen in meinem Zimmer? Allerdings hatte ich selbst ja umgekehrt auch nichts gesagt, als ich in der Rollowelt gewesen war, sondern so getan, als wären mir die Lichtverhältnisse bestens vertraut.

Was Anna dann sagte, war: »Ich habe schrecklichen Hunger.«

»Die Felix-Brote!« erinnerte ich mich und zog die beiden Alupackungen hinter meinem Rücken hervor. Sie waren am oberen Rand meiner beiden Pobacken gewesen. Zudem holte ich auch Lucian heraus. Er spürte sich ein wenig müde an, war optisch jedoch der alte.

Nicht hingegen die Brote, wie sich herausstellte. Zumindest gingen wir davon aus, daß uns Felix, wie mir ja schon einmal, bestens zubereitete Sandwiches mitgegeben hatte. Welche aber im Zuge dieser kurzen, allerdings grenzüberschreitenden Reise nicht nur geschrumpft, sondern auch schwarz geworden waren. Als wären sie verkohlt. Ungenießbar.

»Laß uns in die Küche gehen«, schlug ich vor und tat

Lucian unter mein Kopfkissen, in der Hoffnung, er würde dort zu Kräften kommen. In der Hoffnung, er würde sich diesmal an die neuen Verhältnisse gewöhnen. In der Hoffnung, er würde den Wechsel überstehen, wie man eine Grippe übersteht.

Anna nickte. Wir öffneten die Türe meines Zimmers. Eine gänzlich willenlose Türe und eine willenlose Klinke. Die größte Tücke dieser Objekte bestand darin, daß sie quietschten.

Ich hatte erwartet, wir würden alleine sein. Drei Uhr am Nachmittag, da war ich in der Regel der einzige zu Hause, mein Vater im Atelier oder auf einer Baustelle, meine Mutter noch bei der Arbeit oder beim Sport (sie war jeden Tag einmal beim Sport, wie man bei anderen Leuten sagt, sie würden einmal am Tag nach einer bettlägerigen Nachbarin schauen), mein Bruder kam erst abends aus der Schule, und meine Schwester sah man sowieso fast nie. War sie in der Wohnung, so schloß sie sich in ihrem Zimmer ein. Aber ganz sicher ging sie nicht in die Küche, dem absolut letzten Ort für einen so mageren und höchstwahrscheinlich nach dem Magersein süchtigen Menschen wie sie.

Aber ich täuschte mich. Und zwar bezüglich des Tages. Wir hatten bereits Wochenende, Samstag, und da lagen die Dinge natürlich etwas anders.

Meine Mutter stand in der Küche und hatte ihre Hände in einem Topf, beziehungsweise knetete sie die Masse in diesem Topf. Sie sah kurz zu mir und Anna herüber und dann wieder hinunter auf den Teig.

Ich überlegte, daß sie Anna für eine etwas zu klein geratene Schulfreundin halten mochte. Ich sagte: »Das ist Anna, Mama.«

»Ja, und du bist Theo«, erwiderte die Mutter grinsend.

Ich verstand nicht, wie sie das meinte. Ließ es aber dabei

bewenden und erklärte, ich wolle mir und Anna ein paar Brote machen.

Die Mutter sah zur Uhr und sagte dann: »Weißt du, auch wenn das jetzt so klingt, wie Eltern immer klingen, aber ich frage mich schon, wozu ich ein Mittagessen koche. Nach zwei, drei Bissen hört ihr auf, behauptet, keinen Hunger mehr zu haben, ja, und ein, zwei Stunden später kommt ihr dann und macht euch Brote. Am Abend das gleiche Theater. – Liegt es an meinem Essen?«

»Wirklich nicht, Mama«, sagte ich. Aber das war nicht ganz richtig. Mamas Essen war eher durchschnittlich zu nennen. Weit entfernt von der Felixschen Kochkunst. Allerdings wesentlich besser, als wenn Vater sich versuchte. Das eigentliche Problem lag jedoch darin, daß immer zur falschen Zeit gegessen wurde, immer zu früh. Der Hunger kam nicht morgens, sondern spätmorgens, nicht mittags, sondern spätmittags, nicht am Abend, sondern später am Abend. Jetzt einmal abgesehen davon, daß ich an diesem Tag ja mittags gar nicht hiergewesen war. Schon gar nicht mit Anna.

Doch es geschah etwas, was ich zu akzeptieren hatte, wenn ich es schon nicht verstehen konnte. Mit welcher Selbstverständlichkeit nämlich meine Mutter damit umging, daß ich mit Anna hereingekommen war und wir beide uns nun gemeinsam Butterbrote schmierten und beide Salz über die schwachgelbe Fläche streuten.

Die Mutter kommentierte: »Man könnte glauben, ihr seid Zwillinge, Zwillinge, die halt ein Jahr auseinander sind.«

Eine interessante Vorstellung. Eine utopische Vorstellung. Zwillinge, die im Abstand von mehreren Monaten zur Welt gebracht wurden. Und tatsächlich meinte Anna nun: »Vielleicht sind der Theo und ich ja aus einem Experiment.«

»Dann wäre ich aber gar nicht eure Mutter, oder?« lachte meine Mutter.

Mehrzahl??!! Hatte ich mich verhört?

Anna biß in ihr Brot und äußerte in einem betont witzelnden Tonfall: »Na, du gehörst doch genauso zum Experiment, Mama.«

Bitte?!

Tatsächlich, sie hatte meine Mutter »Mama« genannt. Ich war fassungslos. Mein Mund stand offen, ich ließ das Brot fallen. Es fiel mit der Butterseite auf den Boden, was angeblich einem Gesetz zu verdanken war. Einem, das besagt, sämtlichem Pech auf dieser Welt wohne die gleiche Notwendigkeit und Unabänderlichkeit inne wie dem Wetter.

Mutter schimpfte nicht. Das tat sie nie. Nicht wegen solcher Kleinigkeiten. Fragte aber: »Träumst du, mein Schatz?«

Ich dachte mir: »Na, das wird's wohl sein.«

Es war Anna, die das Brot aufhob und es in den Müll beförderte. Dann rempelte sie mich leicht an und fragte, ob sie mir ein neues machen solle.

Ich blieb stumm, hatte noch immer meinen Mund offen. Es zog ein warmer Küchenwind hinein. Und während er zog, betrachtete ich meine Mutter, ihren vom vielen Sport schlanken Körper und entwickelte erstmals die absurde Ahnung, es könnte sich bei ihr ... um eine »Meisterdiebin« handeln.

Endlich fand ich meine Sprache wieder und fragte: »Mama, wie merkt man, wenn man verrückt wird?«

»Ach, Schatz, nur weil du ein Brot fallen läßt, bist du nicht verrückt.«

»Nein, ich meine wirklich, *wie* merkt man es?«

»Hm!« Mutter dachte nach. Dann fragte sie: »Hast du auf dem Butterbrot ein Gesicht gesehen? Oder eine Schrift? Und: Was würde das bedeuten, eine Schrift auf deinem Brot? Daß du etwas siehst, was nicht da ist, oder etwas siehst, was die anderen nicht sehen? Oder zumindest nicht alle anderen.«

»Auf dem Butterbrot war keine Schrift.«

»Ich wollte dir auch nur sagen, daß, wenn man besondere Dinge sieht, es oft auch an den Dingen selbst liegt. Dinge, die sich dem einen offenbaren und dem anderen nicht. Und daß es nicht unbedingt von einer Krankheit im Kopf abhängt.«

»Aber es gibt kranke Köpfe.«

»O ja, das kannst du laut sagen. Aber deiner ist völlig in Ordnung. Glaub mir, ich kenne dich seit zehn Jahren.«

Nun ja, bis vor kurzem war da auch kein grünes Rollo gewesen. Man könnte sagen: »Die Schrift auf dem Butterbrot« war in meinem Fall »ein Meer und ein Badezimmer auf dem Rollo«. Und es war ja nicht allein beim Meer geblieben. Was mir aber wirklich Sorgen bereitete, war weniger das Bestehen einer zweiten Welt, einer Rollowelt mit all ihren Extravaganzen, sondern daß sich nun diese grüne Welt mit meiner ungrünen vermischte. – Anna als meine Schwester?!

Und dabei blieb es. Ich mußte feststellen, wie sehr sich unsere Realität diesem Umstand angepaßt hatte. In der Art, wie man das von Zeitreisenden kennt, die in der Vergangenheit eine Änderung vornehmen, die sich sodann auf die Gegenwart auswirkt. Hitler als Kind töten, die Geburt seines größten Feindes verhindern, eine Bombe rechtzeitig entschärfen, solche Dinge. – Dort, wo früher ein Raum für die Gäste gewesen war, befand sich nun Annas Zimmer. Und es sah nicht aus, als wäre es in aller Eile hergerichtet worden. Es schien wie mein eigenes im Laufe der Jahre *gewachsen* zu sein: wie sich da nach und nach die Spielsachen ansammeln, neue Poster dazukommen, jedes Jahr Geburtstagskarten, dazu der paradoxe Geruch, der entsteht, wenn Dinge ständig verdrecken und dann wieder geputzt werden.

Kein Wunder also, daß auch mein Bruder, mein Vater, meine ältere Schwester, daß sie alle Anna in der gleichen selbstverständlichen Weise begegneten wie schon meine Mutter. Und auch der Rest, etwa die Großeltern, schien in keiner Weise überrascht, daß nicht ich, sondern eine neunjährige Zopfträgerin nun die Jüngste in der Familie war. Als wäre es immer schon so gewesen.

Natürlich nutzte ich die erstbeste Möglichkeit, um Anna zu fragen, was das solle.

»Was soll was?« fragte sie.

»Du bist doch nicht meine Schwester!«

Sie sah mich verwirrt an. Ehrlich verwirrt. Es war eindeutig, daß sie nicht schummelte. Ich meinte allerdings auch zu erkennen, daß nicht nur meine Bemerkung sie verwirrte, sondern auch ein kleiner Zweifel bestand. Als plagte sie eine vage Erinnerung. Die Erinnerung an einen Alptraum, von dem wenig Konkretes geblieben war. Bloß ein ungutes Gefühl.

Sie schüttelte das Gefühl ab und sagte: »Was hast du denn heute? Bist du bös auf mich?«

»Meine Güte!« Ich gab auf. Ich sagte: »Vergiß es!«

»Ich will aber wissen, warum ...«

»Laß mich in Frieden!« schrie ich sie an, ging aus ihrem Zimmer und verschwand in meinem, das gleich danebenlag.

Ich konnte hören, wie sie weinte.

»Blöde Heulerei!« stöhnte ich. Es würde mich auch später in meinem Leben immer wieder ärgern, wenn Frauen weinten. Wie groß ihre Macht dabei war. Bei Tränen, die ganz gezielt eingesetzt wurden, wie kleine, durchsichtige Pfeile, nicht weniger als bei denen, die völlig ohne Willensanstrengung flossen. Schon richtig, man nennt das ein Klischee: die Überlegenheit weinender Frauen. Und ich weiß, daß nicht alle ständig weinen und daß die Tränen nichts daran ändern, daß Frauen schlechter bezahlt werden als Männer. Aber es nützt einem doch wenig, wenn es ein Klischee ist, das einen fertigmacht.

Wie auch jetzt. Ich ging hinüber zu Anna, setzte mich an ihr Bett, nahm sie in die Arme und sagte: »Klar bist du meine Schwester. Das war ein dummer Spaß von mir.«

Sie schaute mich mit ihren feuchten, glänzenden Mangaaugen an, als wäre sie gerade eben erst aus dem gechlorten Schwimmbecken gestiegen, und meinte: »Mama hat ganz recht, wir sind Zwillinge. Nicht eineiig, sondern einjährig, gell!«

»Ja«, antwortete ich. Das war nicht nur so hingesagt, um ihre Tränen zu blockieren. Meinen Arm um Annas Schulter gelegt, hatte ich das Gefühl, als würde diese Zwillingsgeschichte auf eine verrückte Weise tatsächlich stimmen.

Nach und nach begann ich zu akzeptieren, wie sehr sich die Verhältnisse geändert hatten und daß selbst auf Familienfotos, auf denen ich als Kleinkind zu sehen war, nun zusätzlich ein Baby war, welches Anna sein mußte. Alles war wie vorher, aber plus Anna. Die Vergangenheit hatte sich in diesem einen Punkt, diesem Annapunkt, gewandelt. Ohne daß dies mein eigenes Leben merkbar beeinflußt hätte. Das Verhältnis zu meinen Eltern und Geschwistern und Freunden war nicht anders, als es vorher gewesen war. Allein ... Es muß gesagt sein, daß ich mich eine Spur kompletter fühlte als früher. Wie man das ja von Zwillingen gerne behauptet.

Die Dinge fügten sich.

10

Was sich nicht fügte, war das Stück aus grünem Stoff. Nachdem ich zwei Nächte bei hochgezogenem Rollo durchgeschlafen hatte und auch weiterhin hoffte, das »Ding« würde in diesem Zustand des In-sich-selbst-Verpacktseins verbleiben, erwachte ich in der dritten Nacht, um sogleich den grünlichen Schein festzustellen. Das Viereck hing herunter und spendete jenes gefärbte Licht. Wie gehabt: Ich konnte hinübersehen in die Rollowelt. Und das galt auch umgekehrt. Sie schauten mich an, die so ungemein engstehenden *Männer mit den scharfen Augen*. Der vorderste schien derart nahe, als wollte er zu mir herüberkippen. Und hinter ihm gleich der nächste, ganz in der Art der Pinguine, wenn sie dominoartig von ihrer Scholle ins Wasser wechseln.

Ich sprang aus dem Bett, griff nach der Rolloschnur, löste mit einem Ruck die Feder und ließ das Rollo aufwärtsschnellen. Dort oben drehte es sich mehrmals in seiner Verankerung und fesselte sich mit der eigenen Schnur. Was mir aber nicht genug war. Ich schaltete das Licht an, schob meinen Tisch zum Fenster, hob einen Stuhl auf den Tisch, kletterte die wackelige Konstruktion hoch und entfernte das Schnapprollo aus seiner Verankerung. Dann tat ich es in den Schrank und versperrte diesen. Und dachte mir: »Da drinnen kannst du jetzt versauern!« Und dachte auch, daß ich das schon früher hätte tun sollen.

Als ich mich tags darauf im Internet zum Thema Rollo kundig machte, nicht zuletzt in der Hoffnung, nicht der erste Mensch zu sein, der so was erlebte, stieß ich bei Wikipedia auf eine Bemerkung bezüglich der als überholt geltenden Schnappollos, die da lautete: »Diese Bedienvariante erfordert etwas Geduld.« Welch wahrer Satz! Allerdings kein Wort über grüne Welten, Männer mit Ferngläsern und sadistische Praktiken zu Land und zu Wasser. Kein Wort darüber, wie man diese Dinger loswerden konnte. Ich dachte mir: »So gescheit sind die also gar nicht bei Wikipedia.«

Loswerden wollte ich das Ding aber unbedingt. Denn bereits in der folgenden Nacht befand es sich wieder an der alten Fensterstelle. Was ich gleich merkte, weil ich in weiser Voraussicht den Wecker auf zwei nach elf gestellt hatte. Zur Sicherheit. Und da hing es jetzt, das verdammte Objekt. Die Möglichkeit, jemand aus der Familie habe es während der kurzen Zeit meines Schlafs aus dem Schrank genommen und … Nein, das grüne Rollo gehörte eindeutig zu den Gegenständen, die nicht nur über einiges an Freiheit verfügten, sondern auch über den Willen zur Durchsetzung dieser Freiheit. So geschah es, daß Nacht für Nacht das eben noch in den Kasten gesperrte Rollo pünktlich um zwei Minuten nach elf wieder vor dem Fenster hing. Und mir offenbarte, wie auf der anderen Seite sich stets aufs neue die Ferngläsermänner verklumpten, um zu mir herüberzustieren und sich dabei zügig zu nähern. Ich lief dann jedesmal zum Rollo hin, zog an der Schnur, ließ das Ding nach oben rasseln und beförderte es eingewickelt zurück in den Schrank. Wo es dann immerhin den Rest der Nacht auch blieb. Zumindest zeigten das meine Kontrollen (ich stellte den Wecker stundenweise). Woraus sich natürlich ergab, am Tag danach nicht der Frischeste zu sein. Mehrmals schlief ich in der Schule ein. Was das Übliche zur Folge hatte: einen Besuch meiner Eltern in ebendieser Einrichtung.

Sowenig meine Eltern vom Schulbetrieb hielten, sie kamen nicht umhin, die Besorgnis meiner Klassenlehrerin ernst zu nehmen. Wenn ich während des Unterrichts einnickte, hatte das etwas zu bedeuten. Etwas Körperliches oder etwas Geistiges. Etwas wie ein Syndrom.

Ich hätte geantwortet: ein grünes Syndrom.

Wobei nun weder meine Mutter noch mein Vater glaubten, es würde viel helfen, wenn sie mich früher ins Bett schickten. Ihnen war klar, daß es ja nicht um die Uhrzeit ging und ein Früher-zu-Bett-Gehen nur zu einem Länger-sich-Herumwälzen geführt hätte, nein, es ging um die Qualität. Ich mußte *besser* schlafen. Als erstes bekam ich Globuli. Immer bekam ich als erstes einige Globuli. Globuli waren wie fünf leichte Kniebeugen, bevor dann das Zirkeltraining drohte.

Allerdings wußte ich, daß in diesem Fall auch stärkere Medikamente wenig helfen würden. Außer vielleicht Schlaftabletten. Was aber auch keine gute Lösung gewesen wäre. So gut wie bewußtlos zu sein. Denn im Grunde fürchtete ich eine Entführung. Daß Leute wie die mit den Feldstechern oder Leute wie die trickreiche und zwischenzeitlich wohl verarztete Frau Leflor schließlich versuchen würden, mich wieder nach Greenland zu bekommen. Vielleicht nur mich, vielleicht nur Anna, vielleicht uns beide zusammen. – Keine Frage, das Rollo mußte weg. Weiter weg als die paar Meter vom Fenster zum Schrank. Oder es mußte zerstört werden. Am besten beides. Zuerst weit weg, dann zerstört.

Mit Anna sprach ich nicht darüber. Sie hätte kaum verstanden, wovon ich redete. Offensichtlich hatte sie binnen kürzester Zeit vergessen, einmal in einer anderen Welt gelebt zu haben als in der jetzigen. Zusammen mit einer älteren Schwester und zwei Brüdern, mit einem davon in zwillingshafter Verbundenheit. Was soweit ging, daß wir auf die gleiche Weise unsere Ohrläppchen rieben, wenn wir nervös waren, oder an derselben Stelle einen Hautausschlag bekamen, der angeblich vom Chlor stammte. Unser Arzt nannte es »sympathiekrank«, ohne jetzt aber zu sagen, ob *ich* aus Sympathie zu Anna diesen Ausschlag bekam oder umgekehrt. Nur in der Schule unterschieden wir uns. Anna war bedeutend besser, und zwar seit Jahren schon, versteht sich. Ihre Sympathie ging nicht soweit, absichtlich schlechter zu werden, und meine nicht soweit, absichtlich ...

Apropos Chlor. Anna wurde Schwimmerin. Sie besuchte einen Verein und war für einige Jahre in ihrer Altersklasse die Beste, doch letztendlich einfach zu klein – beziehungsweise wurde sie nicht groß genug –, um eine Weltklasseschwimmerin zu werden. Doch sie blieb lange dabei, und ich begleitete sie oft ins »Schlimmbad«. Ja, wir hatten uns angewöhnt – nachdem ich mich einmal auf diese Weise versprochen hatte –, nicht vom Schwimmbad, sondern immer nur vom Schlimmbad zu sprechen. Ein Dauerscherz. Aber man könnte sagen, hinter diesem Dauerscherz, wie vielleicht auch hinter dem Ausschlag hin und wieder, stand die Erinnerung an jenes tatsächlich schlimme Schwimmbad in der Rollowelt.

Wie gesagt, ich verlor Anna gegenüber nie wieder ein Wort über besagte Ereignisse. Ich ließ sie damit in Frieden. Sie schon, nicht meine Tante. Meine Tante war die Person, die schließlich tun mußte, was ich selbst nicht wagte.

Sie war die Schwester meiner Mutter, lebte in Düsseldorf – und zwar alleine und recht teuer – und kam uns regelmäßig besuchen. Als Vermittlerin (sie vermittelte Stimmen) war sie viel unterwegs, oft auch in unserer Stadt. Soweit ich mich erinnern konnte, hatte sie stets in dem Gästezimmer übernachtet, das jetzt aber Annas Zimmer war. Dafür war der Raum, wo früher eine Abstellkammer untergebracht gewesen war, nun für Besucher und also für meine Tante eingerichtet. Die Abstellkammer hingegen schien im Zuge der Umschichtungen, die unsere Vergangenheit wie unsere

Gegenwart verändert hatten, gänzlich verschwunden. Sie war das eigentliche Opfer. Und mit ihr das einst Abgestellte.

Ich mochte meine Tante, und sie mochte mich. Sie hieß Ava, aber ich hatte mir als Fünfjähriger – beeinflußt von meiner sehr katholischen und sehr musikalischen Oma – angewöhnt, sie Ave-Maria zu nennen, schließlich nur noch Ave. Und hatte dies beibehalten. Für mich war Tante Ava also Tante Ave.

Diese Frau war eine ausgezeichnete Zuhörerin. Sie war es gewohnt, sich Geschichten anzuhören. Nicht als Seelsorgerin, sondern als Betreiberin einer Künstleragentur für Opernsänger. Auch wenn sie gerne sagte, sie fühle sich oft als das erstere.

Ich überlegte, daß, wenn ich Ave von dem Rollo berichtete, sie mir glauben mochte oder auch nicht, aber in jedem Fall bereit wäre, mir zu helfen. Sie war ein lebendig gewordenes Rotes Kreuz.

Ich nahm also meinen ganzen Mut zusammen, warnte Tante Ave, daß sie jetzt gleich etwas ziemlich Verrücktes und trotzdem absolut Wahres zu hören bekomme und erzählte von dem Rollo und wie es als ein Portal zwischen zwei Welten fungierte. Die Sache mit Anna ließ ich allerdings unerwähnt, soweit wollte ich nicht gehen, beschrieb dafür sehr wohl den beängstigenden Umstand einer geschlossenen Einheit von Männern, die nicht und nicht aufhörten, durch ihre Ferngläser zu sehen, und dabei scheinbar die Wirkung eines »schwarzen Lochs« besaßen. Was sie einmal umfingen, siehe Béla, siehe Helene, kehrte nicht mehr zurück. So meine Überzeugung.

Anstatt mir weise Ratschläge zu geben, fragte mich Ave: »Okay, was meinst du, was ich tun kann?«

»Nimm bitte das Rollo nach Düsseldorf mit, zerschneid es, und wirf es in den Müll. Oder noch besser, zerschneid und verbrenn es. Zuerst zerschneiden, dann verbrennen.«

»Könnte ich auch hier tun«, wandte sie ein.
»Nein, besser in Düsseldorf, bitte.«
»Gut, wie du willst. In Düsseldorf also.«
So einfach ging das mit Ave, deren Namen ich neuerdings englisch aussprach, was sehr viel besser klang, auch wenn es das im Englischen gar nicht gab: [eɪv]. Ave wie *save* oder *wave*. Oder am besten wie *brave*.
»Aber du mußt es wirklich zerstören«, drängte ich. »Versprich es!«
»Versprochen«, sagte Tante Ave und packte das Rollo in ihre Tasche. Am gleichen Nachmittag fuhr sie weiter, München, danach Salzburg, was ja ebenfalls gute Orte gewesen wären, um das grüne Rollo zu zerstören. Aber ich ersuchte ausdrücklich um Düsseldorf. Ich dachte mir, daß Ave die Zerstörung des Rollos zu Hause viel besser bewerkstelligen konnte als etwa in einem Münchner oder Salzburger Hotel oder in der Wohnung eines ihrer Klienten. Lieber in Düsseldorf in ihrem Kamin oder auf dem Hinterhof. Und die Asche sollte sie im Klo hinunterspülen.
Sie nahm es mit.
Auf diese Weise verschwand das Rollo aus meinem Zimmer und meiner Stadt. Und auf diese Weise wurde mein Schlaf gerettet, auch wenn ich mir in den folgenden Nächten weiterhin den Wecker stellte, zuerst noch stündlich, dann die Abstände erweiternd, endlich gewiß, Düsseldorf liege wirklich weit genug entfernt und Tante Ave habe ihr Versprechen erfüllt. Ich konnte wieder beruhigt die Augen schließen. Und brauchte auch nicht mehr mitten im Unterricht einzunicken. Was allerdings an meinen Schulleistungen nicht wesentlich etwas änderte. Aber das war ja auch nicht das Thema gewesen. Ich würde ein Leben lang – nach dem Abitur, nach der Universität, nachdem dann sogar noch ein Doktortitel meinen Namen schmückte und meine Doktorarbeit nicht ohne Akklamation geblieben war – gerne und ohne jegliche

Koketterie erklären, nie für die Schule geeignet gewesen zu sein. Ich sagte es so: »Es ist wie mit dem Rauchen. Man ist der geborene Raucher oder der geborene Nichtraucher, das steht von Anbeginn fest, gleich, was man im Leben dann tatsächlich tut. Und genauso ist es mit der Schule.«

Ich beendete die Schule und alle Schulen, die noch folgten, nur um mein eigentliches Ziel erreichen zu können, nämlich Astronaut zu werden. Wäre es möglich gewesen, Astronaut zu werden ohne Schule, ich wäre sofort diesen Weg gegangen.

Ja, richtig, ich wurde Astronaut. Und das klingt nur für die von uns merkwürdig, die diese Zeilen *heute* lesen, wo sie noch gar nicht geschrieben wurden. Nicht aber für Menschen vier Jahrzehnte später, als ich tatsächlich begann, meine Erlebnisse zu Papier zu bringen. Und zwar vom Weltraum aus. Aber davon ein wenig später.

Damals, 2010, war nun endlich das Rollo fort, und ich fühlte mich gerettet. Kein Gedanke mehr an die Bedrohung, gegen meinen Willen nach Greenland gezogen zu werden. Um dann nicht als Retter zu fungieren, wie bisher, sondern wahrscheinlich als Gefangener. Einer, der bei weitem nicht so lange auf dem Laufband durchgehalten hätte wie Anna.

Bald war auch mir die Anwesenheit meiner »neuen« Schwester so selbstverständlich, als wäre es nie anders gewesen. Ja, mit den Jahren begann ich, diese ganze Geschichte mit dem grünen Rollo als eine Spinnerei meiner Kindheit abzutun. Mein Verstand sagte mir, daß ich mich zur damaligen Zeit wohl in einer Art psychischer Krise befunden hatte. Und daß es bestimmt kein Zufall war, ausgerechnet Anna, meiner auf zwillingshafte Weise verbundenen Lieblingsschwester, eine Rolle in dieser derart echt empfundenen Einbildung zugewiesen zu haben. In meiner abenteuerlichen Halbschlafvision. Worüber ich aber nie mit einem Therapeuten sprach. So wie ich es peinlichst vermied, jemals ein diesbezügliches Wort während meiner Ausbildung zu verlieren. Astronauten pflegten traumatische Erlebnisse erst im Zuge ihrer Tätigkeit zu widerfahren, nicht schon vorher. Für Astronauten gab es allein das Posttrauma. Hätte ich je ein Wort über das grüne Rollo verloren, Klartraum hin oder her, hätte ich mir meine Zukunftspläne in die Haare schmieren können.

Eins jedoch blieb mir ein Leben lang erhalten, nämlich meine Abneigung, nach Düsseldorf zu reisen. Und zwar von dem Moment an, da Tante Ave das grüne Rollo dorthin »verschleppt« und schließlich »getötet« hatte, vorausgesetzt, sie hatte ihr Versprechen gehalten. Woran ich nicht zweifelte, aber als der Zehnjährige, der ich war, weigerte ich mich ein halbes Jahr später, über die Weihnachtsferien in die Stadt am Rhein zu fahren. Dies war der Plan meiner Mutter, weniger wegen Weihnachten, sondern weil es dort eine Ausstellung gab, die sie sehen wollte, und zudem meinte sie, daß man von Düsseldorf aus ganz gut auch noch nach Paris reisen könne, wo natürlich auch ein paar Ausstellungen liefen.

»Paris ja, Düsseldorf nein!« rief ich.

»Das bestimmst du aber nicht alleine, Theo«, erklärte die Mutter, die sich ja bereits definitiv für Düsseldorf und für den Besuch bei ihrer Schwester entschieden hatte.

Anna sprang mir bei und meinte, sie sei ebenfalls dagegen, einen Teil der Weihnachtsferien in Düsseldorf zu verbringen.

Meine Mutter setzte ihre Brille ab, was sie immer tat, wenn sie sich ärgerte, und sagte: »Gott, was habt ihr alle?«

Nun, es waren nicht *alle*. Mein Bruder votierte sehr wohl für Düsseldorf, meine große Schwester wiederum würde ohnehin nirgendwo mit uns hinfahren, und Vater hielt sich vorerst heraus. Natürlich wirkte es so, als wollte Anna sich bloß solidarisch mit mir zeigen. Aber ich meinte doch, daß da mehr war, daß auch sie – intuitiv oder halbintuitiv – einen verdrängten Schrecken mit dieser Stadt in Verbindung brachte.

Jedenfalls blieben Anna und ich dabei. Kein Düsseldorf!

»Sagt mal«, fragte Mutter, »was hat euch Tante Ava denn getan?«

»Gar nichts«, antwortete ich. »Sie kann gerne zu uns kommen, oder wir treffen uns in den Bergen mit ihr.« Ich argumentierte ganz richtig, daß man zu Weihnachten doch wohl am besten in die Berge fahre, wegen des Schnees.

»Es kann auch in Düsseldorf schneien«, bemühte sich meine Mutter.

»Ozeanisch geprägtes Klima mit milden, schneearmen Wintern«, dozierte Anna, die ein fotografisches Gedächtnis besaß und dementsprechend fast alles wußte. Ich begnügte mich mit einem: »Genau!«

»Die zwei nerven«, meinte meine Mutter, an meinen Vater gewandt.

Der zuckte mit den Schultern und erklärte: »Wenn unsere Zwillinge wollen, können sie bei Oma Gertrud feiern, und wir beide fahren mit Herbert ein paar Tage nach Düsseldorf und fliegen am Weihnachtsabend nach Paris. Wer sagt denn, daß zu Weihnachten immer alle auf einem Haufen sitzen müssen, oder?«

Herbert, mein älterer Bruder, jubelte. Er verkündete: »Ohne Zwerge ist's eh besser.«

Man muß sagen, daß er nicht nur zwei Jahre älter als ich war, sondern fast einen Kopf größer. Zudem besaß er bereits diese spezielle Art der Großgewachsenen, die Dinge zu überschauen. Den eigenen Blick zum Sprungturm auszubauen und sich auf diese »Ingenieurskunst« etwas einzubilden. Hätte ich mich entscheiden müssen, ein Zwerg oder ein Riese zu werden, ich hätte sofort das Zwergendasein gewählt, obgleich ich mir genauestens bewußt war, wie sehr in aller Regel Zwerge – außer die in der Fantasy und im Märchen – verachtet werden. Das Kleine gilt als deformiert. Sei's drum. Ohnehin entwickelte ich mich zu dem, was man Durchschnitt nennt. Während Anna gleich ihrer Mutter eine eher kleine Frau wurde. Klein, schlank und eben ungemein sportlich und gewandt. Meine eigene Sportlichkeit hingegen sollte gerade soweit reichen, wie nötig für einen Astronauten. (Wobei die fortschreitende Entwicklung des Astronautentums es bald zuließ, daß nicht nur die Superfitten ins Weltall durften. Man konnte sagen, daß, obgleich richtig fette Menschen weiterhin auf der Erde verbleiben mußten, auch einige Dicke zu den Sternen flogen. Zumindest in Richtung der Sterne.)

Dieses erste Weihnachtsfest, das auf die Geschichte mit dem grünen Rollo folgte, verbrachten Anna und ich also bei unserer strengkatholischen Oma auf dem Land. Was uns ausgesprochen gut gefiel. Die viele Tradition paßte so schön zu diesem Fest: das Beten und Singen, das Aufstellen einer Krippe (diesmal ohne Legofiguren und Stormtroopers), die vielen Gerüche, das kunstvolle Backwerk, der große Kachelofen, auf dessen Bank wir saßen und wo nach einem langen Spaziergang uns die Ofenwärme einen kleinen Rückenpanzer schmiedete. Allein das Grün der Kacheln erinnerte mich an die Geschehnisse des Sommers, aber auch daran, wie gut es war, *nicht* in Düsseldorf zu sein, wo meine Eltern festsaßen, weil wegen des starken Schneefalls ihr Flug nach Paris gestrichen worden war.

Meine Düsseldorfaversion sollte noch lange anhalten, so, als besäße eben auch ein zerschnittenes und verbranntes Rollo weiterhin eine gewisse Kraft. Die Kraft eines Toten oder gar Untoten. Und selbst als ich mir längst die ganze Rollogeschichte als eine Phantasmagorie meiner Kindheit zurechtgelegt hatte, machte ich um die Stadt einen großen Bogen. Tante Ave verstand mich. Über das Rollo freilich verloren wir nie wieder ein Wort. Nicht, solange ich Kind war, und auch später nicht.

Unser Leben entwickelte sich. Ein Rollo seiner selbst.

40 Jahre später
oder
Furcht und Schrecken

11

Als sich die Erde entfernte, feierte ich meinen fünfzigsten Geburtstag.

Nun, genaugenommen, war ich selbst es, der sich entfernte. Und »feiern« ist hier ein großes Wort. In Wirklichkeit saß ich allein an der großen Panoramascheibe meines Quartiers und hielt einen Plastikbecher in der Hand, darin schwarzer Tee, den ich mit einem Schuß Birnenschnaps versetzt hatte. Zwar bestand kein ausgesprochenes Alkoholverbot an Bord dieses Schiffes, aber es war auch nicht so, daß man kistenweise Flaschen hatte mitnehmen dürfen. Bei aller Freiheit kannte die Freiheit eben Grenzen. In bezug auf den Alkohol und einiges mehr. Es galt somit, sparsam zu sein. Zudem stand die Reise ja erst an ihrem Anfang, und ich mußte zusehen, mir meine Ration an Obstbränden, Whisky und einigen Bouteillen Rotwein gut einzuteilen. Hätte ich mich zu Tode saufen wollen, hätte ich auf der Erde bleiben müssen.

Ich hielt also den Becher in Richtung des blauen Planeten, tat in der Folge einen Schluck aus dem Tee-Schnaps-Gemisch und prostete: »Alles Gute!« Es galt mir selbst wie der hübschen, umwölkten Kugel, die ich nun für einige Zeit verließ.

Keine Frage, das Leben ist immer ziemlich gefährlich, weil fragil. Der Wahrscheinlichkeitsrechnung nach vor allem zu Hause, im Büro, in der Arbeit, auf dem Weg zwischen Büro und Arbeit, jeweils dort, wo wir uns notwendigerweise die meiste Zeit aufhalten. Und dennoch ist es so, daß wir uns nirgends derart der Gefährlichkeit des Lebens bewußt werden, wie wenn wir die Heimat verlassen und auf Reisen gehen: in ein Flugzeug einsteigen, einen Zug, ein Schiff betreten, uns zu Ferienbeginn mit Abertausenden von anderen auf die Autobahnen drängen. Immer dann, wenn der Urlaub beginnt oder die große Fahrt, immer dann riechen wir das Ende des Lebens. Welches ja stets deutlich zu riechen ist, das Ende, gleich, wieviel Tage oder Jahrzehnte noch bleiben. Für die einen duftet es, für die anderen stinkt es, aber seine »Fahne« ist immer gegenwärtig. Fern der Heimat scheint unsere Nase so viel empfindlicher für das Faktum unserer Endlichkeit.

Das gilt für die Busreise nach Caorle an der schönen Adria genauso, wie wenn man gerade dabei ist, zum Mars zu fliegen.

Richtig, ich befand mich auf dem Weg vom blauen Planeten zum roten, auf den Tag fünfzig Jahre alt, einer der Astronauten auf diesem Schiff, im Moment einen Plastikbecher mit Tee und Schnaps in der Hand, der Erde zuprostend, und das alles mit einem Knödel im Hals. Es tat weh zu sehen, wie die Welt langsam kleiner wurde. Mir kam vor, als würde alles, was ich je dort erlebt hatte, ebenfalls schrumpfen, mein ganzes bisher gelebtes Leben, meine Erinnerungen, die schönen wie die häßlichen. Nicht, daß dies mein erster Ausflug ins All war, natürlich nicht. Astronaut war mein Beruf, und bereits mit sechsundzwanzig war ich das erste Mal »draußen« gewesen, so weit draußen, daß ich die Erde als gewaltigen Körper hatte wahrnehmen können, was schon ganz anders ist, als sie im Fernsehen zu sehen oder im Kinofilm. Wobei ich bald auf die Idee gekommen war, ihn, den Körper, zu malen. Ja, das mag nun den meisten lächerlich erscheinen, aber ich unternahm es, auf höchst traditionelle Weise – Buntstifte, Kreiden, sodann auch ein selbsterfundenes Verfahren zum Aquarellieren in der Schwerelosigkeit – den Planeten abzubilden, die Wolkenformationen, die fernen Landschaften, Kontinente, Meere, Stürme, die Sonnenaufgänge, nicht zuletzt die zwischen absoluter Schwärze und urbaner Elektrifizierung pendelnde Nachtseite, dies alles auf Papier zu bringen, ohne dabei in den üblichen Kitsch zu verfallen. Und dabei etwas zu zeigen, was man nicht zeigen konnte, wenn man fotografierte.

Hätte die Malerei denn sonst noch einen Sinn? Außer sich darüber zu freuen, auch im Weltall einen Pinsel in der Hand halten zu können? Was übrigens leichter wurde, als erstmals dank Rotationsverfahren auf einer Weltraumstation künstliche Schwerkraft hergestellt wurde. Mein Chef hatte damals spöttisch gemeint: »Wir haben das nur konstruiert, damit Sie leichter künstlern können.«

Aber natürlich war es nicht mehr so wie auf den Expeditionen vieler vergangener Jahrhunderte, als man malende und zeichnende Dokumentaristen benötigt hatte. Ich war angehalten, diese Tätigkeit auf meine Freizeit zu beschränken. Mein eigentlicher Job bestand hingegen darin, diverse Experimente in den Labors der Weltraumstationen durchzuführen: Wachstum von Pflanzen, Wachstum von Tieren, Wachstum von Menschen; Knochenschwund, Alterung, Depression, die guten und die schlechten Seiten einer Existenz im All, vor allem aber die Entwicklung und Perfektionierung einer Plasmablase, die einen Schutzschild gegen die kosmische und solare Strahlung bildete, sobald man einmal das schützende Magnetfeld der Erde hinter sich gelassen hatte.

Genau das, was soeben geschah. Und erneut war es jene Hülle aus geladenen Teilchen, die ich zusammen mit anderen entwickelt hatte und die wir den »guten Nebel« getauft hatten, die mich nun beschirmte, wie sie auch andere beschirmt hatte, die bereits zuvor zum Mars geflogen waren und dort – bis auf eine Ausnahme – heil angekommen waren.

Die Russen, die Amerikaner, die Chinesen, zusammen mit den Japanern, die Taiwaner, nicht zuletzt die Inder, dazu zwei private Firmen, nur bei den Europäern war die Sache schiefgelaufen, ohne daß klargeworden war, was genau eigentlich. Die Europäer waren einfach nicht dort angekommen, wo sie hätten ankommen sollen. Sie waren zwischen Erde und Mars verschwunden, praktisch genau in der Mitte. Und nicht einmal eine Black Box war von ihnen übriggeblieben.

Das Schiff, mit dem ich reiste, gehörte einer der beiden Privatfirmen, die in den Mars investierten. Sie hatten bereits eine kleine bemannte Station auf dem roten Planeten und mehrere Grundstücke in ihrem Besitz. Auch wenn dieses Projekt aus verschiedenen internationalen Geldquellen gespeist wurde – etwa von jenen Amerikanern, die den Rechtsnachfolgern der NASA nicht trauten, beziehungsweise jenen Russen, die Rußland nicht trauten –, so wurde das Unternehmen in erster Linie von einer Deutschen finanziert und geleitet, einer Frau, entstiegen wie dem Nichts. Plötzlich war sie dagewesen, superreich, ohne daß dieser Reichtum richtig verortet werden konnte. Ein Reichtum ohne bekanntes Erbe, ein Reichtum, der auf keinen der großen Konzerne oder der großen Familien oder der großen Namen verwies. Das Größte an dieser Frau war ihr Geheimnis, und ihr Geld natürlich, ein Geld, welches vollkommen unverbunden schien mit den normalen Finanzströmen. Diese Frau saß in keinem Vorstand, verfügte über keine Kontakte zu den üblichen Verdächtigen, blieb der Politik fern, sogar fern zelebrierter Großzügigkeit, kämpfte nicht gegen Brustkrebs, Parkinson oder Kindersterblichkeit, schien unabhängig von den Entwicklungen des Aktienmarktes und besaß nicht einmal Einträge im Internet. Auch fehlte eine offizielle Biographie. Allein Fotos existierten, die eine etwa sechzigjährige Frau zeigten, schwarze, lange Haare, helle Haut, der Körper schlank, das Gesicht noch schlanker, obgleich man wenig von diesem Gesicht sehen konnte, da es stets hinter einer großen, dunklen Sonnenbrille verborgen blieb. Der Kopf dieser Frau war eine ewige Sonnenfinsternis.

Man hätte also meinen können, sie stehe mit der Unterwelt in Verbindung, nicht wegen der Brille, sondern weil dies die Herkunft ihres Vermögens erklärt hätte. Drogen, Menschenhandel, Waffen, Kunst – die vier Standbeine des Illegalen. Doch sämtliche Versuche, eine solche Verbindung zu beweisen, scheiterten. Selbst den Kriminellen schien die Frau ein Rätsel zu sein. Weshalb einige Kommentatoren meinten, ihr Geld könne eigentlich nur direkt aus der Hölle stammen. Einer aber hatte gefragt: »Wieso nicht aus dem Himmel?«

Somit befand ich mich auf einem Raumschiff, das entweder mit höllischen oder mit himmlischen Mitteln finanziert wurde und welches den Namen *Villa Malaparte* trug. Und zwar, weil die kubische Form des Vehikels, seine rote, an die Marsoberfläche gemahnende Außenhülle, das stufenförmig angelegte, sich zum hinteren Ende hin verjüngende Triebwerk sowie die gleich einem hingeworfenen Feldhockeyschläger geschwungene Kapitänsbrücke, nicht zuletzt die asymmetrisch angelegten Sichtfenster, dies alles also nicht nur ein bißchen, sondern ziemlich stark an die gleichnamige Villa des italienischen Schriftstellers Malaparte erinnerte. Genau die, welche auf einem vorspringenden Felsen der Insel Capri in den späten Dreißigern des vorigen Jahrhunderts errichtet worden war. Nur daß diese Schriftstellervilla bloß zwei Geschosse aufwies, unser Schiff hingegen über insgesamt vier Ebenen verfügte und zur Bugseite hin etwas vorgewölbt war, um eine aerodynamisch sinnvolle Schnauze zu bilden. Während die originale Villa sich zum Meer hin als gerade Wand darbot. Weil die ja schließlich nicht zu fliegen brauchte. Umgekehrt sah auch unser Raumschiff nicht etwa wie ein fliegendes Haus aus, es stellte keine Karikatur dar, keinen Scherz, sondern war ein innovatives und formschönes Raumgefährt, das modernste seiner Art.

Dennoch war die Anspielung auf das berühmte Gebäude auf Capri unverkennbar. Und damit auch auf jenen Film von Jean-Luc Godard mit dem Tiel *Die Verachtung*, der zum Teil in dieser Villa spielt, ein Film, der zuvor ziemlich in Vergessenheit geraten war, wie auch seine Hauptdarstellerin, die einst an Weltgeltung kaum noch zu überbietende Brigitte Bardot. Man kann sagen, daß mit dem Bau dieses bisher größten Raumschiffes – welches nicht auf der Erde, sondern im Orbit aus Fertigteilen zusammengestellt worden war – zunächst einmal die Erinnerung an diese Schriftstellervilla erwachte und in der Folge auch die Erinnerung an den Film und an jene Frau, die in den Sechzigerjahren des zwanzigsten Jahrhunderts die europäische Erotik verkörpert hatte. Eine Erotik, welche ausgesprochen literarisch und politisch gewesen war. Ja, im Zuge der rapiden Fertigstellung eines dem italienischen Rationalismus nahestehenden und von einer Plasmablase geschützten Marsraumschiffes erfuhr BB, wie man die Schauspielerin früher genannt hatte, neue Bedeutung und Aufmerksamkeit. Was aber nichts daran änderte, daß an Bord der *Villa Malaparte* in erster Linie deutsch gesprochen wurde. Eine Direktive jener superreichen Eignerin, die zwar wie aus dem Nichts aufgetaucht war, das allerdings deutschsprachig, und die es für sinnvoll hielt, diese »hochwertige Sprache« ebenfalls ins Universum zu transportieren. Auf die Frage, ob das nicht eine chauvinistische Position sei, hatte sie nur gemeint: »Die Vorstellung, daß im ganzen Universum einzig und allein Englisch gesprochen wird, behagt mir einfach nicht.« Es versteht sich, daß ihr eigenes Englisch, soviel wußte man, absolut perfekt war.

Wie auch immer, mir war es nur recht. Sosehr ich im Zuge meiner Ausbildung zur Mehrsprachigkeit genötigt worden war, hörte ich nie auf, mit der englischen Sprache jene als Sexbombe gehandelte, extrem strenge Lehrerin meiner ersten Gymnasiumsjahre zu verbinden, die rein gar nichts von einer

Bardot gehabt hatte – größer, härter, athletischer, eine postmoderne Gräfin, deren asiatisch zugeschnittene Augen ausgesehen hatten wie das letzte große Werk eines genialen, aber bösartigen Glasbläsers.

Nicht, daß auf diesem Schiff nicht ebenso Englisch zur Anwendung kam, aber Deutsch war nun mal die offizielle *Verkehrssprache.* Soviel an Heimat bliebe mir also auch hier draußen.

Aber sonst?

Es heißt doch allgemein, wenn jemand sterbe, würde sein ganzes Leben an ihm vorbeiziehen. – Mir schien, als erlebte ich gerade eine Art *Vor*tot oder *Probe*tot, denn genau das passierte mir jetzt, daß mit dem Blick auf die kleiner werdende Erde auch mein Leben an mir vorbeiglitt. Vielleicht nicht ganz so schnell, wie es später bei meinem richtigen Ende der Fall sein würde, aber doch in einer zügigen Folge von Bildern und Eindrücken und Empfindungen. Und dabei nicht etwa chronologisch, sondern recht wild gemischt.

Ich sah also nicht nur meine Englischlehrerin, sondern auch meine Französischlehrerin, die aber ebenfalls nicht wie Brigitte Bardot ausgesehen hatte. Am ehesten eigentlich meine Schwester Anna, als sie dann etwas voller geworden war und deren Bild sich jetzt zwischen die beiden Lehrerinnen drängte; mit ihren langen blonden Haaren, den dunklen Augen, die immer im Schatten von etwas oder jemand zu liegen schienen (als schwebte eine Hand über ihrem Gesicht), den üppigen Lippen, gleich Objekten, die den Widerspruch vereinten, gleichzeitig gemeißelt und weich zu sein. Dazu der kompakte Körper, wie er nur kompakt sein kann, wenn er nicht zu groß ist. Die großen Frauen, auch die schönen, scheinen immer ein wenig auseinanderzufallen. Nicht so Anna mit ihren ein Meter sechzig. Genaugenommen 1,58, aber sie sagte gerne, da seien noch zwei zusätzliche Zentimeter, doch die könne man nicht sehen, die seien quasi geheim.

»Geheim wozu?« hatte ich sie gefragt. Sie darauf: »Na, um geheim zu bleiben. Was denkst du denn?« Ja, was dachte ich? Ich dachte vor allem, daß sie das liebste Geschöpf auf der Welt sei.

Natürlich sah ich auch die Gesichter und Gestalten der beiden Frauen, die ich geheiratet hatte. Meine erste Ehefrau war mir an der Kasse im Supermarkt begegnet. Sie hatte mir eine Ware doppelt berechnet, worüber sich eine heftige Auseinandersetzung entfacht hatte. Mir war zuvor schon etwas Ähnliches mit einer ihrer Kolleginnen passiert, und ich hatte einfach die Nase voll. Sodann war ihr Chef erschienen und hatte sie gezwungen, sich zu entschuldigen. Was mir nun aber sehr peinlich war, diese öffentliche Demütigung. Gerade noch erbost wegen dem bißchen Geld, kam ich mir wie ein Irrer vor, der diese offensichtlich müde und überlastete Kassiererin unnötig in Schwierigkeiten gebracht hatte. Sie sagte später, als wir uns nach beinahe zwanzig gemeinsamen Jahren scheiden ließen, ich hätte sie damals nur darum geheiratet, um diesen einen Moment wiedergutzumachen. Um mich gleichsam bei allen Supermarktkassiererinnen dieser Welt zu entschuldigen und mich von einer tiefempfundenen Schuld reinzuwaschen. Mich und jeden, der je in einem Supermarkt wegen ein paar Groschen oder Cents ein unwürdiges Theater aufgeführt hatte.

Aber das stimmte natürlich nicht, ich war ihr nach diesem ersten Erlebnis sofort verfallen gewesen, nicht nur wegen der Müdigkeit in ihrem Gesicht und in ihrer Stimme. Ich war zu dieser Zeit ja bereits lange im akademischen Milieu beheimatet und glaubte ... nun, ich war durstig nach dem richtigen Leben. Klar, man hätte jetzt sagen können: »Geh in die Fabrik, geh ins Bergwerk, fahr jeden Tag ins Büro, anstatt Astronaut zu werden. Oder noch besser: Such dir einen Job im Supermarkt, wenn es dich so nach dem richtigen Leben dürstet.« Doch ich wollte keinesfalls meine Astronautenrichtung aufgeben und glaubte auch nicht, die Arbeit im Supermarkt hätte einen glücklicheren Menschen aus mir gemacht. Heiraten aber durchaus. Ja, mit der Plötzlichkeit und Heftigkeit einer Entzündung dachte ich, Heiraten könnte mich retten. Und mir war sehr danach, gerettet zu werden. Im eigenen Milieu hingegen sah ich zwar meine Zukunft, aber auch das Gegenteil von Rettung. Weshalb ich nun so gut wie jeden Tag diesen Supermarkt aufsuchte und mich natürlich immer nur an jene Kasse stellte, die von dieser einen von mir beleidigten Frau bedient wurde. Ihr Name war Sophie, wie auf dem kleinen Schild zu lesen war, das ihren linken Brustansatz schmückte. Der Familienname interessierte mich nicht, beziehungsweise sah ich dort bereits meinen eigenen Namen stehen.

Allerdings war es so, daß Sophie es mied, mich anzusehen, vielmehr achtete sie mit provokanter Akkuratesse darauf, nichts falsch zu machen, mir keinen neuerlichen Grund zu liefern, eine weitere Beschwerde vorzutragen. Offensichtlich dachte sie, ich würde mich genau darum ausschließlich bei ihr anstellen.

Endlich sprach ich sie an, indem ich sagte: »Ich bin nicht wahnsinnig.«

»Ach?!«

»Ich will damit sagen: Ich bin nicht hier, um Sie zu ärgern.«

»Das tun Sie aber.«

»Ist trotzdem nicht mein Plan.«

»Sondern?«

»Ich möchte Sie fragen, ob ich Sie zum Essen einladen darf.«

»Wieso denn? Mache ich auf Sie einen verhungerten Eindruck?«

In der Tat war sie recht dünn. Dünn auf die Weise, die nicht vom Sport kommt oder von der Diät und weil jemand endlich wieder in seine Jeans hineinpassen will. Vielmehr war es ein Dünnsein, das von der Arbeit und vom Leben kam und das den Antipoden zu jenem Dicksein darstellt, welches ebenfalls von der Arbeit und vom Leben kommt.

Ich betrachtete also die von der Arbeit und vom Leben dünne junge Frau, schaute in ihr müdes, blasses Gesicht, das bestens für das Porträt einer Heiligen hätte herhalten können – jemand, der zugleich erschöpft und schön war, ja, schön, weil erschöpft –, und erklärte ihr, wie sehr ich mich freuen würde, wenn sie sowohl meine Entschuldigung als auch meine Einladung annehmen würde.

Sie sagte: »Die Entschuldigung nehme ich an, die Einladung nicht. – Macht zweiundzwanzig Euro.«

Ich zahlte, ohne zu murren. Sie fragte mich, ob ich nicht nachrechnen wolle. Ich aber sagte: »Wir sehen uns dann morgen. Ich meine, hier im Supermarkt.«

»Soll das heißen, wenn ich mich weigere, mit Ihnen auszugehen, daß Sie weiter Terror machen und jeden Tag an meinem Band stehen?«

»Ich will Sie nicht erpressen«, erklärte ich.

Sie verzog den Mund und schenkte mir einen schiefen Blick.

»Okay«, gab ich klein bei. »In Zukunft stelle ich mich woanders an, gleich, ob Sie mit mir essen gehen oder nicht.«

Insgeheim dachte ich, sie werde sich davon beeindrucken lassen. Stattdessen sagte sie nur: »Hoffentlich.«

Es war in der Folge ein reiner Zufall, an dem dieses »hoffentlich« zerschellte. Als ich zwei Wochen später zum ersten Mal wieder in den mit sechs, sieben Kassen eingerichteten Markt einkaufen ging, stellte ich fest, daß an keiner davon Sophie bediente und es somit egal war, wo ich mich anstellte. Als ich dann aber in einer der Schlangen stand, die sich frühabends gebildet hatten, erfolgte genau dort ein Wechsel der Kassiererinnen, wo ich gerade feststeckte, und es war ausgerechnet Sophie, die nun ...

Ich scherte augenblicklich aus der Reihe aus und wollte mir eine andere Schlange suchen, vernahm aber die Stimme Sophies, wie sie mir da nachrief: »Also gut. Wo und wann?«

Es war ein kleines japanisches Restaurant, in das ich sie führte. Ein einfaches Lokal, ohne Schnickschnack, aber halt japanisch, was auch 2026 noch immer Ausdruck des Besonderen war. Im übrigen das Jahr, in dem ich erstmals ins All fliegen würde, um im Orbit zu arbeiten. Wovon ich ihr jetzt erzählte. Nicht ohne Stolz.

»Mir ist so was ziemlich fremd«, sagte Sophie.

»Der Weltraum?«

»Der Weltraum nicht, den sieht man ja jeden Abend. Aber dort hinaufzuwollen. Ich meine, wenn es wirklich eine Reise zu den Sternen wäre, das ginge in Ordnung. Aber eine richtige Reise ist es ja nicht, oder? Nur so ein dauerndes Umrunden. Wie die Radrennfahrer, die sechs Tage auf der gleichen Bahn unterwegs sind.«

Ich sagte: »Das ist nicht Ihr Ernst!«

»Absolut mein Ernst. Da gibt es nichts, was mich dort hinziehen würde. Abgesehen davon, daß ich nicht gescheit genug bin für so was. – Oder warum denkst du, daß ich an einer Kasse arbeite?«

Die Art und Weise, wie sie ihren Zustand so trocken auf den Punkt gebracht und dabei mit einem kurzen Schwung zum *Du* gewechselt hatte, verzauberte mich noch mehr. Sie war ja ganz sicher nicht dumm, und dennoch stimmte es. Um Astronaut zu werden, um nach da oben zu gelangen und sich dann mit der Erde mitzudrehen, brauchte es eine Unmenge von Bildung – Verachtung für die Schule hin oder her –, tausendfachen Ehrgeiz und eine ungeheure Brillanz, aber eine glatte Brillanz, eine konforme, eine Brillanz, die in der Tat vom vielen Polieren kam.

In diesem Moment starker Empfindung für diese Frau dachte ich mir, daß die wahren Genies wahrscheinlich an

Supermarktkassen saßen und ein Teil ihres Genies darin bestand, sich damit zu begnügen, an der Kasse zu sitzen.

Dennoch erklärte ich: »Langfristig gesehen, will ich zum Mars.«

Sie meinte: »So reden eigentlich Kinder.«

»Stimmt«, gab ich zu. »Schließlich war ich auch noch Kind, als ich begonnen habe, das zu planen.«

»Und wann geht es los?«

»In sechs Wochen.«

»Das hört sich an«, sagte sie, »als würden da die Ferien beginnen.«

»Bezahlte Ferien.«

»Und wie lange wirst du bleiben?«

»Das ist noch unsicher. Hängt vom Experiment ab.«

»Du darfst mir sicher nicht sagen, was für ein Experiment.«

»Natürlich nicht«, bestätigte ich, berichtete aber dennoch von jener Plasmahülle, die wie eine gewaltige Seifenblase – allerdings unverwundbar und langlebig – diverse schützenswürdige Objekte umgeben sollte. Mensch und Maschine.

»Das sind genau die Blasen«, sagte Sophie, »die später dann im Krieg zum Einsatz kommen, oder?«

»Das ist kaum auszuschließen«, nickte ich, wie die Leute, die im Gericht immer sofort gestehen und den Juristen den ganzen Spaß verderben.

Aber Sophie war ja keine Juristin.

In der Zeit, die mir bis zum Aufbruch zur Raumstation blieb, sah ich sie so oft als möglich und hatte keinen Zweifel an ihrer Zuneigung. Wir waren in dem Moment, da ich sie beschuldigt hatte, irgendein blödes Stück Schokolade doppelt verrechnet zu haben, unweigerlich zusammengewachsen. Allerdings nicht körperlich. Denn Sophie war erstaunlich katholisch; erstaunlich, weil sie das weder von zu Hause noch von einer Heimerziehung hatte. Sie weigerte sich, mit mir zu schlafen. Da hatte auch das Argument meiner Reise in den Weltraum und der damit verbundenen Gefahren wenig genutzt. »Sex vor der Ehe« war für sie undenkbar und nichts, worüber sie diskutieren wollte. Sie sagte nur: »Man sollte keine Bäume umschneiden, wenn sie noch gesund sind.« Ich verstand das nie ganz, aber es verhielt sich damit wohl wie mit den zwei Zentimetern unsichtbarer Körpergröße, deren Existenz meine Schwester Anna behauptete, mir aber nicht erklären wollte, *wozu* und *wieso unsichtbar*.

Nachdem ich mehrere Monate im All gewesen war und nachdem ich mit einigem Erfolg die Stabilität der Plasmablase erhöht hatte und man mir aus der Chefetage eine Reise zum Mars in Aussicht stellte, nachdem ich also wieder mit beiden Beinen auf der Erde stand, holte ich Sophie vom Supermarkt ab und fragte sie, ob sie mich heiraten würde.

Ich versprach: »Dann mußt du nicht mehr im Markt und an den Regalen und an der Kasse arbeiten und dich mit Kunden wie mir herumschlagen.«

»Hast du Angst, ich könnte mich dort ein zweites Mal verlieben?«

Ich wiegte den Kopf hin und her, als überlegte ich, ob es realistisch sei, daß ein anderer Kunde in gleicher Weise …

Jedenfalls gab mir Sophie das Jawort, behielt aber trotzdem noch einige Zeit ihre Stellung, zudem bemerkte ich, daß ihr diese Arbeit nicht nur Müdigkeit, sondern auch etwas wie Glück bescherte sowie eine Zufriedenheit, die trotz der Größe des Marktes aus der engen Verbundenheit zu einem Teil der Kundschaft resultierte. Das einzig wirklich Enervierende war ihr Chef.

Als Sophie dann schwanger wurde und schließlich zu arbeiten aufhörte, war sie vor allem froh, für einige Zeit diesen Vorgesetzten nicht mehr sehen zu müssen. Und dabei blieb es. Denn als das Kind einmal da war, ein Junge – der etwas zu früh auf die Welt kam und dies dadurch kompensierte, den Rest seines Lebens fast immer zu spät zu kommen –, hörte sie auf, sich nach ihrer Supermarktkasse zu sehnen. Die Kolleginnen sowie einige liebgewordene Kunden traf sie trotzdem, nicht zuletzt, indem sie nun selbst zur Kundin dieses Marktes wurde. Fünf Jahre lang wurde sie regelmäßig schwanger und trug fünf Kinder aus, fünf Jungs, was in jeder Hinsicht übertrieben war, die Anzahl wie die Ausschließlichkeit des Geschlechts. Aber was kann man da machen?

12

Nach fünf Jahren und fünf Kindern endete Sophies Geburtsphase, ohne daß dies in einem medizinischen Sinn geklärt wurde. Es war einfach vorbei und ich meinerseits nicht ganz unglücklich darüber. Sophie wiederum stellte ohnedies nichts in Frage. Fünf schnelle Jungs und dann Schluß! So war es eben. Ihr Glaube an Gott war unverbrüchlich. Ihm war sie verbunden, das Katholische daran war bloß ein Band, so ein Geschenkband, das die Schachtel, in der Sophies tiefer Glaube steckte, zusammenhielt und zugleich schmückte. Aber halt bloß ein Band war, ein stabilisierendes Dekor. Und als ich nach zwanzig Jahren um die Scheidung bat, überraschte Sophie mich, indem sie mir nicht die geringsten Schwierigkeiten machte.

Es waren meine Söhne, die sich querstellten und nicht akzeptieren wollten, daß ihr Vater, auf einem Friseurstuhl sitzend, meinte, eine neue Frau fürs Leben – oder eben für den Rest des Lebens – kennengelernt zu haben. Ja, man kann sagen, ich hatte sie, Annabell, zuerst seitenverkehrt wahrgenommen, im Spiegel, hinter mir stehend, als sie daranging, mein in die Jahre gekommenes Haar zu kürzen und ihm eine neue Fasson zu verleihen. Es war das erste Mal, daß ich sie in diesem Frisiersalon sah, den ich seit einigen Jahren frequentierte. Und da offenbarte sie sich in meinem Rücken, größer als Sophie, auch massiver, mit dem dunklen Teint ihrer vom vielen Sonnenbaden gebräunten Gesichtshaut, und führte äußerst geschickt eine Schere durch mein graumeliertes Haar.

Übrigens wiederholte sich dabei mein Prinzip der Kontaktnahme, indem ich mich, als sie fertig war, darüber beschwerte, sie hätte mir die Haare kürzer geschnitten als vereinbart. Allerdings fand sich hier kein Chef, der sie darum zur Schnecke gemacht hätte. Sie war völlig ungeeignet als Schnecke. Auf meine Beschwerde sagte sie nur: »Glauben Sie mir, Ihre Haare wachsen nach.«

»Und wenn sie vorher ausfallen?«

Aber darauf gab sie keine Antwort mehr, sondern bürstete mir das Zuviel an abgeschnittenen Haaren vom Nacken. Trotz ihrer stillen Dominanz entdeckte ich auch an ihr jenen müden, mitunter gequälten Blick, in den ich mich zu verlieben pflegte.

Als ich bei ihr bezahlte – somit erneut in den magischen Bannkreis einer Registrierkasse geratend –, sagte ich, ich würde sie gerne wiedersehen, wolle aber nicht warten, bis meine Haare genügend nachgewachsen seien, um einen Grund vortäuschen zu können.

Sie schaute auf meine Hand, zeigte auf den goldenen Ring und fragte mich, was meine Frau wohl davon halten würde.

»Wir leben getrennt«, sprach ich die halbe Wahrheit aus. Immerhin teilten wir uns noch immer eine gemeinsame Wohnung, allerdings mit separaten Schlafzimmern. Nachdem zuletzt der Sex weggefallen war (jedoch erst lange nach der Geburt des jüngsten Sohns), war der Umstand geblieben, daß ich beim Schlafen heftige Geräusche von mir gab, mitunter auch laut redete und des öfteren die Arme bewegte, was angeblich eine Folge meiner Aufenthalte im Orbit war. Wie auch immer, Sophie bevorzugte eine ruhige Nacht und konnte gut auf einen schwadronierenden Turner an ihrer Seite verzichten. Insgeheim dachte ich mir, sie schlafe sowieso mit Gott, was aber nicht sexuell gemeint war. Eher so, wie man sich zu seinen Kindern ins Bett legt und dann nicht mehr von ihnen loskommt, weil sie so angenehm weich und warm sind und man mit ihnen kuscheln kann, ohne eine Verpflichtung loszutreten.

Okay, ich log also: »Wir leben getrennt.«

»Dann sollten Sie aber auch aufhören, den Ring zu tragen«, empfahl Annabell. »Zumindest, wenn Sie fremde Frauen ansprechen.«

Ich griff nach dem Schmuckstück, das ich schon so viele Jahre nicht mehr bewußt bewegt hatte, also nie versucht hatte, den Ring herunterzubekommen. Er bewegte sich kein Stück, wie angewachsen. Keine Chance. Wollte man nun nicht davon ausgehen, der Ring sei kleiner und enger geworden ...

Annabell sagte: »Sie haben wahrscheinlich zugenommen. Auch am Finger.«

Ich nickte und antwortete: »Ich bin sowieso gezwungen, demnächst ein paar Kilo abzuspecken. Bevor ich nämlich wieder in den Weltraum aufbreche. Da gibt es Gewichtsvorgaben.«

Gut, auf diese Weise hatte ich elegant darauf hingewiesen, Astronaut zu sein. Was allerdings im Jahr 2046 noch kaum jemanden vom Hocker warf.

Dennoch fragte Annabell: »Und Sie sind wirklich Astronaut?«

»Ja. Ich arbeite auf der Tolong-Raumstation.«

Tolong war der Name jener aus dem Nichts aufgetauchten Milliardärin, die eines der beiden privaten Marsprogramme betrieb. Selbst ihr Name blieb ein Rätsel, auch, wie man ihn auszusprechen hatte. Sehr deutsch klang er ja nicht. Ganz offensichtlich ein Pseudonym, wobei es sich eingedenk Frau Tolongs Verlangen, im Universum zukünftig auch noch andere Sprachen als die englische zu kultivieren, eigentlich verbat, diesen Namen englisch zu intonieren.

»Und was machen Sie dort, auf Ihrer Raumstation?« fragte Annabell.

»Forschung. Aber auch Training. Möglicherweise werde ich zum Mars fliegen.«

»Wie alt sind Sie?« fragte sie.

»Sechsundvierzig.«

»Und da wollen Sie noch zum Mars?«

»Wir werden da schneller hinkommen als bisher«, prophezeite ich und erklärte ihr, daß ich keineswegs vorhätte, auf dem Mars zu sterben.

Dank des von mir mitentwickelten Systems einer ausgedehnten Plasmablase war es möglich geworden, die Tolong-Station in größerer Entfernung zur Erde zu stationieren. Was wesentliche Vorteile bot: stabilere Haltung, kaum Kurskorrekturen, weniger Treibstoffverbrauch. Allerdings war man dort der kosmischen Strahlung stärker ausgeliefert. Darum die Blase, unser »guter Nebel«. Wichtig war zudem, daß es gelungen war, das System dieser Hülle mit dem System eines Antriebs zu verbinden, ja der große Vorteil der nächsten Generation von Raumschiffen – zu dieser Zeit wurde ja bereits an der *Villa Malaparte* gebaut – würde es sein, ohne gigantische Zentrifugen auszukommen, um die Schwerkraft an Bord zu bewerkstelligen. Stattdessen ergab sich die Gravitation aus der beträchtlichen Beschleunigung, die wir zu erreichen imstande waren, wobei ein Wechsel zwischen Beschleunigung und Freiflug erfolgte und damit auch ein Wechsel zwischen Schwerkraft und Schwerelosigkeit, welcher wiederum einem Tag-und-Nacht-Rhythmus folgte. Waren die Leute wach, gab es Schwerkraft, schliefen sie hingegen, taten sie dies im Zustand der Schwerelosigkeit und eines gemächlichen Gleitflugs. Man konnte also sagen, daß in der »Nacht« nicht nur die Leute schliefen, sondern auch das Raumschiff, es praktisch bewußtlos dahintrieb. Nur die Computer schliefen nicht, wobei ich zu denen gehörte, die es als ein Problem ansahen, wenn Computer ohne Schlaf auskommen mußten (und mit Schlaf konnte eben nicht gemeint sein, das Ding einfach abzuschalten; ein abgeschalteter Computer war wie betäubt oder tot, ein guter Schlaf war das nicht. Zum Schlaf gehörte der Traum, eine Sache, die sicher ihren Sinn hatte. Die Computer zu vermenschlichen, ohne ihnen eine Traumwelt zuzugestehen, mußte schlecht enden).

Jedenfalls würde das ganze Verfahren dazu führen, zukünftig nicht sechs Monate zum Mars unterwegs zu sein, sondern es auch in der Hälfte der Zeit zu schaffen. Vorher waren aber noch einige technische Schwierigkeiten zu lösen, Tests durchzuführen, Training zu absolvieren, und darum also mußte ich in Abständen hoch zur Tolong-Station.

Es würde dann immerhin noch weitere vier Jahre dauern, bis die *Villa Malaparte* fertiggestellt war und ich selbst nach über zwei Jahrzehnten der Vorbereitung endlich darangehen konnte, zum Mars zu fliegen.

Doch erst einmal führte ich Annabell ins Kino aus, ins Theater, ins Restaurant, holte sie immer häufiger vom Friseurladen ab, und obgleich es mir auch im Zuge deutlichen Gewichtsverlustes nicht gelang, meinen Ehering herunterzubekommen, ging Annabell schließlich mit mir ins Bett. Sie war nicht ganz so katholisch wie Sophie, zwar prinzipiell gläubig, prinzipiell kirchentreu, jedoch weniger fixiert auf die Ehe beziehungsweise auf den Sex allein im Rahmen der Ehe. Dennoch war ich ein halbes Jahr später entschlossen, mich von Sophie scheiden zu lassen und ein zweites Mal zu heiraten.

Vorher aber mußte ich einen zweimonatigen Aufenthalt auf der Tolong-Station hinter mich bringen. Und tat dies auch, nicht zuletzt mit dem Versprechen, dort oben meinen alten Ehering loszuwerden. Was in der Schwerelosigkeit besser geklappt hätte, aber die war ja bereits technisch überwunden. Nein, es war dann eine Lasersäge, mit der ein befreundeter Wissenschaftler mir half, meinen Finger freizukriegen, frei, um nur wenig später erneut beringt zu werden.

Ich sagte es schon: Meine Söhne stellten sich quer. Alle fünf. Sie waren selten so einig gewesen. Hielten es für einen Betrug an ihrer Mutter wie an ihnen selbst, daß ich auf diese Weise unsere Einheit »zerstörte«. Was ich so nicht sah. Die Jungs waren zwischen fünfzehn und neunzehn, keine kleinen Kinder mehr, zudem hatte ich sicher nicht vor, eine neue Familie zu gründen und die alte zu vernachlässigen. Annabell, fünfunddreißig zu dieser Zeit, hatte es gleich zu Anfang klar gesagt: »Glaub nicht, daß ich dir jetzt schnell fünf Töchter schenke, bevor ich vierzig werde und dann Schluß ist.« Nein, Kinder waren nicht ihre Sache. Auch hatte sie nicht vor, sich irgendwie in die Herzen meiner Söhne zu arbeiten. Bei einem aber ...

Kurz vor der Scheidung von Sophie setzte ich mich mit allen Jungs zusammen, wobei mein Ältester, der bereits von zu Hause ausgezogen war, pünktlich erschien. Ich konnte mich nicht erinnern, wann dies je zuvor geschehen war. Er zeigte mir damit, wie sehr er mich ablehnte. Seine Pünktlichkeit war ein Affront.

Ich hörte mir alles an, was die Jungs zu sagen hatten, ihre Enttäuschung, ihre Ängste, ihren Zorn. Der Kleinste erklärte: »Nicht genug, daß du so oft im Weltall bist, jetzt wirst du auch noch woanders wohnen. Hättest du dir das nicht früher überlegen können? Sollte sich das nicht jeder überlegen, bevor er Kinder kriegt?«

Ich hätte einiges erwidern können, etwa, wie sehr ich stets bemüht gewesen sei, genügend Zeit mit ihnen zu verbringen. Aber was war das denn: genügend Zeit? Im Endeffekt war es einfach die Zeit gewesen, die letztlich übrig blieb, wenn alles andere erledigt war. Restzeit für die Kinder.

Einer von den Mittleren – ich nannte sie immer: den Ältesten, den Jüngsten, den Jüngsten von den Mittleren, den

Ältesten von den Mittleren und den Mittleren von den Mittleren – sprach mich darauf an, daß ich doch wohl in einigen Jahren zum Mars aufbrechen werde und folglich plane, nicht nur meine erste Frau zu verlassen, sondern schlußendlich auch meine zweite Frau.

Zum wiederholten Male erklärte ich, daß eine Marsreise und ein Marsaufenthalt, zumindest in meinem Fall, nicht als ewige Reise oder als Reise in die Ewigkeit gedacht sei. Auch Väter, die auf der Erde blieben, seien mitunter monatelang geschäftlich unterwegs.

»Andere Väter. Pah!« höhnte der Älteste. »Ein Vater verweist auf den nächsten. Und so geht eine Ausrede um die Welt.«

Auch das stimmte. Und es half wenig, daß ich ein moderner Vater gewesen war und meine Kinder an Wochenenden, wenn ich halt dagewesen war, im Tuch getragen hatte. Kein Kind gibt später was auf diese gelegentliche Tuchtragerei.

Ich hörte mir an, was meine Söhne zu sagen hatten, ertrug es und erklärte ihnen schließlich, daß meine Entscheidung feststehe. Scheidung und Heirat. Dazu das Versprechen, meine »alte« Familie nicht im Stich zu lassen.

Das war ernstgemeint. Aber auch der Ernst unterliegt der Trägheit. Es war dann natürlich in erster Linie Sophie, die die vier, die noch zu Hause waren, durch den Alltag brachte. Ich sah zu, daß das Geld stimmte, kam zu Besuch, sooft es ging, aber weder war ich da, als der Jüngste beschloß, die Schule zu schmeißen, noch als der Älteste von den Mittleren nach einer Schlägerei wochenlang im Koma lag. Ich war da gerade auf der Tolong-Station und hatte keine Möglichkeit, frühzeitig auf die Erde zurückzukehren. Als ich dann endlich ins Krankenhaus kam, war mein Sohn bereits erwacht. Seine Mutter war Tag und Nacht bei ihm gewesen und würde auch in Zukunft nicht mehr von seiner Seite weichen. Die anderen Jungs gingen nach und nach hinaus ins Leben, aber der

Älteste von den Mittleren blieb für immer zu Hause. Nicht, weil er behindert war, aber verändert. Er war schon vorher eine große Ausnahme gewesen, sehr viel größer und kräftiger als die übrigen, die alle nach mir und Sophie, den eher kleinen Eltern, geraten waren. Dieser eine Junge aber war das, was man einen »Riegel« nannte, zudem war er ein Hasardeur, extrem couragiert, wich kaum einem Konflikt aus, schien sich genau dort, im Konflikt, dem verbalen wie körperlichen, wohlzufühlen. Wobei ihm natürlich half, daß er gut und gerne als Wrestler hätte durchgehen können und auch in der Tat boxte und hohe Gewichte stemmte, nicht bloß ein paar zarte Hanteln spazieren trug. Eins neunzig, fünfundneunzig Kilo, und das praktisch ohne Fett, soweit man sagen kann, ein Mensch sei ohne Fett. Aber es nützte nichts, man hatte ihm aufgelauert. Baseballschläger waren zum Einsatz gekommen. Drei seiner Gegner hatte er ausgeknockt. Was aber zu wenig gewesen war. Der Rest der Angreifer war sehr darauf bedacht gewesen, ihn am Kopf zu treffen. – Das war das Schrecklichste gewesen, sich vorzustellen, wie sie mit ihren massiven Hölzern immer wieder auf seinen Kopf eingedroschen hatten, auf den Kopf meines Kindes, dazu ihr besoffenes Lachen und die üblichen Fick-dich-Rufe und die Menschen, die in der Nähe vor einer Diskothek standen und so taten, als bemerkten sie nichts.

Aus dem Koma erwacht, war er ein anderer Mensch gewesen. Er schien sogar kleiner, schmaler. Aus einem umtriebigen Riesen war ein nachdenklicher und eher gebeugter Mensch geworden, ja einer, der allein in dieser Nachdenklichkeit weiterzuexistieren schien. Und man konnte nicht einmal genau sagen, ob seine gebeugte Haltung mehr den Verletzungen oder mehr seiner Nachdenklichkeit zu verdanken war. Jedenfalls offenbarte sich ab diesem Augenblick eine ungeahnte Seelenverwandtschaft zu seiner Mutter, die eigentlich geplant hatte, dann, wenn alle flügge geworden waren, ins Kloster zu gehen (und zwar mit Hilfe einer Ausnahmeregelung, denn immerhin war sie ja eine Geschiedene). Aber dieser eine Sohn, ausgerechnet dieser bislang so lebensgierige, wurde nicht flügge. Und darum verzichtete seine Mutter auf den Rückzug ins Kloster. Holte sich das Kloster praktisch in die eigene Wohnung, ein Mutter-Sohn-Kloster.

Ein Kloster, um das ich sie manchmal beneidete.

Meine zweite Ehe blieb nicht nur ausgesprochen kinderlos, sondern dauerte auch nicht sehr lange. Eineinhalb Jahre, die ich zwar zur Gänze auf der Erde verbrachte, gegen deren Ende ich jedoch für zwei Monate in ein geschlossenes Labor mußte, wohin weder »Spielerfrauen« noch »Spielermänner« mitdurften.

Annabell und ich hatten sicher unsere glücklichen Augenblicke, unser Vergnügen, keinen übermäßigen Streit, aber doch etwas mehr als in den zwanzig Jahren mit Sophie. Auch begriff ich bald, wie gerne Annabell flirtete, eben nicht nur mit mir, ihrem Mann, sondern mit vielen der Herren, denen sie die Haare schnitt, und dabei einiges an Macht und Einfluß gewann. Nicht, daß mir das nicht bereits vor der Hochzeit bewußt gewesen war, aber ich meinte, es werde, einmal verheiratet, schwächer werden. Doch eher wurde es stärker und führte dann zu Diskussionen zwischen uns. Annabell betonte ihre Treue, ihre prinzipielle, ließ es sich aber nicht nehmen, vergnügte Gespräche mit ihrer männlichen wie weiblichen Kundschaft zu führen. Wenn dabei eine gewisse erotische Spannung entstand ... Annabell erklärte knapp: »Es gibt rein gar nichts, wo nicht die Erotik im Spiel ist. Oder warum, denkst du, bist du Astronaut geworden?«

»Wie meinst du das? Glaubst du, ich hätte was mit Astronautinnen?«

»Nein, ich meine, daß du so was überhaupt machst. Das All erobern. Wie man ein Land erobert oder eben eine Frau.

Es ist erotisch und hat etwas Gewalttätiges. Ich meine, wenn man sich eure Schiffe anschaut …«
»Schon gut«, sagte ich. »Bitte kein Phallusgespräch.«
»Gerne. Wenn du aufhörst, mich zu ärgern, nur weil ich mit ein paar Kunden schäkere.«

Doch als ich dann für zwei Monate weg war, in einem unterirdischen Labor, um einige extreme Marsflugszenarien zu proben, ergab sich ein noch sehr viel extremeres Szenarium in jenem kleinen Friseursalon, den Annabell zwischenzeitlich übernommen hatte, nicht zuletzt mit Geld, das ich mit in die Ehe gebracht hatte.

Wie genau es abgelaufen war, ließ sich hinterher nicht so genau klären, jedenfalls war mein ältester Sohn eines Tages bei Annabell im Geschäft aufgetaucht. Er war sowenig wie seine Brüder bei der Hochzeit gewesen, und auch danach hatte nie ein Treffen mit der Stiefmutter stattgefunden. Der das herzlich egal war. So konnte sie freilich nicht ahnen, wer da auf ihrem Frisierstuhl saß und sich nicht zu erkennen gab. Wobei Annabell es sich nicht hatte nehmen lassen, den hübschen jungen Mann selbst zu bedienen.

Ich weiß nicht, was mein Ältester wirklich vorgehabt hatte oder ob er einfach nur einmal die Frau hatte sehen wollen, wegen der sein Vater … Es war wohl kein finstrer Plan gewesen, sondern eine spontane Tat, ein kleiner Akt der Verzweiflung, allerdings mit dem Potential großer Folgen. Denn der junge Mann, der mein ältester Sohn war, und die Frau, die seit einem Jahr meinen Namen trug, kamen ins Gespräch, kamen sich näher, trafen sich und hatten – bei genauer Betrachtung – viel Zeit, weil ich mich ja unterirdisch in einem Innenmodell der *Villa Malaparte* befand. Irgendwann, und zwar noch bevor es körperlich wurde, gestand mein Sohn, wer er war. Wohl in der Annahme, damit werde sich die Sache erledigt haben. Hatte sie aber nicht. Annabell fand es eher süß. Die beiden verabredeten sich, der Zwanzigjährige und die Sechsunddreißigjährige, und für eine kurze, aber intensive Zeit verfielen sie einander. Zu einer Freundin sagte Annabell einmal: »Ich hatte nie wieder so viel guten Sex in so kurzer Zeit.« (Die Freundin hatte mich nie gemocht und schickte mir, als ich bereits auf Tolong meinen Marseinsatz abwartete, eine Mail selbigen Inhalts, um mich »aufzumuntern«.)

Damals aber, als ich von zwei Monaten Training zurückkehrte, erfuhr ich sogleich von Annabell, was geschehen war. Und das, obwohl sie das Verhältnis zu meinem Sohn da bereits wieder beendet hatte. Aber sie gestand es mir trotzdem. Mein Sohn hingegen verlor mir gegenüber kein Wort darüber. Und auch sonst kein Wort. In bezug auf ihn, der zu früh auf die Welt gekommen war und danach so gerne zu spät kam, wäre es gar nicht nötig gewesen, zum Mars zu fliegen, um den Kontakt zu verlieren. Ich verlor ihn auch so. Nicht aber zu meinen anderen Jungs, die sich doch einigermaßen beruhigten, natürlich noch mehr, als dann meine zweite Ehe in die Brüche ging. Um es vielleicht ganz nüchtern auf den Punkt zu bringen: Annabell hatte einen Mann mit einigermaßen Geld benötigt, um sich ihren Traum vom eigenen Laden zu erfüllen. Der Traum war erfüllt, der Traum gedieh, sie konnte nun sogar eine Filiale eröffnen, und unsere Ehe verlor ihren Sinn. Daß sie mit meinem Ältesten geschlafen hatte, war gewissermaßen wie die Säge gewesen, mit der mir einst mein erster Ehering vom Finger geschnitten worden war.

Wir gingen auseinander. Doch die Wunden hielten sich in Grenzen. Der Umstand, meinen ältesten Sohn nie wiederzusehen, war sicher der schmerzlichere.

13

An diese Geschichte dachte ich, als ich da am Fenster meines Quartiers saß und auf die kleiner werdende Erde schaute. Und mittlerweile auch die Gesichter der anderen Familienmitglieder an mir vorbeizogen, etwa das meines Vaters, der mit zweiundsechzig Jahren sein Ende gefunden hatte, auf einer Autobahn, wo er bei Nebel in eine Massenkarambolage geraten war. Ausgerechnet er!

Er war nie gerne mit dem Wagen unterwegs gewesen, hatte Bahn oder Flugzeug bevorzugt. Einmal erklärte er mir, er fühle sich im Auto wie in der Hülle eines Käfers, und damit meinte er nicht einen VW Käfer, sondern das chitinhaltige Außenskelett eines Insekts. Im Auto fühle er sich fremd. Und fragte: »Bin ich denn ein Käfer? Nein!« Worauf ich zu bedenken gab, dies gelte dann doch wohl auch für jedes Flugzeug. Und stellte fest: »Du bist ja auch keine Libelle, Papa, oder?« – »Lieber eine Libelle als ein Käfer«, antwortete er, wobei er aber ganz prinzipiell ungerne unterwegs war. Darum war er ja Architekt geworden. Er liebte die Seßhaftigkeit der Häuser und bezeichnete die extreme Mobilität des Menschen als einen Irrtum. Die Form eines Hauses sei die richtige Hülle für den Menschen: das Hemd, die Hose, die Wände, der Hut, das Dach – nicht aber das Auto. Doch leider zwang ihn sein Beruf, Baustellen überall auf der Welt aufzusuchen. Am Tag seines Todes befand er sich auf dem Weg zum Flughafen, um quasi vom Käfer zur Libelle zu wechseln. Und dann kam der Nebel und in der Folge die Unordnung, die entsteht, wenn die einen bremsen und die anderen weiter Vollgas geben. Ich dachte mir schon als Kind oft, daß im Nebel der Teufel steckt. Verteilt auf viele kleine bösartige Tröpfchen, in denen sich, würde man nur genau draufschauen können, das Antlitz eines grinsenden Herrn spiegelt.

Mein Vater starb, meine Mutter lebte weiter. Eigentlich das, was ich mir nie hatte vorstellen können, daß die beiden einmal getrennte Wege gehen würden. Ich war überzeugt gewesen, sie würden entweder im gleichen Moment oder sehr kurz hintereinander sterben. Doch meine Mutter atmete einfach weiter. Und lebte mittlerweile, im Alter von einundachtzig Jahren, in einem kleinen Haus am Stadtrand, oft besucht von meiner »Zwillingsschwester« Anna, während wir anderen Kinder nur selten Zeit fanden vorbeizuschauen. Sie war noch immer sehr sportlich, ging jeden Tag zum Schwimmen und schien in keiner Weise unter dem Alleinsein zu leiden. Freilich war sie nie auf die Idee gekommen, einen anderen Mann auch nur anzusehen. Sie hatte den einen wirklichen, richtigen verloren und wartete nun geduldig und ohne Verdruß darauf, ihm folgen zu können.

Nicht nur Anna schaute häufig bei ihr vorbei, sondern auch meine Söhne, vor allem der jüngste. Meine Mutter war sehr großzügig – geldmäßig großzügig und zeitmäßig großzügig. Nicht, daß die Jungs sie nur wegen des Geldes besuchten, aber ein Schaden war es nicht, eine spendable Oma zu haben, die das Erbe ihres seit dreiundzwanzig Jahren toten Mannes an die Enkel und einige andere Leute verteilte. Für sich selbst, sagte sie gerne, benötige sie allein ein gutes Parfüm und kaltes Wasser für die Haut, ein kleines Auto – anders als ihr Mann liebte sie Autos, aber eben kleine Autos, mehr die Marienkäfer als die Hirschkäfer – sowie die Möglichkeit, auswärts zu essen. So gerne sie früher für die Familie gekocht hatte, gefiel es ihr nun, sich bekochen zu lassen. Und zwar in erster Linie von einem ehemaligen Gourmetkoch, der sich in ein kleines, verstaubtes Wirtshaus zurückgezogen hatte. Er drückte es so aus: »Ich gebe keine Konzerte mehr. Ich spiele nur noch für ein paar enge Freunde.« Offensichtlich zählte meine Mutter zu ihnen.

Erstaunlicherweise schien sie, diese recht kleine Person, im hohen Alter gewachsen zu sein, ganz im Gegensatz zum üblichen Schrumpfen älterer Menschen. – Bildete ich mir das nur ein? Einmal hatte ich ihr gesagt, ich würde gerne nachmessen. Sie hatte nur gelacht und kopfschüttelnd gemeint, ich sei doch wohl nicht extra aus dem Weltall zurückgekehrt, um sie »an die Wand zu stellen.« Womit natürlich die Art und Weise gemeint war, wie man Kinder am Türbalken oder einem Stück Wand postiert und dort die jeweilige Körpergröße mit einem Strich markiert.

Sie weigerte sich also, von mir vermessen zu werden und damit meinen Eindruck zu bestätigen, sie habe, die Achtzig überschreitend, wieder zu wachsen begonnen.

Und Anna? Wir sahen uns wenig, schrieben uns aber viel. Was bei ihr zum Beruf dazugehörte, das Schreiben. Sie war eine erfolgreiche Schriftstellerin geworden, die von mehr Leuten geliebt als gehaßt wurde, obwohl die Kost, die sie produzierte, keine leichte war. Sie hatte nie geheiratet und hatte keine Kinder bekommen. Einmal erklärte sie mir, ich hätte mit fünf Jungs »unser Zwillingssoll« ohnehin bereits übererfüllt. Die Liebesbeziehungen, die sie sowohl zu Männern als auch zu Frauen unterhielt, machten sie oft schwermütig. Mir schien aber, als brauchte sie diese Schwermut. Vielleicht zum Schreiben. Als wäre die Schwermut eine Batterie, die man immer wieder aufladen mußte.

Ein Jahr jünger als ich, erschien sie noch immer sehr mädchenhaft, war nur ein wenig voller geworden, ohne aber den Eindruck des Schlanken eingebüßt zu haben. Sie hatte eindeutig an den richtigen Stellen zugenommen. An den Lippen, am Busen, sogar das Haar war voller geworden. Doch im Gegensatz zu ihrer Mutter hatte sie ganz mit dem Schwimmen aufgehört. Sie fand die Kombination von Kunst und Sport unpassend. Stattdessen hing sie vielmehr der Kombination Kunst und Alkohol an, unbeeindruckt davon, nicht die erste zu sein, die auf diese Idee gekommen war. Jedenfalls trank sie ziemliche Mengen. Dabei wirkte sie selten besoffen oder verlor gar die Kontrolle, aber in ihrem hübschen Gesicht... Man könnte sagen, der viele Alkohol verhielt sich gleich einem langen Strich, der quer über das Gesicht verlief, eine Art Narbe in ihrem Blick sowie ein öliger Glanz, der die Narbe umspielte. Wein mochte sie nicht, sie sagte, der Wein verderbe den Menschen, verblöde ihn, schwäche seinen Charakter, ganz anders der Whisky und der Rum. Ich fragte mich oft bei ihr, wie jemand gleichzeitig so betrunken und so nüchtern sein konnte, obwohl es dazu paßte, daß sie ein gleichzeitig ungemein trauriger und lebenslustiger Mensch war. Sie liebte das Leben, wie sie den Alkohol liebte und wie sie es liebte, dicke Romane zu schreiben, in denen es so oft um Verlust und Sterben ging, und die Unfähigkeit, das Glück festzuhalten. In ihren Büchern steckte ein großer, labyrinthischer Schmerz, einige Kritiker nannten sie die Kafka des 21. Jahrhunderts. – Ich konnte nur wiederholen, was ich über sie gelesen hatte, bei den Kritikern gelesen hatte, denn nie hatte ich eines von Annas Büchern selbst in Angriff genommen. Ich fürchtete mich davor, fürchtete, darin auf etwas zu stoßen, was ich gar nicht wissen wollte. Auch wenn neuerdings ein Verfahren existierte, bei dem man ganze Bücher in seinem Hirn speichern konnte, ohne sie selbst gelesen zu haben. *Instant-Booking* hieß das. Jede Zeile wurde dabei in Sekundenschnelle ins Hirn übertragen. Und blieb dort auch. Unglücklicher- und rätselhafterweise funktionierte dies aber nur bei Belletristik, nicht bei Sach- oder

Lehrbüchern oder Lexika. Es hätten sich viele sehr gewünscht, die Inhalte nicht nachlesen und lernen zu müssen, während ja bei der Belletristik eher das Lesen als das Wissen einem die Freude bereitet. Wie auch immer, ich hatte nie ein Annabuch gelesen. Und sie hatte diesen Umstand nie kommentiert.

Bevor ich nach all den Jahren der Laborarbeit und Trainingsarbeit und endloser Simulationen – im Grunde war es ein sehr langer Geburtsvorbereitungskurs gewesen – also endlich zu meiner Marsmission aufbrach, versammelte ich die gesamte Familie um mich. Einer meiner mittleren Söhne meinte, das fühle sich jetzt schon wie ein Abschied für immer an. Ich widersprach ihm und erklärte, einfach meinen fünfzigsten Geburtstag vorzufeiern, weil ich ja zum tatsächlichen Fünfziger bereits im All sein würde, auf dem Weg zum Mars.

Da waren sie also, vier meiner Söhne, weiters meine ältere Schwester – die ehemals magersüchtige, die ganz schön auseinandergegangen war –, sodann mein mir fremder Bruder und seine mir fremde Frau mit ihren mir fremden Kindern, meine Mutter natürlich, die königliche, zudem war noch Sophie gekommen, die auf eine fröhliche Weise entrückt anmutete, halt mehr bei Gott als bei sonst jemand, abgesehen von dem einen Sohn, der bei und mit ihr lebte und ebenso entrückt wirkte. Annabell war nicht erschienen. Sie blieb fern wie mein Ältester.

Und dann kam Anna. In ihren Augen glänzte bereits die Aura von drei, vier Gläsern Schottischem. Sie umarmte mich und drückte mir einen Kuß auf die Wange. Als sie mich wieder losließ, versprach ich ihr: »Ich wasche mir mein Gesicht nicht mehr, bis ich auf dem Mars bin. Soll der rote Planet den Abdruck deiner Lippen sehen.«

Eigentlich sagt man so was ja nur bei einer Person, in die man verliebt ist, aber ...

Es wurde ein schöner Abend. Mein Bruder und seine Leute gingen früh, der Rest blieb lange. Am Ende dieses Abends setzte sich Anna neben mich und schob mir eine kleine Schachtel aus Karton in die Hand, die von einer einfachen Schnur zusammengehalten wurde. Ein Behältnis aus Kindertagen. Ich betrachtete die verwaschenen Kritzeleien auf der Oberfläche. Vierzig Jahre alter Buntstift.

»Was ist das?« fragte ich.

Sie antwortete nur: »Nimm es mit.« Mehr sagte sie nicht, gab keinerlei Anweisung, wann und wie ich es öffnen sollte. Erst auf dem Mars? Zudem gab es natürlich Sicherheitsbestimmungen. Und als ich Tage später das Shuttle betrat, das mich zur Tolong-Station brachte, zog man die kleine Schachtel aus meinem Handgepäck und fragte mich, was das sei.

»Ein Andenken«, gab ich zur Antwort.

»Aha«, meinte der Sicherheitsbeamte und begann, die Schnur zu lösen. Ich zuckte mit den Schultern.

Der Boden der Schachtel war nicht viel größer als eine Handfläche, darin ein kleines, schwärzliches Objekt. Ich beugte mich darüber, nachdem der Mann mich gefragt hatte, was das denn bitte schön darstellen solle.

Ich wußte sofort, worum es sich handelte, erkannte den Gegenstand, auch wenn er für jeden anderen schwer zu identifizieren war: nicht länger als ein Finger, aber sehr flach, etwas runzelig, ledrig, gleich einer stark abgenutzten Messerscheide, nur ...

Nun, es handelt sich dabei nicht um das Behältnis für ein Messer, sondern um das Messer selbst.

Lucian!

Meine Güte, seit gut vierzig Jahren war ich überzeugt gewesen, dieses Messer hätte niemals existiert. Sei schlicht ein Erzeugnis meiner Kinderphantasie gewesen. Natürlich! Denn lebendige Messer ... Wer konnte etwas derartiges glauben? Außerhalb von Märchen und Fantasy?

Doch da lag es: alt, uralt, verwandelt, vielleicht tot, vielleicht bewußtlos, das war schwer zu sagen. Ich war mir aber sicher, keiner Täuschung zu erliegen. So greisenhaft verändert es auch war, hatte ich es sofort wiedererkannt. Allerdings würde ich dem Sicherheitsmenschen, der mich jetzt fragend anblickte, nicht erklären können, es handle sich hierbei um ein altes Messer aus Kindertagen. Messer waren auf Raumstationen und Raumschiffen natürlich verboten. Zumindest die im Handgepäck. Das war wie früher, als man die Taschenmesser bei der Flughafenkontrolle hatte abgeben müssen. Also entschied ich mich, ihm zu versichern: »Das ist ein Glücksbringer. Ein Stück von meiner alten Lederschultasche.«

»Leder?! Ach was!« staunte der Sicherheitsbeamte, der um einiges jünger war als ich und nicht wußte, daß bereits meine Generation mit Schultaschen aufgewachsen war, die ausgesehen hatten wie zusammengepreßte Sportunterwäsche.

»Genau«, sagte ich. »Ich hatte damals ein richtig edles Teil.«

Das war freilich ein Witz. Ausgerechnet ich, der ich den Schulbetrieb verachtet hatte, gab nun vor, ein Stück meiner geliebten Schultasche als Glücksbringer auf den Mars mitnehmen zu wollen.

Der Beamte wandte sich an einen älteren Kollegen, flüsterte ihm etwas zu. Dieser blickte nun ebenfalls in die kleine Schachtel, schaute dann zu mir hoch und verkündete: »Kein Problem, Dr. März. Sie können das mitnehmen. Es geht dann zusammen mit Ihnen durch die Entkeimung.«

Jeder mußte durch die Entkeimung, wenn er ins All aufbrach. Es war, als wollte man verhindern, daß Dinge wie Schnupfen und Hausstaub ins Universum gelangten.

Ich nickte. Der jüngere Beamte verschloß die Schachtel wieder und händigte sie mir aus.

Mein Freund Lucian also! Herrje, würde ich jetzt wieder zu spinnen anfangen? Ein Verrückter auf dem Weg zum Mars? Einer, der durch sämtliche Verrücktheitstests durchgerutscht war?

14

23:15 Uhr Mitteleuropäischer Zeit. Die Zeit, die den Tag-Nacht-Rhythmus auf der *Villa Malaparte* gleichfalls bestimmte. Was sonst?

Mit dem Klang einer Sirene (einer Sirene, die sich anhörte, als hätte Bach auch Alarmtöne komponiert) wurde der Antrieb heruntergefahren, und das Schiff ging in den Freiflug über, wurde rapide langsamer. Das Dröhnen der Motoren verebbte, es wurde ungemein still, sodaß man meinte, das Weltall schweigen zu hören. Oder Gott, dessen Schweigen die einen beklagten und die anderen verhöhnten, die dritten aber, Menschen wie Sophie, als einen beredten Kommentar empfanden, ein deutliches Flüstern in jedes Ohr, das bereit war zuzuhören.

Ich selbst zählte eher zu denen, deren Ohr von der Aufklärung verstopft war. Allerdings wollte ich den Umstand des Flüsterns und die Möglichkeit des Zuhörens bei unverstopftem Gehörgang nicht grundsätzlich ausschließen. Man nennt das einen Agnostiker.

In diesem Moment, da der Tag auf der *Villa Malaparte* sehr zügig in die Nacht überging, mußte sich fast die gesamte Mannschaft in die Quartiere zurückziehen und ein jeder sich an sein Bett »ketten«, wie wir das nannten, womit aber gemeint war, sich mit bequemen Gurten auf seiner Liegestatt zu fixieren. Denn wie gesagt, mit dem Ausschalten des Antriebs und einer beträchtlichen Reduktion der Geschwindigkeit erfolgte an Bord der Übergang zur Schwerelosigkeit. Und es ging natürlich nicht an, daß die Leute schlafend durch die Gegend trudelten und dabei kollidierten. Das Reglement war streng. Es war vollständig untersagt, die Nacht zum Tag zu machen und weiter an der Bar herumzuhängen. Eine solche existierte tatsächlich, allerdings war um Viertel vor elf Schluß. Alle »Trockenversuche« auf der Erde sowie die Erfahrungen bei anderen Expeditionen hatten gezeigt, wie sehr ein »Open End« zu Schwierigkeiten führte. Stattdessen also: Schlafenszeit!

Nicht jedoch in meinem Fall. Im Gegenteil. Was mich nun zu einem unangenehmen Punkt bringt.

Es war in keiner Weise übertrieben, als ich davon sprach, an der Entwicklung einer großräumigen Plasmablase, eines »guten Nebels« – im Unterschied zum teuflischen Nebel, der meinen Vater in den Tod geleitet hatte – sowie an der Entwicklung einer revolutionären Antriebstechnik beteiligt gewesen zu sein. Zudem konnte ich eine beträchtliche Anzahl von Außeneinsätzen, sogenannter Weltraumspaziergänge, vorweisen. Doch als es dann endlich darum ging, in jene Gruppe aufgenommen zu werden, die mit Hilfe der *Villa Malaparte* zum Mars fliegen sollte, hieß es plötzlich, ich sei zu alt. Dabei gab es noch ältere an Bord. Aber dort, wo geplant gewesen war, mich zum Einsatz zu bringen, im Bereich der Experimente, der Forschung, der Labors, war mit einem Mal kein Platz mehr frei. Frau Tolong persönlich erklärte mir, daß meine letzten Testwerte nicht so berauschend gewesen seien. Sie sagte: »Sie vertragen keinen Streß.«

»Ich bin topfit«, entgegnete ich.

»Sie sind für Ihr Alter gut in Schuß, keine Frage. Aber ich spreche nicht von Ihren Muskeln, sondern von Ihren Nerven.«

»Es sind schon Leute zum Mars geflogen, die hatten schlechtere Nerven.«

Das hätte ich lieber nicht sagen sollen. Denn Frau Tolong äußerte: »Ja, darum scheint es auf dem Mars auch gewisse Schwierigkeiten zu geben. Wegen der schlechten Nerven von Leuten, die dann dort Mist bauen.«

Viel sickerte nicht durch, aber in der Tat schien einiges im unreinen. Es hatten Übergriffe stattgefunden, Tote waren zu beklagen. Auch war ja noch immer ungewiß, weshalb das europäische Schiff verschwunden war. Je mehr die Technik fortschritt – und das tat sie wie ein kleiner unbeherrschter Franzose, der die Welt eroberte –, um so mehr drängte sich bei jeglichem Scheitern der menschliche Faktor auf. Immer dort, wo die Hintergründe unklar blieben, nahm man eher menschliches Versagen an denn ein Versagen der Technik.

»Es würde sich aber noch eine andere Möglichkeit auftun«, sagte Frau Tolong und drückte ihre mächtige Sonnenbrille ein wenig den Nasenrücken hoch.

Ich hätte gerne einmal ihre Augen gesehen. Konnte sie aber schwerlich darum bitten, ihre dunklen Gläser abzunehmen, und fragte darum: »Was für eine Möglichkeit?«

»Sobald die *Villa Malaparte* in den Ruhemodus übergeht, und damit ja auch fast die gesamte Besatzung, benötigen wir einen ... es ist ein altmodischer Begriff, aber in unserem Fall ... nun, wir bräuchten einen Nachtwächter.«

»Bitte?«

»Würden Sie mich besser verstehen, wenn ich von *Nighttime-Security* oder *Zero-Gravity-Management* oder *Sleep-Surveillance* sprechen würde?«

»Nein, nein, ich weiß schon, was ein Nachtwächter ist«, versicherte ich. »Aber ... sagen Sie mal, seit wann sind die eigentlich ausgestorben?«

»Berufe sind immer nur so lange ausgestorben, bis es einen

erneuten Bedarf gibt. Und den gibt es in unserem Fall. Während der Nachtzeit muß jemand die Gänge und Räume überwachen und den Schlaf der Mannschaft kontrollieren.«

»Also, ich denke, das Überwachungssystem an Bord kriegt das wohl auch ohne menschliche Assistenz hin, oder?«

»Nun, lieber Dr. März, es würde im Prinzip überhaupt keiner Menschen bedürfen, um zum Mars zu fliegen. Im Gegenteil, es wäre einfacher und gefahrloser und billiger, das Schiff alleine zu entsenden. Schiff und Computer und all die kleinen hilfreichen Maschinchen. Es wäre auch simpler, statt der Kinder Roboter in die Schule zu schicken, die lernen schneller und führen sich weniger auf. Nein, wenn wir uns die Mühe machen, Menschen zum Mars aufbrechen zu lassen, dann, weil darin schlichtweg der Sinn des Lebens besteht. Die Dinge soweit als möglich selbst zu machen. Wie der Sinn des Nachtwächters darin besteht, über die Nacht zu wachen. Daß da auch noch ein paar Kontrollkameras mitlaufen und all die Sensoren und Alarmsysteme ... nun, das tun sie ja auch untertags. Wissen Sie, es ist eine psychologische Notwendigkeit, daß unsere Leute an Bord wissen, in der Nacht ist da jemand, der die Augen offen hat und aufpaßt, und nicht nur ein paar künstliche Linsen.«

»Wie denn? Sie meinen wirklich, meine Nerven seien zwar ungeeignet, im Labor zu arbeiten, aber sehr wohl geeignet, um als Nachtwächter durch die Gegend zu marschieren?«

»Sie marschieren ja nicht. Sie schweben«, betonte Tolong.

Richtig, in der Nacht schwebte man.

Ich erklärte: »Das ist entwürdigend. Ohne meine Forschung wären Sie gar nicht in der Lage ...«

»Bitte nicht, Dr. März«, unterbrach sie mich. »Ich verlange nicht von Ihnen, daß Sie in der Küche das Geschirr abwaschen. Ich verlange gar nichts von Ihnen. Ich rede mit Ihnen. Sie wissen doch, wie selten ich das tue: mit Leuten reden.«

In der Tat. Es war absolut ungewöhnlich, daß Tolong höchstpersönlich mich davon unterrichtete, mir zwar keinen Job im Labor anbieten zu können, aber sehr wohl einen als Nachtwächter. Als würde eine Staatspräsidentin den Toilettenmann einstellen.

Doch sowenig ich Frau Tolong bitten konnte, ihre Brille abzunehmen, um zu überprüfen, ob sich in ihren Pupillen vielleicht winzig kleine Zahnrädchen drehten, so wenig konnte ich sie fragen, wieso sie dieses Gespräch selbst führte. Anstatt einen ihrer Helferlinge zu schicken.

Einige Sekunden herrschte Schweigen. Dann schob sie mir eine silbrige Folie zu, verrückt dünnes Metall, einen Hauch von Alu, aber nicht für Wurstbrote. Es war ein Vertrag, auf den ich die Kuppe meines Zeigefingers zu setzen hatte. Ein Vertrag, als Nachtwächter zu arbeiten.

Hatte ich eine Wahl? Nicht, wenn ich zum Mars wollte. Und das wollte ich unbedingt.

Ich drückte meine Fingerspitze auf die ringförmig markierte Stelle der knisternden, ganz leicht unter Strom stehenden Folie. Dabei spürte ich einen Schmerz. Nicht vom Strom. Es hieß, das würde daher kommen, weil gleichzeitig mit dem Fingerabdruck auch eine winzig kleine Sonde in die Haut fahre und eine DNA-Probe abnehme.

Mir egal! Ich hatte unterschrieben.

Und darum also ging ich nun Abend für Abend – dreiundzwanzig Uhr fünfzehn nach unseren mitteleuropäischen Uhren – nicht wie die anderen schlafen, sondern machte mich auf den Weg durch ein Raumschiff, auf dem dann bereits wieder die Schwerelosigkeit herrschte. Was darum komisch war, weil ich ja mein Leben lang genau an der Überwindung dieses Problems fehlender Bodenhaftung gearbeitet hatte, zuerst mittels Rotation, später mittels Beschleunigung. Um nun zu den letzten zu gehören, die ihr »Tagwerk« so vollständig in diesem Zustand fehlender Anziehungskraft verbrachten. In jeder Hinsicht. Da war dann nicht einmal eine fremde Brust, die mich an sich hätte drücken können.

Von der Inneneinrichtung her hatte das Raumschiff natürlich nur wenig Ähnlichkeit mit der berühmten Schriftstellervilla auf Capri, sondern war so technisch wie nüchtern ausgestattet. Entsprechend der Nachtzeit und weil es sinnvoll war, dann Energie zu sparen, wenn ohnehin alle schliefen, war es eine auf den Böden und Plafonds angebrachte, phosphoreszierende Folie – diverse Streifen, Punkte und Ringe –, die Licht spendete und den Räumen eine aquariumsartige Atmosphäre verlieh. Verstärkt noch dadurch, daß ich selbst im Stil eines Fisches durch die Gänge trieb. Wobei die Intensität der Leuchtkraft in diesen acht Stunden ein wenig nachließ, ermüdete, bis schließlich der Tag anbrach, das grelle Kunstlicht sich einschaltete, der Antrieb einsetzte, die Schwerkraft zurückkam, ein allgemeines Dröhnen, zusammen mit den Stimmen der Besatzungsmitglieder, einem Gähnen und Strecken und einer aufkeimenden Tatkraft. Während ich selbst mich in mein Quartier zurückzog, noch ein bißchen las oder mir einen Film ansah und mir einen Schlaftrunk genehmigte – Whisky aus fingerhutgroßen Kapseln, ein Geschmack, als hätte mir Anna einen kleinen samtigen Drachen auf die Zunge gelegt. Um sieben Uhr morgens pflegte ich dann das Licht auszumachen. Ohne mich mit Gurten sichern zu müssen. Ich schlief hier ausgezeichnet, was auf der Erde nicht so der Fall war. Ich denke, man schläft einfach besser in einem bewegten Vehikel. Das fängt ja schon im Kinderwagen an.

Nach acht Stunden Schlaf öffnete ich die Augen. Stand also nachmittags um drei auf, trieb Sport – eine Pflicht –, ging unter die Dusche und nahm hernach in der Kantine mein Essen ein, ein Essen, welches entweder ein spätes Mittagessen oder ein frühes Abendessen darstellte. In jedem Fall war ich zumeist alleine in dem weißen Raum, so klinisch weiß, daß die Spaghettisauce hier stets wie eine Blutlache wirkte. – Wer hatte bloß diesen Raum entworfen? Manchmal dachte ich: »Wahrscheinlich mein Vater.« Aber der war ja schon lange tot. Wobei das Essen nicht schlecht war, zubereitet von zwei Damen, die ihre Arbeit ernst nahmen. Keine Frage, längst hätten Roboter den Job des Kochens übernehmen können. Aber dies war am Widerstand der Menschen – hier und anderswo – gescheitert. Man traute den Robotern nicht. Man ließ sich von ihnen den Dreck wegräumen, ließ sich von ihnen im Schach besiegen, den Rasen mähen, die Steuererklärung ausfüllen, offene Bohrlöcher füllen, Giftfässer versiegeln, abgestürzte Flugzeuge suchen, das Blut abnehmen, Gefangene bewachen, ließ sich von ihnen die Karten lesen und die Zukunft voraussagen, das alles, weigerte sich aber beharrlich, sich von ihnen bekochen zu lassen. Psychologen erklären dies mit der latenten Angst des Menschen, vergiftet zu werden. Und nirgends war die Möglichkeit der Vergiftung so groß wie beim Essen. – Warum aber sollten die Roboter die Menschen vergiften wollen? Die Vorstellung rebellierender Maschinen war eine kindische, eine aus der Anfangszeit des Jahrhunderts. Die wirklichen Maschinen hingegen blieben seelenlos. Nein, wovor man Angst hatte und haben mußte, das waren die Programmierer, die vielleicht einen hinterlistigen Gedanken in diese Apparaturen gesetzt hatten. Sie machten aus Robotern die neuen *Schläfer*. (Wozu eben ganz umittelbar gehörte, daß Roboter nicht träumten. Hätte man ihnen diese Fähigkeit zugestanden, so wären sie zwar eher imstande gewesen, eine Seele herauszubilden, hätten sich damit aber auch vom bösen Geist ihrer Programmierer lösen können.)

Und darum also führten zwei Damen die Kantine, aus Fulda stammend, wo sie eine kleine Kneipe besessen hatten. Sie leisteten zu zweit, wofür man eigentlich vier gebraucht hätte. Oder eben Roboter. Aber wie gesagt ...

Nach dem frühen Abendessen begab ich mich des öfteren zum Gewächshaus. Ich war gerne dort. Zudem gehörte es zu meinen Aufgaben, Wachstum und Entwicklung einiger der Kulturen zu protokollieren. Es war ein kleiner Nebenjob, ohne daß dies an meinem Nachtwächtergehalt etwas geändert hatte. Aber immerhin, ich konnte auf diese Weise doch noch wissenschaftlich tätig sein. Außerdem verstand ich mich ganz gut mit den drei jungen Leuten, einer Zoologin und zwei Ethnobotanikern, die mir passenderweise die Nachtschattengewächse zugeteilt hatten. Es ging in erster Linie um die Kartoffel und die Tomate. Man plante, mal echte Marspommes vermarkten zu können. Aber auch Alraune und Bilsenkraut wurden gezüchtet. Sollte aus den Marspommes nichts werden, hätte man noch immer die Zauberei.

Dazu kam, daß unter dem Dach dieses Gewächshauses Vögel und Katzen lebten, deren Verhalten und Physis gleichfalls untersucht wurde. Die einen wie die anderen wurden regelmäßig gefüttert, und zur Nachtzeit sperrte man die vier Katzen weg. Nicht vergessen, die partielle Schwerelosigkeit galt ja ebenso für die Tiere, wobei sich die Vögel extrem gut anpaßten und einerseits, in der Form von Bällen schlafend, durch den Raum schwebten, andererseits, wenn etwas sie weckte, sofort auf den Einsatz ihrer Flügel verzichteten und sich stattdessen abstießen und treiben ließen. Allerdings änderten sie in der Schwerelosigkeit ihren Gesang, wie man sagt, jemand würde den Tonfall ändern, sobald er in ein anderes Milieu gerät. Etwas, was es zu erforschen galt. Die vier Katzen jedoch wurden gezwungen, die Schlafenszeit in kleinen Ruhekapseln zuzubringen. Man wollte sich nicht vorstellen, was sie getan hätten, wären sie ebenfalls durchs Gewächshaus gesegelt. Nachtaktiv, wie sie waren.

Klar, ich verdankte meinen Ruf weder der Botanik noch der Zoologie, aber an diesem Ort war ich wenigstens willkommen, während die Leute in den technischen Labors sehr bemüht waren, mich fernzuhalten. Man wollte sich ersparen, einen »Altklugen« mitreden zu lassen. Einen »Old Scientist«, der irgendwie in die Entwicklung der Plasmablase involviert gewesen war. Darum also Pflanzenbetreuung.

Die letzten zwei Stunden des Tages verbrachte ich üblicherweise in der Bar, dem einzigen Innenraum, dessen Gestaltung der historischen Villa auf Capri entsprach. Beziehungsweise war die Einrichtung jener nachempfunden, wie man sie in Jean-Luc Godards Romanverfilmung sehen konnte: helle Wände, ein heller Steinboden (erstklassiges Imitat), große quadratische Fenster, blaue Sofas und blaue Fauteuils, ein fabelhaftes Ultramarin, ein schweres Relief an der Wand, gegenüber davon ein offener, aber unbefeuerter Kamin, auf dessen Rückseite ein kleines Fenster den Blick ins Freie gewährte. Und während also im Film durch diese eine kleine Scheibe so wie durch die anderen großen Scheiben die Weite von Meer und Küste sich offenbarte, schaute man bei uns auf die Weite des Weltraums. Dort italienisches Licht, hier kosmisches Dunkel. Und im Dunkel Pünktchen von Licht. (Ich erinnerte mich, wie ich mir als Kind – als Kind nicht nur vorhangloser, sondern auch betont atheistischer Eltern – oft vorgestellt hatte, daß hinter dem schwarzen Ballon des Kosmos der liebe Gott stand und mit einer sehr spitzen Nadel Löcher in die Gummihaut stach und dadurch ein klein wenig von dem Licht durchließ, in dem er selbst seit unendlichen Zeiten lebte. Und solcherart versuchte, auf sich aufmerksam zu machen. Nach uns Menschen rief, die dann diese Pünktchen von Licht fälschlicherweise für Sonnen hielten, gemäß der einen eigenen in unmittelbarer Nähe. Ich dachte mir, wie sehr sein Handeln einem Notruf gleichkam. Somit also die wenigsten begriffen, daß hier jemand mittels gestochener Löcher um Aufmerksamkeit rang. – Ich empfand das ganze All als etwas Tragisches. War ich darum Astronaut geworden? Um Gott zu Hilfe zu eilen, ihm wenigstens Gesellschaft zu leisten, ihm, dem Einsamen, der das alles erschaffen hatte, aber nicht mal imstande gewesen war, den eigenen Sohn zu retten? Es war mir als Kind immer als ein groteskes Dilemma erschienen, wie wenig es Gott nützte, daß so viele Religionen existierten, die ihm huldigten. Wie bei einem Schauspieler, den alle verehren und lieben, der aber letztlich ganz allein in einem Hotelzimmer sitzt, auch zu Weihnachten, Pillen schluckt und sich zu Tode säuft.)

15

In solchem Interieur also, auf blauen Sofas sitzend, genossen die Astronauten und Astronautinnen ein Glas Wein, einen Cocktail, einen Kaffee. In Maßen. Die Getränke waren rationiert, Exzesse unmöglich. Dennoch existierte diese Bar, da sich eine völlige Streichung solcher Einrichtungen auf anderen Expeditionen als unvorteilhaft herausgestellt hatte. Es brauchte derartige Orte, es brauchte eine vom Wein leicht gefärbte Ausgelassenheit. Es brauchte eine geistige Verfassung jenseits von frisch gepreßtem Orangensaft. Es brauchte die Gelegenheit, sich auch abseits der Arbeit, der Experimente, der Wartung, der Aufenthalte auf der Kommandobrücke und des Gekeuches in den Fitnessräumen zu begegnen. Männer und Frauen. Was ja kein einfaches Thema gewesen war bei der Auswahl der Crewmitglieder. Ehepaare? Nun, Ehepaare neigten dazu, die Ehe zu konterkarieren. Darum hatte man sich letztlich entschlossen, entweder Singles mitzunehmen oder von Verheirateten nur einen Teil der Verbindung.

Bei dem einzigen richtigen Paar an Bord – das eben schon als Paar an Bord gekommen war – handelte es sich erstaunlicherweise um ein lesbisches. Ich hätte nicht zu sagen vermocht, wieso eigentlich. Welchen Sinn diese spezielle und doch recht auffällige Ausnahme besaß. Uns Heteros eins auszuwischen? War Frau Tolong, die ja in letzter Instanz die Crewmitglieder ausgesucht hatte, selbst eine Lesbe und hatte auf diese Weise die Überlegenheit solcher Lebensgemeinschaft für derlei Zwecke behaupten wollen? Nicht vergessen, wir flogen schließlich nicht zum Mars, um uns fortzupflanzen. Sondern um diverse Arbeiten und Untersuchungen durchzuführen. Im wahrsten Sinne einen Ausflug zu bewerkstelligen. Die meisten von uns sollten nach zwei Jahren wieder heimkehren.

Jedenfalls kann man sagen, daß die beiden Frauen mit Abstand die hübschesten an Bord waren und somit eine doppelte Provokation darstellten. Für die anderen Frauen wie für die Männer. Denn sosehr sie dank ihrer Attraktivität das Konkurrenzdenken der einen und die pornographische Phantasie der anderen zu befeuern verstanden, schienen sie selbst sich in absoluter Treue verbunden. Sie hatten in der Tat nur Augen füreinander und für niemand anders. Und es war spürbar, daß sich daran nichts ändern würde, nur weil man in einem Schiff eingeschlossen war. Sie erinnerten mich ungemein an meinen Vater und meine Mutter, die so gänzlich ineinander verwoben gewesen waren. Genau wie diese waren die zwei Frauen jedoch nicht unfreundlich oder verweigerten das Gespräch. Ganz im Gegenteil, denn sosehr sie nur Augen füreinander hatten, so waren sie durchaus an anderen Menschen interessiert. Wie man an etwas interessiert ist, das man aber nicht zum Überleben braucht. Blumen, die an Vasen interessiert sind, doch keinesfalls, um in diesen Vasen zu landen, abgeschnitten, todkrank. Nein, das Interesse an den Vasen war quasi ein kunst- und kulturhistorisches. Wir alle, der ganze Rest, waren Vasen, diese beiden Frauen aber Blumen. Natürlich dachten einige der Männer an Bord, sie könnten – als die Vasen, die sie waren – einer der beiden Frauen oder allen beiden als ein mit Wasser gefülltes und darum lebensspendendes Gefäß dienen, aber dies entsprach einfach dem alten Männertraum, mit einer Lesbe ins Bett zu gehen und sie zu heilen. Doch diese beiden Frauen bestanden unbedingt darauf, *ungeschnittene* Blumen zu bleiben und Vasen allein als Objekt der Betrachtung wahrzunehmen.

Die Namen der Blumen waren Chiara und Pierangela.

Die zwei hatten tatsächlich italienische Vorfahren, doch bereits ihre Großeltern waren in Deutschland auf die Welt gekommen. Freilich offenbarten sich die italienischen Wurzeln nicht allein mittels der Vornamen, auch besaßen beide diese gewisse schlanke und mit einer vernünftigen Größe ausgestattete Körperlichkeit. Man könnte sagen: eine vernünftige Kleine. Welche mich erneut an meine Mutter, aber ebenso an meine Schwester Anna erinnerte. Zudem besaßen Chiara und Pierangela den typischen guten Geschmack der Italienerinnen, woher Italienerinnen das auch immer haben: sich Schuhe anziehen, hoch oder niedrig, egal, es sieht immer aus, als wären diese Schuhe etwas *Angeborenes*. Wenn Italienerinnen Schuhe anziehen, dann ist das so, wie wenn eine DVD in ein Laufwerk geschoben wird und sich in der Folge eine drehende Bewegung und aus der drehenden Bewegung ein laufendes Bild ergibt.

Diese Parallele zu meiner Schwester und meiner Mutter wie auch die Ähnlichkeit zur Treue meiner Eltern mochten dazu beitragen, daß ich mich mit diesen beiden Frauen so gut verstand. Sie waren es, mit denen ich den meisten Kontakt an Bord hatte. Wobei ich definitiv keinen feuchten Traum von ihrer Bekehrung träumte. Ich begriff, ihnen niemals eine Vase in einem praktischen Sinn sein zu können. Aber doch jemand, mit dem sie gerne im *Kleingeist* zusammensaßen. (Ich könnte nicht genau sagen, wie es zu diesem Namen für die Bar gekommen war, *Kleingeist*, am ehesten war es wohl ein ironischer Kommentar betreffs der geringen Mengen von Alkohol, die hier ausgeschenkt wurden.) Jedenfalls sahen wir uns fast jeden Abend an diesem Ort, und ich erfuhr einiges von dem, was sich an Bord so zutrug, in der Zeit, während ich schlief.

Chiara war eine der Pilotinnen, Pierangela arbeitete als Psychologin und Therapeutin, wobei sich ihr Tätigkeitsfeld nicht allein auf die Seelsorge der menschlichen Marsreisenden konzentrierte, sondern auch auf die anwesenden Roboter und vor allem den Zentralcomputer. Ich sagte es schon: Zwar gab es Gewißheit darüber, daß die Maschinen niemals ein eigenes Bewußtsein entwickeln würden, aber ebenso Furcht vor dem Bewußtsein, welches die Ingenieure und Programmierer in die Maschinen gepflanzt hatten. Eine Maschine therapieren, bedeutete, sich auf das kranke Hirn eines Technikers einzulassen.

Bei unserem ersten Gespräch über jenes Elektronengehirn, das den Betrieb dieses Schiffes kontrollierte und sämtliche Maschinen dirigierte, erklärte Pierangela: »Bobby ist ein Konservativer. Aber kein schlechter Kerl.«

»Bobby?« fragte ich, darum wissend, daß der Zentralcomputer der *Villa Malaparte* einen weiblichen Kosenamen trug: nämlich Maria.

»Ja, ich nenne ihn Bobby. Nicht aber, daß ich ihn wirklich so anspreche. Er heißt ja Maria und hält sich für eine *Sie*. Was aber ein Witz ist. Ein Witz der Programmierer, die fast alle Männer sind. Männer programmieren einen Computer und nennen ihn dann nach der Mutter Gottes. Mamma Mia! Gleich nach der ersten Sitzung dachte ich mir, dieser Computer gibt nur vor, eine Maria zu sein, ist aber eher jemand, der Bobby heißen könnte. Bobby oder Robert.«

»Ein Transsexueller?«

»Nein, denn dann müßte er sich seiner zwei Geschlechter bewußt sein. Doch das ist nicht der Fall. Auch keine Travestie. Sondern ein Selbstbetrug. Ähnlich wie bei den Leuten, die davon überzeugt sind, keine Alkoholiker zu sein, nur weil sie erst ab Mittag zu trinken anfangen.«

Ich fragte Pierangela, wie man sich so eine Gesprächstherapie mit einem Computer vorstellen müsse. Einem

Computer, der praktisch ausschließlich aus einem Gehirn besteht, jedoch über keine Eltern verfügt, keine Familie, über keine Kindheit, kein Trauma. Vor allem keine Träume. Über keine Vergangenheit, auch keine eingebildete. Und dessen Freundlichkeit oder Unfreundlichkeit eine aufgesetzte darstellt, nichts, was tief aus seinem Inneren kommt, sondern allein eine programmierte Reaktion auf die Freundlichkeit oder Unfreundlichkeit eines Gegenübers. – Ich sagte: »Alles, was er tut, ist doch immer nur gespielt.«

»Also erstens«, antwortete Pierangela, »vermeide ich das Wort Therapie. Wir nennen es einfach Gespräch. Meine Aufgabe ist schließlich nicht, ihn zu heilen, sondern Prophylaxe zu betreiben. Zu schauen, ob sich unsere Maria, die in Wirklichkeit ein Bobby ist, verändert.«

»Meinen Sie Zeichen von Verrücktheit?«

»Na, es wäre doch schon wichtig, zu wissen, ob er demnächst überschnappt, oder? – Keine Angst, so schlimm wird es nicht kommen. Aber wissen Sie, Theo, das Computergespräch, wie wir es nennen, hilft uns wirklich, rechtzeitig einen Defekt zu erkennen.«

»Also bitte«, mischte sich Chiara ein, »du redest doch nur mit Maria, weil sie darauf programmiert ist, solche Gespräche zu führen.«

Chiara blieb stets dabei, den Computer Maria zu nennen, so wie Pierangela ihn Bobby nannte. Nicht, daß die zwei deshalb stritten. Wie bei meinen Eltern schien der Streit auch dann ausgeschlossen, wenn eine Meinungsverschiedenheit bestand. Chiara also meinte, daß »Computergespräche« in Wirklichkeit dazu dienten, das menschliche Bedürfnis nach Analyse zu befriedigen. Da den Computern eine eigenständige Seele fehle, gebe man eben vor, in ihnen stecke die Seele der Programmierer.

Chiara schloß: »Mit einem Computer reden, ist wie mit einem Tisch reden.«

»Ein Tisch redet nicht zurück«, warf ich ein.
»Wenn Sie den Tisch programmieren, dann schon.«
So plauderten wir und nippten an unseren Gläsern, aus jedem Schluck den größtmöglichen Genuß ziehend.

Es wäre interessant gewesen, zu erfahren, wie unser Zentralcomputer auf den Tischvergleich reagiert hätte. Oder auf den Verdacht, in Wirklichkeit ein Bobby und keine Maria zu sein. Etwas, was wir nie herausfinden würden. Denn es war schließlich nicht so, wie in vielen früheren SF-Filmen, wo die Menschen kein Wort reden konnten, ohne daß ein Computer mithörte. Um dann in der Folge fatale Schlüsse aus dem Gehörten zu ziehen.

Die Abhörerei, die noch zu Beginn dieses Jahrhunderts die Gesellschaft stark geprägt hatte, war passé. Es hatte sich ausgehört. Nicht aus moralischen Gründen, natürlich nicht, aber irgendwann war die ganze Überwachung kollabiert: Eine gigantische Masse aus Informationen hatte sich gleich einer zweiten Atmosphäre um die Erde gelegt, allerdings einer Atmosphäre von der Art wie der auf der Venus. Ein ungeheurer Druck, der schließlich zur Implosion der Abhörer geführt hatte. Es war allen Ernstes ein letztes kleines Wort gewesen, das irgendein Kind an irgendeinem Ort der Welt zu seinem Freund am Telefon gesagt hatte, nichts Schlimmes, irgend so ein »Fuck you!« oder »Der neue Godzilla ist scheiße!«, keine Attentatsdrohung, nichts erkennbar Islamistisches, nur eine sehr bescheidene Obszönität. Aber genau dieses eine Wörtchen war das eine zuviel gewesen. Es steigerte den weltweiten Informationsdruck um das entscheidende Quentchen, sodaß der in sich vernetzte Korpus der Beobachtung vollkommen zusammenbrach und ein Totalausfall sämtlicher Beobachtungssysteme für mehrere Wochen steinzeitliche Verhältnisse schuf.

Nicht, daß es hernach keine Geheimdienste mehr gab, aber das Prinzip der Abhörung mußte erst wieder aufgebaut werden. Es war wie nach einer Klimakatastrophe. Und man zog insofern eine Lehre aus der soeben erfolgten Zerstörung kleinster wie größter Überwachungssysteme, als man sich wieder mit dem Ausspionieren von Regierungen und Konzernen zufriedengab und sich nicht in jedes Handy und jedes Privatgespräch hineinzwängen wollte.

So auch bei uns an Bord. Man konnte reden, man konnte sich unterhalten. Man konnte einen Computer mit einem Tisch vergleichen, ohne die Rache des Computers oder eben die Rache eines programmierten Tisches fürchten zu müssen.

Was wiederum nicht hieß, es bestünde überhaupt keine Kontrolle. Denn Faktum war, daß sämtliche Kommunikation mit der Erde zumindest aufgezeichnet und gespeichert wurde. Das galt auch für die privaten Kontakte. Jeder hatte die Möglichkeit, Videobotschaften zu übersenden und übersendet zu bekommen. Wir sagten dazu gerne »Feldpost«, obwohl wir uns ja gar nicht im Krieg befanden, aber doch in einer abenteuerlichen, möglicherweise gefährlichen, der Heimat fernen und zusehends ferner werdenden Situation.

Ich schickte Feldpost an Anna, an meine Söhne, an meine erste Frau, an meine Mutter. Und überlegte, daß es auch mal an der Zeit wäre, einen Gruß an meine Tante Ave zu senden. Ja, auch Ave lebte noch, nicht minder rüstig als meine Mutter, so wie die meisten aus dieser Familie stammenden Frauen. Ave war ledig und in Düsseldorf geblieben. Ich hatte sie in all den Jahren nur selten gesehen, bei den üblichen Familienfeierlichkeiten, dabei ihre immerwährende Freundlichkeit festgestellt, ihren Charme, ihren Witz, aber mit der Zeit auch einen Zug von Bitterkeit, wie ihn meine Mutter nie entwickelt hatte, selbst nach dem Tod ihres geliebten Mannes nicht. Bei Ave hingegen war es so, wie man sagt, jemand habe einen Schatten auf der Lunge. Bei ihr lag der Schatten auf dem Gemüt. Bei unserem letzten Treffen war es mir vorgekommen, als sei sie ein Mensch, der gerne sterben würde, aber ahnte, wie lange das noch dauern sollte. In den letzten vier Generationen waren allein drei Frauen aus dieser Familie über hundert geworden.

Die Frage war darum, ob sie ihren Schatten überleben würde. Im höchsten Alter noch einmal glücklich werden konnte.

Eigentlich hatte ich mir vorgenommen, Tante Ave einfach mal hallo zu sagen, einen Astronautengruß zu senden. Dann aber geschah etwas, das mir – bereits auf halbem Wege zwischen Erde und Mars – meine Tante Ave sehr viel stärker ins Bewußtsein rückte. Etwas, das mich schlagartig aus der Beschaulichkeit meines Nachtwächterdaseins riß.

Ich erhielt eine Videonachricht von meiner Mutter, in der sie mir mitteilte, Anna sei verschwunden. Seit einer Woche wisse niemand, wo sie sei. Keine Spur von ihr. Allerdings, glücklicherweise, auch kein Hinweis auf ein Verbrechen oder einen Unfall. Auch kein Abschiedsbrief. Und Anna hätte ganz sicher einen geschrieben, hätte sie vorgehabt ... Eine Schriftstellerin brachte sich nicht um, ohne sich zu erklären, ohne eine letzte, diesen Tod behandelnde Zeile zu verfassen.

Es war nie die Art meiner Mutter gewesen, Verzweiflung zu zeigen. Rührung schon, aber keine Verzweiflung. Auch jetzt nicht. Ohne daß sie darum kalt wirkte. Ihre ungeweinten Tränen saßen wie Ersatzspieler auf einer Bank. Ersatzspieler von der Art, mit denen man eine Weltklasseauswahl hätte zusammenstellen können. – Es gibt eine große Schönheit der Unterlassung.

Meine Mutter erklärte, sie habe sich überlegt, ob sie mir überhaupt vom Verschwinden Annas erzählen sollte, noch dazu, wo diese Nachricht in dem Moment, da sie mich erreichen würde, vielleicht bereits überholt war, Anna wieder aufgetaucht sei, bei bester Gesundheit, vielleicht verwirrt, vielleicht ...

»Aber ich weiß«, sagte die Mutter, »du würdest nicht wollen, daß ich bei so einer Sache den Mund halte und abwarte und dich schone, nur weil du im Weltall bist. – Denk an Anna! Denken hilft immer.«

Natürlich dachte ich an sie, überlegte, was geschehen sein konnte. Auch wenn Annas rasch wechselnde Beziehungen zu Männern und Frauen ein Faktum war, zählte sie ganz sicher nicht zu denen, die sich von einem Verrückten abschleppen ließen. Sie war eindeutig nicht der Typ, der ins falsche Auto stieg. Sie hatte ein gutes Gespür für falsche Autos. Überhaupt für Fälschungen. Und die waren ja auch – wie ich von meiner Mutter wußte, die alles von Anna gelesen hatte – ein häufiges Thema in ihren Büchern: gefälschtes Leben, gefälschte Bilder, gefälschte Gefühle. Ihr berühmtestes Buch handelte von einem gefälschten Kind.

Wenn ich hingegen sah, wie ruhevoll sie in den Momenten war, da sie ein Glas Whisky betrachtete, den klaren Inhalt hin- und herwiegte, dann ihre Nase an den Rand führte, in weiterer Folge ihren Mund anschloß, schließlich einen Schluck nahm und ihn eine ganze Weile im Mund ließ, ja den Schluck auf eine gewisse Weise *kaute,* die Flüssigkeit gleich Ton formte, eine kleine schwimmende Skulptur in ihrem Mund schuf, etwas von Rodin oder Maillol, eine lockere Studie, bevor sie hinunterschluckte, dann also ... sah ich ihr Glück. Kein Wunder, daß sie in Abwandlung eines Filmzitats, in dem es um die Liebe geht, einmal sagte: »Leben heißt, einen Whisky trinken. Alles andere ist bloß Warten.«

Klar, daß sie nicht so gerne wartete.

Allerdings war schwer denkbar, daß sie je so betrunken hätte sein können, um nicht eine Gefahr zu erkennen und in ein falsches Auto zu steigen. Unmöglich!

Was aber war geschehen? Wollte sie einfach nur etwas Ruhe haben? Untertauchen? Dann allerdings hätte sie zumindest Mutter Bescheid gegeben. Zudem hatte ich so ein komisches Gefühl, eines, das ich schon vor der Videobotschaft empfunden hatte. Ein Gefühl von der Art von Kopfschmerzen, die man kriegt, wenn demnächst das Wetter umschlägt. Oder wie man es Vögeln oder Fischen nachsagt, wenn sie rechtzeitig vor einer Flutwelle flüchten, während die Menschen noch gemütlich am Strand hocken.

Nun, wohin hätte ich von diesem Schiff flüchten sollen? In den Weltraum?

Allerdings eröffnete sich dann ein ganz anderer Weg, obgleich er das absolute Gegenteil einer Fluchtmöglichkeit darstellte.

Es geschah kurz nach dem offiziellen Beginn der Nachtruhe. Ich drehte meine erste Runde, die diesmal tatsächlich noch im Gehen stattfand. Es kam vor, daß die *Villa Malaparte* nicht gleich mit dem Beginn der Schlafenszeit heruntergefahren wurde. Manchmal dauerte es bis Mitternacht.

Ich bewegte mich also auf zwei Beinen entlang der Leuchtstreifen und absolvierte die üblichen Kontrollpunkte. Das führte mich in einen der äußeren Flure, einen Verbindungsgang mit den typischen asymmetrisch angeordneten Malaparte-Fenstern, die den Blick aufs All öffneten. Und am Ende dieses Gangs, beim letzten Fenster ...

Grün!

Aber nicht das Grün einer Ampel. Auch nicht das Grün, welches mancherorts die phosphoreszierende Folie verursachte. Denn erstens war dieser Bereich mit einer gelben Leuchtspur ausgestattet, und zweitens besaß der grüne Lichtkegel am anderen Ende des Flurs nichts Grelles. Wirkte samtig, moosig, weich, offerierte das Grün eines Waldes. Dunkles Laub mit hellem gemischt.

Von der Seite her erkannte ich ein Stück Stoff, das vor der Scheibe hing. Der einzigen Sichtscheibe in diesem Raumschiff von der Größe eines normalen Wohnzimmerfensters. So eines wie in dem Raum, in dem ich meine Kindheit und Jugend zugebracht hatte.

Absolut keine Frage, da hing es: das grüne Rollo. Und nirgends mein Bruder oder sonst ein unguter Mensch, den ich im Verdacht hätte haben können, mir einen Streich zu spielen.

Es dauerte keine zwei Sekunden, bis ich dieses Rollo und den Umstand meiner plötzlich verschwundenen Schwester in einen Zusammenhang brachte. Und keine weiteren zwei Sekunden, um mir die Geschehnisse meiner Kindheit zu vergegenwärtigen, die Sache, die ich vierzig Jahre lang als halbvergessenes Anekdötchen einer lebhaften Kinderphantasie abgelegt hatte. Und die sich jetzt ganz mächtig wieder zurückmeldete. Mächtig die Präsenz des Rollos, mächtig die Präsenz des durchscheinenden, grün gefilterten Lichts.

Eine Halluzination? Nach einem einzigen Glas Rotwein? Kaum.

Es brauchte nur einen weiteren Augenblick, bis sich mir die Frage aufdrängte, ob Tante Ave vor vier Jahrzehnten tatsächlich so gehandelt hatte wie versprochen. Hatte sie das Rollo zerstört, zerschnitten, verbrannt, damals in Düsseldorf? Oder es einfach nur in eine Ecke gestellt und damit den Wunsch ihres Neffen *sehr ungenau* erfüllt? Um nicht zu sagen: *gar nicht*.

Wie nun ein überlebt habendes Rollo aus Düsseldorf auf ein zum Mars fliegendes Raumschiff gelangen konnte, darüber dachte ich hingegen nicht nach. Auch stellte ich mir erstaunlicherweise nicht die Frage, die ich mir als Kind sehr wohl gestellt hatte (und ganz kurz auch, als ich in einer kleinen Schachtel auf den toten oder halbtoten Lucian gestoßen war): ob ich nämlich gaga geworden sei.

Nein, mit der gleichen Plötzlichkeit, mit der dieses Stück Stoffbahn erneut in mein Leben getreten war, akzeptierte ich seine Faktizität. Keine Einbildung, keine Weltallkrankheit, keine Nachtwächterverwirrung! Nichts, wogegen unser aller Psychiaterin Pierangela mir Tabletten hätte verschreiben können. Auch nichts, was man wegreden konnte.

Natürlich spürte ich beim vorsichtigen Näherkommen jene magnetische Wirkung, jenen Sog, der die Härchen auf meinem Handrücken verbog und schlußendlich dazu führen könnte, von diesem Rollo verschluckt und auf der anderen Seite wieder ausgespuckt zu werden. Wovor ich aber zurückschreckte. Stattdessen blieb ich mit gekrümmtem Kopf- und Körperhaar stehen und starrte seitlich auf das Stück Stoff. Ich war nah genug, ein Meer zu erkennen, so wie beim ersten Mal, als ich Kind gewesen war. Allerdings war dieses Meer nun sehr viel ruhiger, gänzlich glatt, und die Felsen schienen ferner, damit auch niedriger.

Zusätzlich spürte ich etwas Weiches an meinem Fuß und schaute rechts an mir herunter. Eine Katze drückte sich gegen mein Bein. Es war eine von den vieren, die tagsüber im Gewächshaus mit den Vögeln ganz gut zusammenlebten, hin und wieder auch in anderen Räumen herumstreunten, sich mitunter auf den Sofas der Bar lümmelten, jedoch spätestens mit Beginn der Nachtruhe in ihren »Katzenkörbchen« zu sein hatten. Es bestand diesbezüglich ein strenges Reglement. Noch nie war ich einer von ihnen zu dieser Zeit begegnet.

Jetzt aber ... Ich vernahm das Schnurren der Katze, die ein Kater war.

»Verdammt, Catman, was tust du hier?« fragte ich das Tier mit dem rotbraunen Fell, das an zwei Stellen über eine schwarze Färbung verfügte. Er hatte die rechte Pfote sockenmäßig eingehüllt, und auch das linke Auge war schwarz umrandet, wobei der Fleck bis hinter das Ohr führte, was aussah, als trage der Kater eine halbe Architektenbrille oder eine halbe Maske. Das war der Grund für seinen Namen. Er kam den Leuten wie ein Superheld[*] vor, der die Hälfte seiner Tar-

---

[*] Wobei zu erwähnen wäre, daß es sich bei dem Namensvorbild *Catman* – einer Comicfigur, die erstmals 1939 auftauchte – in vielen Versionen um einen Superschurken handelt, einen Gegenspieler Batmans,

nung eingebüßt hatte und deshalb – um seine Tarnung vollständig erhalten zu können – seinem Gegenüber immer nur die maskierte Seite zeigte. Im übertragenen Sinne: seine Schokoladenseite. – Nicht, daß der Kater sich wirklich daran hielt. Dies wurde nur gerne geglaubt. Beziehungsweise wurde er wahrscheinlich für eine der anderen Katzen gehalten, sobald man ihn von seiner maskenlosen Seite sah.

In dieser Nacht jedenfalls hielt er sich nicht an die Bestimmungen der Nachtruhe. Irgendwie war er ausgebüxt oder gar nicht erst zur rechten Zeit eingefangen worden und schmiegte sich nun an meine Seite. Ich erkannte, wie seine Barthaare in den Sog des grünen Rollos gerieten und in Form ovaler Kurven von seinem Näschen zitternd wegstanden.

»Achtung!« rief ich und war eben dabei, nach unten zu greifen und Catman davon abzuhalten, sich weiter in Richtung des Lichts zu bewegen und gänzlich in dessen Einflußbereich zu geraten, da spürte ich, wie der Antrieb des Raumschiffs stoppte und mit dem obligaten Alarmsignal die Schwerelosigkeit einsetzte.

Meine Füße trennten sich vom Boden, und ich geriet in eine leichte Schräge. Und natürlich hob auch Catman ab, driftete von mir weg. Ich vernahm sein klägliches Miauen, das wohl im ersten Moment der plötzlichen Schwerelosigkeit galt, gleich darauf aber eher der Wirkung des Rollos, in dessen Sog er geraten war. Er fauchte und fuhr die Krallen

---

einen Antihelden. Andererseits offeriert das Spektrum jeglicher Helden eine große Palette zwischen Weiß und Schwarz, und alle beggnen sich im Grau ihrer Schwächen und Obsessionen. Ihre Grautöne vermischen sich. Darum können sie auch nicht voneinander lassen. Wie Liebende, die im anderen sich selbst spüren. Und es ist darum gar nicht verwunderlich, daß, obgleich Catman logischerweise sich irgendwann mit Catwoman verbündet, dies niemals zu jener erotischen Spannung führt wie bei seinem Kampf gegen den spiegelbildlichen Batman, der ohne seine vielen Gegner ein armes verkleidetes Würstchen wäre.

aus, klebte aber bereits hilflos an der Stoffbahn, einen kurzen Moment lang, bevor das Rollo ihn hineinzog und vollständig verschluckte.

Ich ahnte es mehr, als daß ich wirklich sah, wie er drüben, auf der anderen Rolloseite, ins Meer stürzte.

Über das Verhältnis von Katzen zu Wasser muß ja nicht viel gesagt werden. Und die Theorie, alle Tiere könnten schwimmen, ist halt sehr theoretisch. Mir war klar, Catman würde dort drüben schnell absaufen. Er war Raumschiffkatze, nicht Schwimmbadkatze. Keine Zeit, weitere Überlegungen anzustellen. Keine Zeit mehr, meine Tante Ave anzurufen und zu fragen, ob sie denn vor vierzig Jahren das Rollo auf die versprochene Weise zerstört hatte oder nicht, oder ob sie das alles sowieso nur für eine Einbildung ihres Neffen gehalten hatte. Keine Zeit, sich bei den Leuten zu beschweren, deren Aufgabe es gewesen wäre, *alle* Katzen über die Nachtzeit einzusperren. Keine Zeit, mich von meiner Mutter zu verabschieden. Wie wahrscheinlich auch Anna keine Zeit gehabt hatte, sich von ihr zu verabschieden. Keine Zeit ...

Immerhin, ich wußte Lucian in meiner Tasche. Von Anbeginn dieser Reise hatte ich ihn stets bei mir getragen. Meinen Glücksbringer.

Ich sprang in das grüne Licht.

16

Als ich durch die wabbelige Masse trieb, die das Innenleben des Rollos bestimmte, geriet ich in Rückenlage. In solcher glitt ich auch aus dem Rollo heraus und fiel ins Wasser. Kam aber sehr rasch wieder an die Oberfläche, noch immer in gleicher Position, Arme und Hände gestreckt, und stellte fest, auf dem Wasser zu treiben, ohne unterzugehen, ohne Schwimmbewegung. So wie auch Catman nicht unterging. Ich konnte sehen, wie er ebenfalls rücklings ... ja, man kann sagen, er *lag* auf dem Wasser, die Vorderpfoten seitlich hochgestellt, und machte dabei das beleidigte Gesicht aller nassen Katzen.

Wir schwebten quasi auf dieser Fläche. Was aber nicht etwa einer Schwerelosigkeit wie auf der Raumschiffseite des Rollos zu verdanken war, sondern dem Salzgehalt des Gewässers, in dem wir gelandet waren. So wie man das vom Toten Meer kannte, von den zahlreichen Fotos, wenn die Badenden wie auf einer Matratze ruhen und ihre Zeitung lesen.

Ich war freilich ohne Zeitung, drehte mich vorsichtig auf die Bauchseite, den Kopf hochhaltend, um nicht von einer Flüssigkeit zu schlucken, die wahrscheinlich über dreißig, vierzig Prozent Salzgehalt besaß und mich an die nicht ganz ungefährlichen Suppenexperimente meiner Kindheit erinnerte, als wir aus Sand und Wasser und geklauten 500-g-Packungen Kristallsalz kalte Brühen herstellten und manchmal auch wirklich davon kosteten.

Vorsichtig schwamm ich zu Catman hinüber, der ein kläglliches Mauzen von sich gab, aber vollkommen steif blieb, als ich ihn jetzt mit einer Hand faßte, mich zusammen mit ihm wieder auf die Rückenseite drehte und in solcher Haltung, einzig die Füße gebrauchend, Richtung Strand ruderte.

Ohne die Küste gleich wiederzuerkennen, war ich mir dennoch sicher, mich in demselben Meer zu befinden, in das ich vor vierzig Jahren geraten war. Ein Meer, das nun ein See war, zumindest wenn ich mir vorstellte, daß in Greenland die gleichen Naturgesetze wie auf meiner Seite des Rollos herrschten und es sich bei derartigen Bedingungen allein um einen Salzsee handeln konnte.

Der einst weiche Sandstrand war jetzt ausgesprochen fest, wie betoniert, darauf Verkrustungen von Salz, gleich versteinerten Kirschblüten. Versteinert wie auch Catman, den ich abgestellt hatte, der sich aber keinen Millimeter rührte. Immerhin begann er in der beträchtlichen Hitze augenblicklich zu trocknen. Ich meinerseits befreite mich von meinem Oberteil, meiner weißen Astronautenjacke, und band sie mir um die Hüfte. Dann nahm ich Catman in die Arme und hielt ihn wie ein Baby. Ich hätte ihn jetzt gerne ins Rollo zurückbefördert, anstatt ihn durch die Gegend und durch das kommende Abenteuer schleppen zu müssen. Wäre er wenigstens ein Hund gewesen. Doch das grüne Rollo blieb sich auch darin treu, in absoluter Rollomanier vor Fenstern aufzutauchen, aber nicht etwa über einem leeren Strand zu hängen.

Immerhin hellten sich Catmans Züge etwas auf, als er da im Dreieck meiner Arme und meiner Brust wie in einem Korb lag. Er begann sogar zu schnurren, als ich losmarschierte, am Strang entlang, entlang der festen Wälle, die früher Dünen gewesen waren.

Bald sah ich es, das Haus, das Strandhaus von einst. Es hatte sich ebenfalls stark verändert. Teile des Gebäudes waren eingebrochen, die Fenster, sofern noch vorhanden, ohne

Scheiben, die Eingangstüre ein offenes Loch, die Hälfte des Dachs abgedeckt. Um das Grundstück herum lagen Holzbalken und Müll und verrostete Maschinenteile. Ich erkannte Knochen, Rinderknochen vermutlich. Und ich entdeckte das Laufband, das jetzt im Freien stand und nicht so aussah, als wäre es noch geeignet, kleine Mädchen zu foltern.

Ich rief nach Anna, überzeugt, auch sie sei erneut nach Greenland geraten. Mein Ruf verklang ungehört. Vielleicht aber nicht ganz, denn ich bemerkte nun ... Da war ein Mann, den ich zuerst übersehen hatte, weil er, gegen die graue Holzwand gelehnt, auf einem niedrigen Stuhl sitzend, seinerseits sehr grau, die Haare wie der Anzug, perfekt getarnt war. Unfreiwillig wohl. Er versteckte sich ja nicht, vielmehr hockte er hier und machte einen halbbetäubten Eindruck. Ein Auge war offen, das andere geschlossen. Er hatte langes, ungewaschenes Haar und einen dichten Bart, der gut und gern einer Mäusefamilie als Quartier hätte dienen können. Markant große Hände ruhten auf seinen Schenkeln. Das eine Auge sah mich, und was es sah, animierte offensichtlich auch das andere, sich ein wenig zu öffnen. Ich spürte, wie der Mann nachdachte, ohne daß man bereits hätte sagen können, Leben sei in ihn geraten. Allein seine Augen waren in bescheidener Bewegung. Die Augen und die Falten auf seiner Stirn, die nach vorn traten, als handle es sich um die ersten Reihen einer kleinen, desolaten Armee.

»Béla?« fragte ich ihn. Ich hätte nicht genau sagen können, woran ich ihn erkannte. Vielleicht an seinen Händen. Damals, als ich ihn das letzte Mal gesehen hatte, war er etwa dreißig gewesen, ein kräftiger Mann, bartlos, mit dunklem glatten Haar, Fernfahrer. Ein Mann, der sich für mich und Anna geopfert und der die Frau angeschossen hatte, die ich für Annas Mutter gehalten hatte, die aber in Wirklichkeit eine Agentin jener Männer gewesen war, die kleine Mädchen auf Laufbänder zwangen. Béla, von dem ich nur den Vornamen wußte und den ich für einen Ungarn gehalten hatte, der aber keiner war, weil es Ungarn in der grünen Welt gar nicht gab. Nur ungarische Namen. Und da war noch dieser Hund gewesen, eine Labradorhündin ... Helene. Aber für eine Hundedame waren vierzig Jahre wohl eine nicht zu überlebende Zeitspanne. Béla hingegen, siebzigjährig, verwildert und verwittert ... Konnte er das wirklich sein, nachdem es ihm nicht mehr gelungen war, durch das grüne Rollo zu fliehen? Und wäre es ihm doch gelungen, fragte sich, ob er dann, gleich Anna, ebenfalls ein Teil meiner Familie geworden wäre. Ein Onkel etwa. Oder vielleicht der Mann von Tante Ave. Ja, merkwürdig, daß sich mir diese Idee nun aufdrängte, wie sehr Béla, der gutaussehende, couragierte, virile Trucker von damals, der sein Holzfällerhemd mit beträchtlichem Chic zu tragen verstand, der richtige Mann für Tante Ave gewesen wäre. Und daß unter gewissen Umständen dies noch immer eine Möglichkeit darstellte, daß Béla – gewaschen, frisiert, rasiert, in neuen Klamotten, aber mit altem Elan – sich wie kein zweiter eignete, den Schatten von Tante Aves Gemüt zu nehmen.

Der Gedanke mochte lächerlich sein, war aber ungemein stark. Vorerst freilich galt es, Anna zu finden. Noch einmal fragte ich: »Béla? Sind Sie es?«

Mir schien, seine Augen würden sich wieder schließen, diesmal beide, aber sie verengten sich nur, um mich besser fixieren zu können. Endlich öffnete sich, verdeckt vom vielen Barthaar, sein Mund, und ich vernahm eine vom Alkohol stark verfärbte Stimme. Er fragte: »Theo ... Theo ... der Junge?«

Ich nickte: »Ja, der Junge, vierzig Jahre später.«

»Vierzig Jahre«, wiederholte der Mann, der Béla war, und schüttelte den Kopf. Es schien, als hätte er den Überblick über die Zeit verloren.

Sollte das heißen, daß er die ganzen vier Jahrzehnte an diesem Ort zugebracht hatte, hatte miterleben müssen, wie das Meer sich in einen Salzsee verwandelt hatte und das Strandhaus nach und nach verfallen war? – Ich beugte mich zu ihm hinunter, war jetzt nahe an seinem Gesicht, sah das vom Grün vernebelte Blau seiner wässrigen Augen, roch den Schnaps, der aus dem ganzen Mann herausdampfte, sah die Salzkrusten in seinem Mäusebart, ahnte die rissigen Lippen dahinter und spürte, wie sich Catman an meine Brust drückte, um nicht zu nahe an diesen übelriechenden Menschen zu geraten. Den ich nun fragte, was ihm widerfahren sei.

Ich sah ihm an, wie er weiter nachdachte, wie er sich bemühte, seine Erinnerung zu formen, wie er um klare Gedanken rang. Wie er versuchte, eine Nüchternheit in seine Betäubung zu treiben. Aber es kam nur ein Stottern aus seinem Mund, das ich nicht richtig begriff, wovon mir allerdings Bruchstücke bekannt waren: der Name einer Frau, *Leflor*, der Name einer Stadt, *Nidastat*, auch daß er von den »Männern« sprach, die er aber nicht als chellobraun oder dunkel beschrieb oder – wie Anna das immer getan hatte – ihre scharfen Augen hervorhob, sondern sie als »die Dritte Macht« bezeichnete. Anstatt sie etwa Beamte oder Soldaten oder Geistliche zu nennen, was mir passender erschienen wäre. Aber ich wußte gleich, wer da gemeint war. Die Gruppe von Männern in filzigen Roben, unverletzbar, im Pulk vereint, schwebend, wortlos, unheimlich.

»Also gut«, sagte ich und beschloß, pragmatisch vorzugehen. Erklärte im krankenschwesterlichen Plural: »Zuerst einmal werden wir uns ausnüchtern, lieber Herr Béla.«

Ich setzte Catman auf einem freistehenden alten Sofa ab, das zwar auch nicht sehr gut roch, aber weniger nach Säufer. Klar, Catman war kein Baby, er hätte sich auch selbst einen Platz suchen können als die erwachsene Katze, die er war; nun allerdings eine grüne Katze, noch immer ängstlich und verwirrt. Er zog sich tief in die Mulde der Sitzgelegenheit zurück und machte sich so klein wie möglich. Keine Frage, er bereute, in dieser Nacht seine hübsche Schlafkapsel gemieden zu haben. Stattdessen war er in die absurde Situation geraten, durch ein Rollo zu fallen und vom Rollo in einen Salzsee. Nichts gegen Salz, aber nicht in diesen Mengen und nicht auf seinem Fell. Und sein Instinkt sagte ihm wohl, daß der Unbequemlichkeiten noch kein Ende war. – So viele Leben eine Katze auch haben mochte, stellte sich dennoch die Frage, ob sich alle davon auch lohnten, gelebt zu werden.

Ich begab mich durch die fehlende Türe ins Innere des Hauses, dorthin, wo früher das Laufband gestanden hatte, später dann eine Ansammlung merkwürdiger Gerätschaften, darunter ein Klostuhl, nun aber gar nichts mehr war, einfach nur ein Fleck von Licht, der durch das offene Dach drang. Den Keller mied ich, um nicht erneut in die Küche eines zwischenzeitlich wohl ebenfalls stark gealterten Haubenkochs zu gelangen, der vielleicht noch immer Pommes frittieren mußte, stieg stattdessen die Treppe hoch ins obere Stockwerk. Die freihängende Stiege hing noch etwas freier als beim letzten Mal und knarrte verdächtig unter meinen Schritten. Alles knarrte hier verdächtig. Doch immerhin, das Badezimmer existierte, allerdings war dort, wo das Fenster und damit auch das grüne Rollo gewesen waren, nun eine durchbrochene Wand, und man sah hinaus auf die Wüste und auf die fernen Berge. Wichtig war, daß Wasser aus der Leitung kam, allerdings kein warmes. Béla würde kalt baden müssen. Aber baden würde er.

Ich reinigte die Wanne, so gut es ging, befreite sie von Sand und Salz und testete den Duschkopf. Anfänglich strömte grünbraunes Wasser heraus, das aber zusehends heller wurde, und bald trat eine klare Flüssigkeit zutage, erstaunlich kalt in dieser heißen Umgebung. Gutes Wasser, trinkbar, geeignet, einen Mann zu den Lebenden zurückzubringen.

Ich ging nach unten und holte selbigen Mann, griff ihm unter die Achseln und zog ihn aus seinem Stuhl. Er wog schwer, obgleich er sehr viel dünner geworden war. Er stand derart wackelig auf seinen Beinen, daß ich ihn mehr tragen mußte, als daß ich ihn hätte ziehen können. Dabei protestierte er, wurde unflätig, schien mich mit jemand zu verwechseln. Ich erinnerte ihn noch einmal daran, wer ich war, Theo, der Junge von damals, und wer er war, der Lkw-Fahrer von damals, mein und Annas Retter. Mir fiel wieder ein, wie er sich damals genannt hatte, »ein kleines Rädchen im Getriebe der Rettung«. Für mich und Anna war er freilich das entscheidende Rädchen gewesen. Das sagte ich ihm.

Dies zu erwähnen, half beträchtlich. Wie man das von Zauberwörtchen behauptet. Das Zauberwörtchen in unserem Fall hieß *Rettung*.

»Stimmt«, sagte er, erstmals etwas klar aussprechend. Zudem begann er nun, eine halbwegs aufrechte Haltung einzunehmen, anders wären wir die Treppe auch gar nicht hochgekommen. Allerdings begann er erneut zu protestieren, als ich ihn, ins Badezimmer gelangt, auszog und sodann in die Wanne zwang. Wie ein kleines Kind. Lautes Gezeter durch und durch. Doch ich kannte kein Erbarmen, ließ das kalte Wasser auf den Schreienden niederströmen, fand sogar noch eine alte Seife, auch sie versteinert wie der einstige Strand. Die sich aber unter dem Wasserstrahl erweichen ließ und zu schäumen anfing. Den Schaum verteilte ich gleich Blattgold über Bélas Körper und schrubbte ihn mit meiner bloßen Hand, fuhr über die Haut, fuhr ins Haar, wusch und spülte und fühlte jene Zufriedenheit, die ich bisher nur aus der Theorie kannte. Nie hatte ich einen meiner Söhne gewaschen, was sicherlich eine Schande ist. Wobei ich es nicht aus männlicher Überzeugung vermieden hatte, das nicht, es war sich einfach nur nie ausgegangen, wann immer Zeit zum Waschen gewesen war, war ich woanders gewesen, sosehr das jetzt nach Ausrede klingt (und genau so hätte es mein ältester Sohn auch ausgedrückt, dem man übrigens später nicht vorwerfen konnte, er habe es nicht besser gemacht; er machte es besser).

Trotz Bélas zuerst lautstarken, dann kleinlauteren Protests, mündend in eine stumme Ergebenheit, empfand ich das angenehme Gefühl dessen, der Ordnung und Sauberkeit schafft. Dieser Geruch von Seife, selbst bei alten Männern und Frauen ein Anflug von Babyhaut ...

Als ich Béla danach aus der Wanne half, fühlte er sich bedeutend leichter als zuvor an, stand jetzt einigermaßen stabil auf den eigenen zwei Beinen. Mein Gott, er war wirklich unglaublich dünn geworden. Vor allem war sein Hintern so klein, ein Hintern, den ich als Zehnjähriger als gewaltig empfunden hatte und so weit gegangen war, mir vorzustellen, wie dieser Mann mit seinen vier Buchstaben den großen Laster steuerte. Doch sein Po schien geradezu geschmolzen, eingefallen, wie man das von Wangen sagt.

Da stand er, der am Gesäß Geschrumpfte, nackt und tropfend. Soviel Haar um seinen Kopf war, sowenig um seinen bleichen, ausgemergelten Körper. Ich hatte ein Badetuch aufgestöbert, es kräftig ausgeschüttelt und trocknete ihn ab, nein, eher tupfte ich ihn ab, wie wenn man aus vielen Wunden das Blut aufsaugt. Eben noch hatte ich ihn heftig geschrubbt, nun hingegen war ich ganz sanft.

Als dies beendet war, zog ich einen Stuhl vor den Badezimmerspiegel, der merkwürdigerweise heil geblieben war. Ich half Béla, sich zu setzen, spannte das Tuch über seine breiten Schulter ... ja, immerhin, seine Schultern hatten wie seine mächtigen Hände die alte Größe behalten, sie schienen das einzige, was von der originalen Gestalt des bulligen Lkw-Fahrers übrig geblieben war.

Ich sah mich um, öffnete verschiedene Laden, fand immerhin einen Kamm, auch eine Zahnbürste, weiters ein Aftershave, das die Aufschrift *Air* trug, entdeckte jedoch weder eine Schere noch einen Rasierer. Allerdings spürte ich in diesem Moment, wie sich etwas in meiner seitlichen Hosentasche regte. Ich erschrak wie über eine Maus oder ein Ei, aus dem plötzlich neues Leben schlüpft, begriff jedoch nach einer Schrecksekunde, daß es sich alleine um mein Messer handeln konnte, um Lucian, der nach vierzig Jahren wieder in die grüne Welt und damit in seine heimatlichen Gefilde gelangt war. Nach einer Ewigkeit in einem Zustand der Bewußtlosigkeit und einer rosinenartigen Verschrumpelung fand er jetzt zum Leben zurück.

Sein Griff ragte aus meiner Tasche. Er war zu alter Größe gelangt, auch zu alter Schönheit und Schärfe, wie ich nun feststellte, als ich ihn umfaßte und in die Luft hielt. Im Grunde verblüffte mich sein Aussehen mehr als alles andere. Er wirkte so frisch, als wäre er keinen einzigen Tag gealtert. Auch spürte ich die Kraft, die in ihm steckte, seinen Willen, sein Wachsein. Überlegte einen Moment, inwieweit es bei einem solchen Messer einer Beleidigung gleichkam, es für kosmetische Verrichtungen zu nutzen. Aber Lucian war nun mal der einzige hier, der imstande war, das Haar des Herrn Béla zu kürzen. – Es ist ganz entscheidend anzumerken, daß die Lebendigkeit Lucians keineswegs so weit reichte, daß er von alleine Kopfhaar und Barthaar des unechten Ungarn geschnitten hätte. Das wäre ein so phantastisches wie kindisches Kunststück gewesen; nein, die Aktivität dieses Artefakts entfaltete sich stets in Kombination mit der eines Menschen, es war weiterhin *ich*, der das Messer führte, und wenn es einmal umgekehrt war, wie damals im Schwimmbad, blieb dennoch der Umstand der Symbiose: Mensch und Waffe, Waffe und Mensch, nur daß hier der eine, nämlich Lucian, ein Meister der Regeneration zu sein schien. Ganz unfit war ich ja auch nicht, konnte aber schwerlich behaupten, mich gleich Lucian um vierzig Jahre verjüngt zu haben.

Messer und Mann als Friseurteam.

Béla freilich fragte: »Bist du gekommen, um mich zu töten?«

Er konnte im Spiegel sehen, wie ich das Messer auf Höhe seines Halses hielt. Immerhin, seine Stimme wurde immer besser. Er fing sich.

Ich sagte: »Nein, Herr Béla, Sie erinnern sich doch, wir sind Freunde.«

»Freunde? Ach ja, darum bin ich ja immer noch hier, oder, nicht wahr? Aber ... Was, wenn sich alles geändert hat, und du gehörst jetzt zu den anderen?«

»Nein, es hat sich nichts geändert«, versicherte ich.

Übrigens würde es fortgesetzt so bleiben, daß ich Béla mit Sie ansprach, während er mich duzte. Ich war weiterhin, nach vierzig Jahren noch, das Kind, der Junge.

Während ich ihm nun sorgsam das Haar schnitt und seinen Bart stutzte, wollte ich wissen, was geschehen war. Er aber verlangte: »Gib mir was zu trinken.«

Ich wußte, daß er kein Wasser meinte. Ich sagte: »Zuerst die Geschichte.«

»Zuerst einen Schluck.«

»Ich habe nichts.«

»Gib mir von dem *Air*.«

»Meine Güte, das ist Rasierwasser.«

»Das ist kein Rasierwasser, sondern Schnaps in einer Rasierwasserflasche.«

Ich glaubte Béla nicht, griff aber trotzdem nach dem Flakon, den ich ihm reichte. Er öffnete das Behältnis mit zittrigen Händen – als versuche ein Schmetterling, einen Brief zu schreiben. Ich sah eine Träne auf seiner Wange. Endlich kriegte er das Ding auf und nahm rasch einen kräftigen Schluck. Danach wollte ich das Fläschchen sofort zurückhaben, er aber drückte es sich fest an die Brust und fragte: »Willst du mich retten, Theo? Das wäre dann absurd, weil schließlich *ich* der bin, der hier ... Ich bin der Retter, oder, nicht wahr? Das ist *meine* Rolle!«

Immerhin, der Schluck nutzte mehr, als er schadete. Überhaupt muß gesagt sein, daß Béla sich sehr rasch erholte, nicht optisch, nicht körperlich, aber er fand seine Sprache wieder, zeigte sich beredt, lallte nicht mehr, jammerte kaum noch, nein, in dieser Hinsicht war er Lucian vergleichbar, der freilich im Zuge eines Weltenwechsels geheilt worden war.

Béla berichtete. Berichtete, daß, nachdem Anna und ich durch das grüne Rollo geflüchtet waren, der Kreis der Männer mit den Feldstechern ihn und die Labradorhündin Helene eingeschlossen hatte. Was in der Regel bedeutete, einer von ihnen zu werden, gleich, ob man Hund oder Mensch war.

»Aber die haben mich wieder ausgespuckt«, erklärte Béla. Es klang fast beleidigt, als er anfügte: »Ich habe denen nicht geschmeckt. Helene aber schon. Sie kam nicht mehr heraus. Schade um den Hund.«

»Ich dachte, sie wäre tot.«

»Na, sagen wir, sie ist verwandelt. Du weißt ja, im Universum geht nie was verloren.«

»Schon«, sagte ich, »trotzdem habe ich nie begriffen, worum es eigentlich geht.«

Béla fragte: »Hat dir Anna denn nichts erzählt?«

»Irgendwas mit ihrer Mutter. Also ihrer ursprünglichen Mutter oder wie ich das nennen soll. Sie ist ... war ... eine Meisterdiebin? – Verzeihung, aber das kam mir schon als Kind ziemlich schräg vor.«

»Wieso? Wird in deiner Welt drüben nicht gestohlen?«

»Natürlich, aber Mütter als Meisterdiebinnen ... also, das ist schon stark.«

»Und deine Mutter?«

»Was ist mit ihr?«

»Was macht sie so?«

»Sie ist eine vornehme alte Dame, die das Erbe ihres Mannes verwaltet. Nicht ohne Cleverness und Humanität, wie ich sagen muß.«

»Und vorher, was war sie vorher?«

Ich dachte nach. Als ich Kind gewesen war, hatte ich meine Mutter nie als wirklich vornehm empfunden, eher als praktisch. Praktisch und gebildet, keine Frage, aber ihre Handlungen hatten etwas handwerklich Präzises, völlig Schnörkelloses besessen, ohne wiederum jene Kälte auszustrahlen, die ich bei Vaters Architektur empfunden hatte. Erst später, als Jugendlicher, war mir nach und nach die würdevolle, auf eine elegante Weise inszenierte Art aufgefallen, mit der sie alles tat und unternahm. Das Vornehme kam dabei ohne Schauspielerei aus. Anders als bei denen, die zwar ein grandioses Essen auf den Tisch zaubern, man aber halt leider mitansehen muß, wie da gezaubert wird, wie da jemand mit großer Geste einen unsichtbaren Zauberstab schwingt und damit nicht zuletzt die Haare der Gäste durcheinanderbringt. Und damit der ganzen Vornehmheit etwas Proletenhaftes verleiht. Wenn meine Mutter hingegen zauberte, tat sie es mit der Zurückhaltung eines Malers, der *einen* Strich macht, wo andere *zwei* Striche benötigen. Dieser eine Strich besaß immer Grazie, aber auch etwas Affektiertes. Eine kleine Verachtung für die Welt, aber wunderschön formuliert, die Verachtung (geradezu das Gegenteil zur Verbitterung meiner Tante Ave).

Man könnte sagen, daß mein Blick für die Vornehmheit meiner Mutter sich entwickelt hatte, indem ich die Vornehmheit jener Person realisiert hatte, die mir als Frau Leflor begegnet und dir mir trotz ihrer Entlarvung wie ein meisterhaftes Gemälde in Erinnerung geblieben war. Frau Leflor – nein, *Madame* Leflor, denn sie war mir immer als eine solche erschienen, so, wie ich etwa Lucian immer als einen *Monsieur* gesehen hatte –, diese feindliche Agentin, hatte unbewußt meine Sicht auf die eigene Mutter verändert.

Béla also wollte wissen, was meine Mutter gewesen war, bevor sie eine vornehme alte Dame wurde. Ich antwortete: »Eine junge vornehme Dame. Und dazu Mutter von immerhin ...«

Ja, von wie vielen Kindern eigentlich? Mußte ich Anna mitzählen, meine Quasizwillingsschwester, deren Abstammung ich in den letzten vierzig Jahren keinen Moment bezweifelt hatte? Die jüngste der Geschwister, aus der eine berühmte Autorin geworden war. Ich sagte: »... von vier Kindern.«

»Drei oder vier?« fragte er verschmitzt.

»Vier«, antwortete ich bestimmt. Und sagte: »Ich hätte jetzt auch gerne einen Schluck.«

Er hielt mir die kleine Flasche *Air* entgegen. Ich nahm sie. Probierte vorsichtig. – Puh! Kräftig! Aber kein Rasierwasser, sondern tatsächlich Schnaps, Obstschnaps. Zwetschgen wohl. Grüne Zwetschgen.

»Wird man davon blind?« fragte ich.

»Nur die Bakterien«, antwortete Béla, nahm das Fläschchen wieder an sich und beschrieb das Gefühl, das er empfunden hatte, als er von der Gruppe der Feldstechermänner aufgesogen worden war. Er sagte: »Es herrscht dort eine Kälte, da zieht es dir die Schuhe aus. Und die Zähne auch. Eine unglaubliche Kälte, bei der du aber nicht erfrierst, du fühlst dich zwar wie im Weltraum, bleibst aber trotzdem am Leben. – Keine Ahnung, wieso sie mich nicht haben wollten, Helene hingegen schon.«

»Warum existieren diese Männer?«

»Darüber gibt es nur Vermutungen. Sie sind in unserer Welt wie eine Krankheit, die kommt und geht, manchmal viele mitnimmt, dann nur wenige, dann wieder ausbleibt. Wir nennen sie die Dritte Macht.«

»Wieso Dritte Macht und wozu die Feldstecher?«

»Eine verbreitete Theorie ist, daß Gott die erste Macht

verkörpert, die Natur die zweite und diese Männer die dritte. Und ihre Feldstecher ... Nun, was meinst du, Theo, wozu wohl Feldstecher dienen? Um jemand in der Ferne auszumachen, oder? Keine Frage, sie sehen uns, bevor wir sie sehen. Viele glauben, daß diese Männer nicht nur älter sind als die Erde, sondern auch älter als das Universum. Daß sie das vertreten, was vor aller Zeit und allem Leben bestand.«

»Das Nichts?« fragte ich.

Béla meinte: »Na, vielleicht das Nichts als Etwas. – Jedenfalls gibt es Leute, die für diese Männer arbeiten. Frau Leflor ist so jemand. Und andere auch. Es braucht diese Personen, weil die Feldstechermänner bei aller Macht und Kraft, die sie besitzen, eines nicht können: die Seiten wechseln. Sie sind außerstande, durch ein Rollo zu schlüpfen. Darum Leute wie Leflor. Wobei niemand sagen kann, wann und wo die Rollos auftauchen. Viele von uns begegnen ihnen ein Leben lang nicht. Man kann sie nicht kaufen, nicht herbeibeten, nicht einmal herbeibomben. Diese Dinger sind absolut unberechenbar, offenkundig eine Laune der zweiten Macht, der Natur. Oder vielleicht eine Idee Gottes. Man kann das manchmal nicht so richtig auseinanderhalten, was von der Natur und was von Gott kommt. Beide scheinen über einen Hang zum Skurrilen zu verfügen.«

»Also, bei mir, als ich Kind war«, sagte ich, »ist so ein Rollo extrem regelmäßig aufgetaucht. Und pünktlich wie die Schweizer Bahn.«

»Pünktlich wie wer?«

»Egal. Jede Nacht um die gleiche Zeit. Tagelang.«

»Die Laune«, sagte Béla, »schließt nicht aus, daß ein Wille und ein Konzept dahinterstecken. Und daß sich verschiedene Gruppen und Mächte dieser Launen bedienen. Die Laune scheint mir darin zu bestehen, daß einmal interveniert wird und ein andermal nicht. Die Laune bestimmt den Grad der Ungerechtigkeit.«

Béla verschraubte sein Fläschchen und steckte es zurück.
Ich sagte: »Frau Leflor ist also eine Agentin.«
»Wenn du sie so nennen willst.«
»Und Sie?« fragte ich. »Sie nannten sich einmal ein *kleines Rädchen im Getriebe der Rettung*. Ich fand das sehr schön.«
Béla nickte. Und lächelte. Wie jemand lächelt, der sich an eine glückliche Kindheit erinnert. »Ja, ich gehöre zur Rettung. Wo eine Dritte Macht existiert, existiert ebenso eine Rettung. Das ist ein Prinzip. Man könnte vielleicht sagen, auch die Rettung gab es schon, bevor noch die Welt begann. Die Dritte Macht und die Rettung – ein ewiger Widerstreit. Älter als die Natur.«
Älter? Ich wendete ein, daß man dann eigentlich nicht von einer Dritten, sondern von einer Zweiten Macht sprechen müsse, noch vor der Natur. Béla aber erklärte, daß man in seiner Welt solche Dinge verkehrt rechnen würde. Das dritte sei das erste.
»Ach«, meinte ich, »dann kommt Gott aber zum Schluß.«
»Natürlich kommt er zum Schluß«, sagte Béla und betrachtete mich kritisch. »Gott ist ohne Menschen undenkbar. Er konnte erst entstehen, als auch der Mensch entstand.«
Ganz offensichtlich waren die *Männer mit den scharfen Augen* zwar Männer, aber keine Menschen (was manche Frauen auch von Männern *ohne* Feldstecher gerne behaupten).
Béla schilderte mir, wie damals, als Anna und ich durch die rettende Pforte des grünen Rollos gelangt waren und er selbst rätselhafterweise verschont blieb, ihn eine Nachricht von denen erreichte, die die Rettung leiten (und deren Existenz in der Tat so mysteriös erscheint wie die der Feldstechermänner), die Anweisung, vor Ort zu bleiben. Offensichtlich aus der Vermutung heraus, daß entweder Anna oder ich oder wir beide zusammen zurückkehren würden. Würden beziehungsweise müßten.

Béla sagte: »Ich dachte nicht an vierzig Jahre, mein Junge. Das ist eine verdammt lange Zeit. Das macht einen mürbe, das Warten. Das Haus ist nach und nach verfallen und verkommen, sogar die Feldstechermänner sind bald ausgeblieben. Man kann sagen: Ich hatte nicht einmal einen Feind. Nur hin und wieder kamen Leute vorbei, Landstreicher, die mir von Nidastat erzählten, daß dort jetzt Bürgerkrieg sei ...«

»Wie? Offener Krieg zwischen Rettung und Feldstechermännern?«

»Aber nein, Nidastater gegen Nidastater natürlich. Arm gegen reich zuerst, dann bald Bande gegen Bande. Das geht jetzt zwanzig Jahre so. Ich war nie wieder dort. Wenn du bei der Rettung bist, hältst du dich an Anordnungen. Und wenn sie dir sagen, geh ins Meer und ersauf, gehst du ins Meer und ersäufst.«

»Na, ich bin ja jetzt hier.«

»Richtig. Und der Grund?«

»Weil Anna verschwunden ist. Ich dachte, ich könnte sie in diesem Haus finden.«

(Das stimmte nicht ganz. Denn als ich zuvor im Raumschiff das grüne Rollo entdeckt hatte, war gar nicht die Zeit gewesen, diverse Überlegungen zur Rettung von Anna anzustellen, vielmehr war ich gezwungen gewesen, Kater Catman zu folgen, weil ich dachte, er werde ertrinken.)

Béla erklärte mir, Anna sei ganz sicher nicht in diesem Haus anzutreffen. Er wüßte es, wäre sie hier. »Nein«, sagte er, »sie muß an einer anderen Stelle herübergekommen sein. Es gibt mehr als das eine Rollo. Und wenn ich sage, herübergekommen, meine ich nicht unbedingt freiwillig.«

»Noch immer die Sache mit ihrer Mutter, der Meisterdiebin?« fragte ich und mußte nun doch grinsen angesichts der Selbstverständlichkeit, mit der ich solche Sachen aussprach.

Béla ermahnte mich, daran sei nichts komisch. Annas

Mutter, egal, wo sie stecken möge, egal, in welcher Gestalt, in welcher Verkleidung, in welcher Welt auch immer, habe die Feldstechermänner beraubt. Es sei eine Sache, sich der Dritten Macht als der Rettung verpflichteter Widerpart entgegenzustellen, dies entspreche den Normen einer auch noch so sprunghaften und launischen Natur – nämlich Balance zu suchen –, aber doch eine ganze andere Sache, diese Leute zu beklauen. Béla sagte: »Das ist so, als würde jemand nicht die Mona Lisa stehlen, sondern die Seele des Bildes. Das Bild also klebt weiter an der Wand von diesem Museum, aber alle sehen, daß die Seele weg ist, daß die Kunst weg ist. Daß da nichts anderes hängt als eine konventionell gemalte Frau. – Ich weiß nicht, was genau es ist, was Annas Mutter denen weggenommen hat, aber es muß etwas Ähnliches sein wie die Seele der Mona Lisa.«

Ich war verblüfft. »Gibt es in Nidastat denn eine Mona Lisa?«

»Nein, natürlich nicht. Aber ich wollte dir ein Beispiel geben, welches du auch verstehst, weil es aus deiner Welt stammt.«

Offenkundig kannte er die Mona Lisa, wußte aber weder, was die Schweiz ist, noch, was Ungarn ist.

»Sie waren einmal dort?«

»Nein, niemals«, sagte Béla, »aber über ein paar Dinge weiß ich Bescheid. Das sollte man, wenn man für die Rettung arbeitet. Auch als kleines Rädchen.«

»Wieso Anna?« fragte ich. »Wieso nicht ihre Mutter? Wieso vierzig Jahre?«

»Ich sagte dir doch schon, daß niemand voraussagen kann, wann und wo die Rollos auftauchen. Und wenn du mich fragst, wieso Anna und nicht ihre Mutter ... na, vor vierzig Jahren sind die nicht an die Mutter rangekommen, nur an die Tochter. Daran scheint sich nichts geändert zu haben.«

Ich erklärte, ich würde hoffen, daß sich zumindest die

Methoden der Männer mit den scharfen Augen zwischenzeitlich geändert hätten. Siehe Laufband und Schwimmbad.

Béla schnaufte und meinte: »Sind sicher schlimmer geworden.«

»Dann sollten wir Anna schnell finden.«

»Nidastat«, bestimmte Béla. »Wenn sie nicht hier ist, dann in Nidastat. Dort müssen wir hin. – Was soll übrigens die Katze?«

»Das ist eine dumme Geschichte«, äußerte ich. »Aber später davon.« Und fragte ihn, ob er noch seinen Lkw habe.

Er lächelte. »Natürlich. Steht hinten. Ist ebenfalls alt geworden. Aber nicht so schlimm, daß man ihn nicht fahren könnte. Zur Rettung gehören schließlich auch Rettungswagen.«

Ein Vierzigtonner als Rettungswagen?! Na, warum nicht?

Béla zog sich an, währenddessen ging ich zu Catman, der mich aus dem Sofa heraus anmaunzte. Ich gab ihm Wasser aus einer Plastikflasche, die ich oben im Badezimmer angefüllt hatte. Er trank ein wenig, sah dann hoch, vorwurfsvoll, verlangend. Ich sagte ihm, es sei nicht meine Schuld, daß er hier sei. Der Vorwurf in seinem Gesicht blieb. Klar, ich würde Futter auftreiben müssen. Als Béla kam, fragte ich ihn nach seinen Vorräten.

»Komm!« sagte er.

Ich nahm Catman hoch und folgte Béla hinter das Haus, wo der lange, große Laster stand. Gewissermaßen ergraut. Aber nicht ungepflegt, als hätte Béla in diesen vierzig Jahren besser auf den Wagen achtgegeben als auf sich selbst. In den Reifen war Luft, die ganz sicher nicht von damals stammte.

Sehr wohl aber der Inhalt des Lastzugs. Ich hatte ihn für leer gehalten, doch er war noch immer gefüllt mit einer Ladung Lebensmittel, wobei die verderblichen Teile natürlich längst verschwunden waren, nicht hingegen eine große

Menge von abgepackten Keksen und Flaschen mit diversen Spirituosen.

Die Haltbarkeit gewisser Alkoholika überraschte mich nicht und erklärte auch gut Bélas Zustand, daß aber sogar Kekse ...

Ich öffnete eine Packung, zog einen hellen, kreisrunden, am Rand leicht gezahnten und dank gleichmäßiger Einstichlöcher abstrakt bemusterten Keks heraus und betrachtete ihn voller Zweifel. Doch weder zeigten sich Spuren des Verderbtseins, noch zerbröselte er in meinen Händen. Ich biß zu, ließ die Masse vorsichtig im Mund zergehen und registrierte den moderat süßlichen, zudem pfefferigen, sehr weihnachtlichen Geschmack.

»Wow«, sagte ich, »wie gestern gebacken.«

Béla erklärte, dies hänge mit einem Konservierungsstoff zusammen, der einige Jahre nach der Herstellung verboten worden sei ... nein, keine Angst, nichts Lebensgefährliches, nur etwas, was dauerhaft die weiblichen Hormone forciere.

Ich betrachtete den Keks in meiner Hand, als handle es sich um einen sehr kleinen flachen Büstenhalter. Gedacht für nur einen Busen.

Béla aber meinte: »Schau mich an, Theo, ich freß das Zeug seit einer Ewigkeit und bin trotzdem keine Frau geworden.«

Ich dachte mir: »Na, vielleicht hat der viele Alkohol das kompensiert.« Schluckte aber die Backware hinunter und nahm das nächste Stück. Begann auch gleich, Catman damit zu füttern. Er, der im Unterschied zu den Astronauten der *Villa Malaparte* tatsächlich Astronautennahrung zu sich nehmen mußte, war es durchaus gewohnt, seine Zähne in trockene Nahrung zu schlagen. Und seine Männlichkeit war ohnehin eine bereits angegriffene. Jedenfalls verspeiste er anstandslos den Keks, den ich ihm hinlegte.

»Essen kann man auch im Wagen«, mahnte Béla zum Aufbruch.

Richtig.

Als wir uns ins Führerhaus setzten, fühlte ich die alte Zeit. Nur daß dort, wo einst Helene gelegen hatte, nun Catman Position bezog. Ein Tier für das andere. Und dort, wo Madame Leflor gewesen war, war ich nun selbst.

Béla nahm einen Schluck aus seinem *Air*-Fläschchen, dann startete er.

Ich sagte: »In meiner Welt gibt es so ein Gebot bezüglich *Alkohol am Steuer* ...«

Er schaute irritiert zu mir herüber. Offensichtlich kannte er die Mona Lisa, aber nicht dieses Gebot. Ich winkte ab und sagte: »Schon gut.«

Wir fuhren los. Dorthin, wo Bürgerkrieg war.

17

Nidastat.

Wie war es gewesen, als ich das erste Mal in diese Stadt gekommen war? Die geschlossene Front hoher Gebäude hatte mir, der ich damals noch nie in Amerika gewesen war, ein amerikanisches Gefühl verliehen. So gesehen, ergab sich nun der Eindruck eines bombardierten Amerika, wo nicht nur einige wenige Gebäude getroffen worden waren, sondern so gut wie alle. Die fensterlosen Komplexe waren schwarz vom Ruß, Lücken klafften, halbe Stockwerke waren herausgerissen, gigantischen Bißwunden gleich. Allerdings schien kein einziges Haus vollständig in sich zusammengestürzt. Auf eine desolate Weise war die Skyline vollständig erhalten.

»Wie sieht Ihr Plan aus, Béla?« fragte ich den Mann, der das Steuer sehr viel fester umklammert hielt als vier Jahrzehnte zuvor. Da hatte er auch noch keinen Schluck aus einem Fläschchen *Air* benötigt, um sein Zittern unter Kontrolle zu bringen. Abgesehen davon, daß er nicht mehr über dieselbe Masse an Po verfügte, mit der er einen so großen Wagen hätte lenken können.

»Wir werden Frau Leflor einen Besuch abstatten«, antwortete er, erkundigte sich allerdings nach der Adresse.

»Wie? Die lebt noch?«

»Möglicherweise«, antwortete Béla, »jedenfalls hat der Schulterdurchschuß sie ganz sicher nicht umgebracht. Und als ich aus dem Kreis der Männer wieder ausgespuckt wurde, war sie verschwunden. Klar, sie könnte in der Zwischenzeit gestorben sein, aber mein Gefühl sagt mir: Es gibt sie noch. Eine robuste Frau. Den Namen der Straße jedoch ... Das ist so schrecklich lange her.«

»Allerdings.«

»Aber du warst es immerhin, der ihn mir genannt hat, oder?«

»Ich hatte ihn von Anna.«

»Die werden wir jetzt kaum fragen können.«

Stimmt, das konnten wir nicht. Also konzentrierte ich mich, fuhr tief in mein Gedächtnis, stieg abwärts, etwas, was zum Training eines Astronauten gehörte, sich nämlich die eigenen Erinnerungen als chronologisch geordnetes Archiv vorzustellen, ohne irgendwelche Bevorzugungen des Wesentlichen oder Unwesentlichen oder irgendeiner speziellen Würdigung oder Ablehnung. Einzig und allein jene Dinge verdrängend, die aus der Einbildung stammten. Und genau darum also war ich gezwungen, einen hinteren Teil dieses Archivs aufzusuchen, dort, wo das vermeintlich Eingebildete abgelegt war. Ein Teil meiner Kindheit, der paradoxerweise die Aufschrift »For adults only« trug.

An diesem Ort schaute ich mich um. Und schaffte es, mir die Szene zu vergegenwärtigen, als ich das Badezimmer des Strandhauses betreten hatte. Damals, als noch kein Loch in der Wand gewesen war. Und als noch warmes Wasser aus der Leitung gekommen und dank des aufsteigenden Dampfs ein Schriftzug sichtbar geworden war: die Nachricht Annas, ich möge eine gewisse Helene in einer gewissen Straße aufsuchen.

»Zkie!« rief ich aus. Es war mehr ein Spucken.

»Was?«

»Mit einem z und einem k und einem y am Ende«, sagte ich. »So wie Ossietzky oder Obrazky oder ...«

»Zwölf!« ergänzte Béla, sein Lenkrad noch eine Spur fester haltend.

»Richtig.« Ich nickte fleißig. »Hausnummer zwölf. Sie haben recht. Annas Wohnadresse, wobei ... Warum sollte Frau Leflor dort wieder hingegangen sein? Um weiter vorzugeben, Annas Mutter zu sein? Kann ich mir nicht vorstellen.«

»Trotzdem, die Adresse ist ein Anfang«, äußerte Béla. »Wir brauchen einen Anfang.«

Stimmt, den brauchten wir. Und jetzt stand auch der Name der Straße in großen feuchten Lettern vor meinem geistigen Auge. Ich las ihn gewissermaßen von dem Badezimmerspiegel in meinem Kopf ab: *Oritzkystraße 12!*

In Nidastat.

Das war freilich eine stark veränderte Stadt, die wir nun erreichten. Nachdem wir die ausgebrannten Hochhäuser und den faktisch unbewohnten Außenring passiert hatten – denn ein Angriff von außen schien nicht mehr das Thema dieses Krieges, sondern der Fleischwolf im Inneren –, gelangten wir an die erste Straßensperre. Männer mit Maschinengewehren standen an einer Schranke. Es sah aus wie überall auf der Welt – grün oder nicht –, wenn die Zerstörung zum maßgeblichen Aspekt des Lebens wird und Soldatenmenschen das Straßenbild bestimmen. Alles wirkt dann vergammelt und trotz der High-tech-Waffen auch rückständig. Etwa die Mülltrennung. Kaum ist Krieg, kümmert sich kein Schwein mehr um die Mülltrennung.

Die Zukunft hatte diesbezüglich keine großen Änderungen hervorgebracht. Klar, hüben wie drüben gab es jetzt auch einige Robotersoldaten, aber eigentlich nur, weil sie schon einmal produziert worden waren. Sie galten als gefährlich, nicht, weil sie einen eigenen Willen besaßen, sondern es mitunter unsicher war, auf wen sie schießen würden und auf wen nicht. Zudem war der menschliche

Bewegungsapparat so ungemein schwer zu kopieren. Am ehesten dann, wenn die starke Alkoholisierung der hominiden Soldaten in den schlaksig anmutenden Bewegungen der robotischen Kollegen eine Entsprechung fand. Der betrunkene Mensch und der nüchterne Roboter schienen sich ähnlich.

Béla, wie ich selbst, war seit vierzig Jahren nicht hiergewesen. Kaum vorstellbar, er würde noch über irgendwelche Kontakte verfügen, die uns helfen könnten.

Er öffnete die Fahrertüre und kletterte nach unten, wo ihm sogleich der Lauf eines Gewehrs in den Rücken gestoßen wurde. Er hob seine Arme und drehte sich langsam zu den Männern hin. Sie waren alle unrasiert, hatten Zigaretten in den Mundwinkeln, trugen Militärhemden und folgten also einem Klischee. Aber wie auch sonst hätten sie auftreten sollen? In Herrenanzügen, in Badehosen, mit Schürzen, geschminkt?

Ich wurde aufgefordert, ebenfalls auszusteigen. Catman ließ ich, wo er war, kletterte aus dem Führerhaus und stellte mich zu Béla, auch ich meine Hände hochnehmend. Einer von den Männern drückte mir die Mündung seines Gewehrs direkt ans Kinn. Dabei grinste er. Ich sah die beiden Zahnlücken vorne unten, hinter denen es sehr dunkel war. Ich roch verdorbenes Fleisch.

»Armes Schwein«, dachte ich mir. Was im Krieg sofort flötengeht, ist nicht nur die Mülltrennung, sondern auch die Zahnpflege. Überhaupt die Pflege, außer einer wüsten Form von Krankenpflege.

Ich konnte sehen, wie sich mehrere Männer hinten am Wagen zu schaffen machten und den Sattelanhänger öffneten. Ich fragte mich, ob es ihnen reichen würde, uns auszurauben – auch wenn sie es als Maut oder Gebühr definieren würden –, und sie uns dann weiterfahren ließen. Oder ob sie eher …

»Tun Sie was«, zischte ich Béla zu, »die knallen uns noch ab.«

»Drei Flaschen, mehr nicht«, sagte Béla bestimmt.

Das war nicht an mich gerichtet, sondern galt jenem Mann, dessen arrogante Haltung, dessen in die speckigen Hüften gestützten Arme, seine solide Breitbeinigkeit sowie die Verzierungen auf den Schulterklappen des Hemds ihn als den Anführer der Gruppe auswiesen.

»Was?« redete dieser zurück und spuckte Béla vor die Füße.

»Ich sagte, drei Flaschen«, wiederholte Béla, »ihr dürft euch drei Flaschen nehmen. Aber nicht vom Whisky. Holt euch den Eierlikör.«

Ich fragte mich gleich, wie lange Eierlikör eigentlich haltbar war. Vierzig Jahre? Freilich war das nicht die entscheidende Frage. Sondern …

Der Anführer der Soldaten kam näher. Er griff nach dem Revolver in seiner Gürteltasche.

Béla erkundigte sich: »Schon mal einen Retter erschossen?«

Der Mann ließ die Hand auf seinem Halfter, blinzelte Béla an und meinte: »Du willst ein Retter sein, Alter?«

»Na, so alt auch wieder nicht. Und richtig, ich bin ein Retter. Erschießen Sie mich, und Sie werden es sehen.«

»Das könnte ich versuchen.«

»Könnten Sie.«

Der befehlshabende Offizier oder einfach nur Bandenführer oder was auch immer er war, zögerte. Er biß sich auf die Lippe. Endlich schaute er zu mir hin und sagte: »Der da aber, der ist kein Retter, oder?«

»Nein, der ist kein Retter«, bestätigte Béla.

Ich sagte: »Na, vielen Dank auch.«

»Die Wahrheit, mein Junge. Die Wahrheit.« Béla sang es geradezu. Um sich dann wieder an den Anführer zu richten: »Aber er ist ein Geretteter.«

Der Anführer äußerte, daß man zwar Retter nicht erschießen dürfe, nirgends aber stehe, dies gelte auch für Gerettete.

Béla nickte, blieb jedoch stur: »Trotzdem. Ich brauche ihn noch. Absolut. Von mir aus nehmt euch fünf Flaschen. Fünf Flaschen und eine Kiste Keks.«

»Sechs Flaschen und keine Kekse«, sagte der Anführer und erinnerte: »Ich könnte den ganzen Wagen konfiszieren, wenn ich wollte.«

»Ja, ja!« flötete Béla im Ton der Eltern, die ihren Kindern beim Aufschneiden zuhören, und schloß endlich: »Sechs Flaschen, abgemacht. Aber keinen Whisky.«

Als wir wenig später wieder im Führerhaus saßen und Béla den Sattelzug über eine holprige Straße lenkte, vorbei an verbarrikadierten Häusern, auf deren Dächern und Balkonen bewaffnete Männer standen und saßen und Fahnen schwenkten, die auch einmal in die Waschmaschine gehörten, fragte ich ihn: »Was ist mit Ihnen? Sind Sie ein Heiliger, den zu töten Gott persönlich auf den Plan rufen würde?«

»Gott nicht. Aber die Dritte Macht. Das ist nämlich so: Wenn du einmal zur Rettung gehörst, stehst du natürlich im Visier der Feldstechermänner. Aber für alle anderen bist du dann sakrosankt. Mein Schicksal liegt in den Händen der Rettung und in den Händen der Dritten Macht. Daran muß sich der Rest halten. Auch dieser verkommene Marineleutnant.«

»Marine?«

»Die Streifen auf seiner Schulter. Aber die Marine gibt es nicht mehr, nicht angesichts dieses Salzsees, der früher das Meer war. Darum laufen unsere Marineleute jetzt auf dem Land herum und sind frustriert.«

Ich erwähnte, daß dies immerhin Sinn und Zweck des Kriegs sei, frustrierten Menschen Heimat zu sein.

»Ja, leider«, stimmte Béla zu. »Aber einen Retter töten …

na, das könnte bedeuten, selbst Opfer der Dritten Macht zu werden. Einen Retter töten ist so, als würde jemand in einem Wald, der ihm nicht gehört, einen Bock schießen. Es heißt, wer in diesem Wald wildert, dem droht ein fürchterliches Ende. Daß die Dritte Macht diesbezüglich keinen Spaß versteht.«

Was dann also bedeutete, daß die, gegen die Béla kämpfte, gleichzeitig seinen Schutz darstellten. Zumindest in solchen Situationen wie gerade eben.

Allerdings kam von mir der Einwand, daß doch ein jeder behaupten könnte, ein Retter zu sein.

»Schon«, sagte Béla, »geschieht aber selten. Es gibt den Verdacht, wie schädlich es gleichfalls wäre, sich für einen Retter auszugeben, der man nicht ist. Das wäre ähnlich dumm, wie fälschlich zu behaupten, ein Vertreter der Dritten Macht zu sein. Mancher Betrug wird auch wirklich geahndet.«

»Sagen Sie nicht, in Ihrer Welt würde niemand schummeln.«

»Schummeln schon. Aber wovon ich hier spreche ... In deiner Welt, mein Junge, heißt es Blasphemie.«

»Schön und gut, aber das schreckt nun wirklich niemanden mehr.«

»Bei uns schon.«

Nun, das wäre dann wirklich ein Unterschied, der über den Umstand, daß meine eigene Welt nicht ganz so grün war, weit hinausging. Und der in der Tat erklären würde, daß, wenn Annas echte Mutter, die Meisterdiebin, den Feldstechermännern etwas gestohlen hatte, sie mit gutem Grund seit vierzig Jahren auf der Flucht war. Ohne Hoffnung auf Verjährung. Vielleicht auch ohne Möglichkeit – der Gedanke kam mir nun –, es wiedergutzumachen. Gar nicht in der Lage zu sein, zurückzugeben, was sie gestohlen hatte. Nicht, weil sie tot war, sondern in gewisser Weise das Geraubte tot war. Durch den Akt des Raubens gestorben.

Vielleicht, vielleicht ...

Wie auch vor vierzig Jahren mußten wir den Wagen wechseln, da zum Zentrum hin die Straßen sich verengten und einem Lastzug keinen Platz mehr boten. Wir stellten ihn am Rande einer Fläche ab, wo einst ein Haus gestanden hatte und nun Leute in Zelten lebten. Auch hier waren überall Männer mit Waffen. Viele vermummt, viele mit Sonnenbrillen. Die Schüsse und Detonationen aber kamen von der Stadtmitte her, von dort, wo auch dunkle Rauchschwaden aufstiegen.

Béla verhandelte mit einigen Männern. Er redete jetzt in einer Sprache, die ich noch nie gehört hatte. Allerdings meinte ich inmitten des Kauderwelsch einen ungarischen Tonfall herauszuhören. Den Klang einer zu einem Kontrabaß zusammengezogenen Marika Rökk.

Was auch immer er diesen Leuten anbot, es schien sie zu überzeugen. Man würde uns führen.

Ich überlegte kurz, Catman hierzulassen. Doch wenn ich mich so umsah, war das einfach keine Gegend für eine Hauskatze. Es war zu befürchten, daß er in einem der Kochtöpfe landen würde. Zudem war er demütig, geradezu willenlos, als ich ihn von der Sitzbank des Führerhauses herunterholte und ihn mir in meine Astronautenjacke stopfte. Als wäre mir nicht schon warm genug. – In gewisser Weise wurde ich nun selbst zu einem Catman. Ein Mann, aus dessen Ausschnitt ein Katzenkopf ragte.

Eine Gruppe von drei Bewaffneten signalisierte uns, ihnen zu folgen. Wir zwängten uns zu fünft in einen Kleinwagen und fuhren los. Rechts und links ragten die Gewehrläufe aus den Fenstern.

Ich fragte Béla, der vorne saß, was uns dieser Service kosten würde.

»Die Hälfte der Wagenladung. Der Alkohol ist zwischenzeitlich mehr wert als Gold.«

»Und was tun diese Leute für uns?«
»Uns nach drüben bringen natürlich.«

Soweit ich später erfuhr, war der Ausgangspunkt der Auseinandersetzung zwischen den – grob gesprochen – bis dahin regierenden und den bis dahin nichtregierenden Kräften der Tod mehrerer Jugendlicher gewesen, Schüler eines Eliteinternats am nördlichen Stadtrand (den ich nicht kannte, da wir stets von Süden gekommen waren). Der Tod der jungen Leute blieb mysteriös, offensichtlich eine absichtsvolle Vergiftung des Essens, jedenfalls war dieses Attentat einer politischen Gruppe angelastet worden, die begonnen hatte, in den ärmeren Stadtteilen die Kontrolle zu übernehmen, einer Gruppe, die mal im Verdacht stand, nationalistische, dann wieder kommunistische, radikalreligiöse, sodann gänzlich private Ziele zu verfolgen. Jedenfalls meinte die Nidastater Regierung mit diesen Kräften aufräumen zu müssen, bevor sie zu mächtig wurden. Waren sie aber bereits, bestens bewaffnet, und was von den Regierenden als Polizeiaktion gedacht gewesen war, mündete in einen Bürgerkrieg und alsbald in eine Teilung der Stadt, wie sie im Prinzip auch vorher bereits bestanden hatte, nämlich die Gegend jenseits und diesseits des von Brücken überspannten Gewässers. Welches den schönen Namen *Das Meer der kleinen Sünden* trug: ein extrem langgezogener See, der von Wasser aus den Bergen gespeist wurde und noch immer kein Totes Meer geworden war. Übrigens nahmen beide Stadtteile für sich in Anspruch, den diesseitigen Abschnitt darzustellen, sie sprachen tatsächlich von sich selbst als vom »Diesseits« und wiesen der jeweils anderen Seite das »Jenseits« zu. Jeder hielt sich für lebend und den anderen für tot. Gestorben wurde freilich auf beiden Seiten, zu ausgeglichen war seit vielen Jahren der Kampf, zudem hatten sich in den zwei Lagern konkurrierende Gruppen gebildet, sodaß sich der Krieg nicht nur in die Länge, sondern auch in die Breite zog, sprich, auch innerhalb sogenannter kontrollierter Zonen Gefechte und Scharmützel ausgetragen wurden. Hauptkampfplatz aber blieb der Bereich um das *Meer der kleinen Sünden,* dessen Brücken zur Gänze in die Luft gesprengt worden waren und wo ein Bootsverkehr bei Dauerbeschuß von beiden Ufern schon lange als unmöglich galt. Dieser See war die Front und, weil ein See, naturgemäß unverrückbar.

Ich wußte zu wenig von der grünen Welt, um sagen zu können, woher die Reserven, die Waffen, das Kapital stammten, nahm aber auf der Fahrt durch die Stadt wahr, wie sehr trotz Krieg und Zerstörung eine Art von Alltag stattfand: Märkte, Läden, Cafés, Damen in auffallend kurzen Röcken, Kinder mit Schultaschen, junge Paare, aber eben durchmischt von Männern mit Maschinengewehren. Und natürlich herrschte die absolute Vorfahrt der Autos. Alle Ampeln waren außer Betrieb, und die Existenz einer Verkehrspolizei nur noch den Älteren ein Begriff.

Wir passierten einige Kontrollen, es gab kurze Gespräche, Päckchen wechselten die Besitzer, umhüllt von grauem Packpapier. Die Front – das Meer, das ein See war, während das einstige Meer im Osten sich in einen See verwandelt hatte – kam näher, dieser Ort, der zwei Diesseits von zwei Jenseits trennte. Es brauchte nicht zu wundern, wie sehr dieses langgezogene, bis an die Ost- und Westgrenze der Stadt reichende Gewässer umkämpft war. Trinkwasser war knapp geworden, das *Meer der kleinen Sünden* im wahrsten Sinne eine Quelle. Dumm allerdings, daß diese Quelle im Zuge all der Kampfhandlungen heftig verunreinigt worden war. Insgesamt wurde in Nidastat nur noch wenig getrunken und wenig gewaschen.

Wir befanden uns nun im eigentlichen Kriegsgebiet. Schüsse, Feuer, Rauch, Raketeneinschläge, der Eindruck des Unübersichtlichen, Chaos trotz aller militärischer Ordnung.

Blut auf den Straßen, ein sehr konventioneller Krieg, wären da nicht hin und wieder zerfetzte Robotersoldaten herumgelegen, die wegzutragen und zu begraben niemand sich die Mühe machte. Ihr Anblick rührte mich. Mir kam der Gedanke, daß Christus beim nächsten Mal als Maschine unter die Menschen treten würde. Natürlich nur, wenn es in Greenland überhaupt je einen Mann dieses Namens gegeben hatte.

Plötzlich lenkte unser Fahrer den Wagen durch ein sich öffnendes Garagentor, das sich hinter uns rasch wieder schloß. Es war jetzt vollkommen dunkel. Ich spürte die abwärtsgleitende Bewegung. Die Garage diente offenbar als Aufzugkabine und beförderte uns in ein tiefgelegenes Geschoß. Der Fahrer schaltete die Scheinwerfer an, fuhr aus der Kabine, und über einen kurzen Zugang gelangten wir in eine Tunnelanlage. Eine solche hatte ich auch erwartet – ich meine, wenn man schon unter die Erde gerät –, allerdings keine von derartiger Größe. Eine gewaltige Röhre offenbarte sich, insgesamt sechs Spuren, die im bläulichen, zur Fahrbahn hin orangenen Deckenlicht lagen (gänzlich grünfrei hier unten), eine offenkundig intakte, in Schuß und in Betrieb befindliche Anlage.

Nachdem sich Béla bei unseren Führern in seinem Marika-Rökk-Dialekt erkundigt hatte, erklärte er mir, dieser ganze Bau sei kurz vor dem Beginn des Nidastater Bürgerkriegs entstanden und verlaufe unterhalb des *Meers der kleinen Sünden*, einst mit dem Plan errichtet, die oft übervollen Brücken zu entlasten. Nun, um ein von Brücken gänzlich verlassenes Diesseits und Jenseits zu verbinden. Zwar waren die ebenerdigen Zugänge zu den Fahrbahnen auf beiden Seiten bereits im ersten Kriegsjahr zerstört worden, und auch vom Tunnel selbst hieß es offiziell, er wäre im Zuge mehrerer Anschläge unpassierbar geworden, Faktum war jedoch, daß die Hauptröhre sich in einem ausgezeichneten Zustand befand. Sie wurde aus einem gewissen ökonomischen Interesse ständig gewartet, und Dutzende Eingänge ähnlich dem unseren – Aufzüge für Autos, Maschinen helfen Maschinen – dienten dazu, Fahrzeuge und Insassen nach unten zu bringen. Wofür freilich ein beträchtlicher Wegezoll zu entrichten war.

An einer von schwerbewaffneten Männern bewachten Mautstelle hielten wir. Die Ausrüstung dieser Leute war um einiges gediegener, sehr sauber, sehr modern, die Gesichter rasiert, aber auch recht bestimmt. Sie waren nicht interessiert an dem Päckchen, das ihnen der Beifahrer durchs Fenster entgegenstreckte.

Ich beugte mich zu Béla vor und meinte: »Vielleicht sollten Sie denen ebenfalls erzählen, daß Sie von der Rettung sind.«

»Jedes Privileg hat seine Grenzen, mein Junge«, erklärte Béla. »Nur weil ich für die Rettung arbeite, müssen die uns nicht durchlassen.«

Einer der Männer von der Mautstelle richtete seine Taschenlampe ins Innere des Wagens. Als er mich sah, lachte er und verlangte: »Die Katze. Wir nehmen die Katze. Euer Geld könnt ihr behalten.«

»Na los, Theo!« forderte Béla. »Sei froh, daß du das Tier los wirst. Es ist ohnehin Unsinn, den fetten Perser ständig mitzuschleppen.«

Fett war er eigentlich nicht, aber es stimmte, Catman besaß Anteile einer Perserkatze: ein längeres Fell, ein flacheres Gesicht, mitunter eine recht statische Haltung, vor allem aber den aristokratisch-pikierten Blick, allerdings gemindert von den bürgerlich-freundlichen Zügen einer europäischen Mutter oder eines europäischen Vaters. Jedenfalls fragte ich den bewaffneten Mautmenschen, was er mit der Katze vorhabe.

»Geht dich nichts an«, sagte er.

Ich darauf: »Nein!«

»Was nein?«

»Der Kater gehört mir nicht, ich kann ihn nicht einfach hergeben.«

Nun, das war völlig korrekt. Denn genaugenommen, war Catman Eigentum jenes Konzerns, der auf der anderen Seite des Rollos den Raumflug zum Mars finanzierte und sich wiederum im Besitz einer gewissen Frau Tolong befand. Diese Katze war *ihre* Katze.

Klar, das konnte ich so nicht sagen. Weshalb ich vorgab, der Halbperser Catman würde meiner Tochter gehören. Ich fand es günstiger, von einer »Tochter« zu sprechen, obgleich ich in Wirklichkeit allein Söhne hatte. Aber dieser Mann von der Mautstelle mit seinem High-tech-Maschinengewehr schien mir empfänglicher für das Argument eines zu Hause auf ihre geliebte Katze wartenden Mädchens. Und tatsächlich, zu unser aller Überraschung, sagte er: »Schade.«

Dabei machte er ein trauriges, aber in dieser Traurigkeit auch verständnisvolles Gesicht. Und gab jetzt preis, er hätte die Katze gerne für seine eigenen Kinder gehabt, Haustiere seien heutzutage recht selten geworden, zumindest Katzen, die sich im Unterschied zu den Hunden aus Nidastat verabschiedet hätten. Aber natürlich würde er niemals einem kleinen Mädchen seine Katze wegnehmen.

Er nahm nun also doch das Päckchen, das der Fahrer nach wie vor aus dem Fenster hielt, und gab seinen Kollegen ein Zeichen, die metallene Schranke zu öffnen. Schaute aber noch einmal zu mir ins rückwärtige Fenster und drohte: »Wehe, ich komme irgendwie drauf, daß diese Katze gar nicht deiner Tochter gehört.«

Ich sagte: »Okay.«

Die Schranke glitt zur Seite, wir fuhren hindurch und erreichten über eine abschüssige Zufahrt eine der beiden dreispurigen Fahrbahnen. Gerieten ins gänzlich ungrüne Blau und Orange. Dazu die roten Rücklichter auf unserer Seite und das Scheinwerferlicht auf der Gegenseite. Alles sehr feierlich, vor allem auch, weil man in diesen Untertageverhältnissen weit weniger den teils traurigen Zustand der Automobile realisierte. Der Verkehr, wie man sagt, floß. Freie Fahrt. Dazu dieses typische Dröhnen, das Dröhnen eines funktionierenden Darms. Erst gegen Ende der Durchquerung gerieten wir in einen kleinen Stau, da die Wagen vor den diversen Aufzügen hielten.

»Welcher Seite gehört jetzt eigentlich dieser Tunnel?« fragte ich Béla.

»Keiner Seite, sondern denen, die den Tunnel betreiben. Das ist wie mit den Leuten, die Waffen produzieren. Die beliefern schließlich auch mehrere Parteien. – Übrigens, die Sache mit der Katze ... da würde ich jetzt wirklich vorsichtig sein. Diese Mautstellenleute nehmen alles sehr ernst. Hast du denn wenigstens tatsächlich eine Tochter?«

»Ich habe fünf Söhne«, bot ich an.

»Das ist kein Ersatz für eine Tochter.«

»Mag sein. Jedenfalls stimmt es, wenn ich gesagt habe, die Katze würde mir nicht gehören.«

Ohnehin war ich überzeugt, den Mann von der Maut niemals wieder zu Gesicht zu bekommen. Andererseits muß gesagt werden, daß es für Catman vielleicht besser gewesen wäre, in eine Nidastater Familie mit möglicherweise netten Kindern aufgenommen zu werden, anstatt weiter im Ausschnitt meiner Astronautenjacke ...

Ich vernahm in diesem Moment sein Schnurren, als könnte er Gedanken lesen und wollte mir sagen, daß er an »möglicherweise nette Kinder« nicht glaube. Dann lieber weiter mit mir und Béla durch etwas, was die Menschen als *dick und dünn* bezeichnen.

Endlich waren wir an der Reihe, einen der Aufzüge zu nutzen, der uns nach oben beförderte. Und auch der Ausgang funktionierte wie der Eingang zuvor. Durch eine Garagentüre gerieten wir auf die Straße und damit in jenen Teil der Stadt, in dem auch die Oritzkystraße lag. Das gesamte Quartier wurde noch immer von den einst Regierenden kontrolliert, war freilich in den vergangenen zwei Jahrzehnten ebenso wie die andere Seite der Stadt unter Beschuß gestanden und hatte deutlich an Glanz eingebüßt. Wobei sich auch an diesem Ort, je weiter man sich vom *Meer der kleinen Sünden* und damit von der Front entfernte, so etwas wie ein normaler Alltag zeigte: Menschen auf den Straßen, in den Läden, Restaurants, nur etwas besser gekleidet als auf der Gegenseite. Nicht, daß man ihnen den Krieg nicht ansah, den Mangel an sauberem Wasser und ausgewogener Ernährung. Die Haare auch der Schönheiten waren dünn, die Lippen auch der Schönlinge spröde. Ein Witzbold hätte es wohl so ausgedrückt, daß die Leute an diesem Ort ein wenig grüner waren, als das Grün des Lichts sie ohnehin machte.

Wenn zuvor unsere Führer die Läufe ihrer Gewehre in der Art von Fußballflaggen aus den Fenstern gehalten hatten, so waren diese nun zu ihren Füßen plaziert. Außerdem klebten sie eine Plakette an die Frontscheibe, eine Fälschung wohl oder gestohlen.

Erneut gerieten wir an eine Sperre. Diesmal war man jedoch weder an unseren Päckchen noch an unserer Katze interessiert, sondern verlangte unsere Ausweise. Ironischerweise trug ich tatsächlich eine Karte bei mir, die mich als Mitglied der Tolongschen Marsmission auswies. Was mich an einen alten Film erinnerte, der schon alt gewesen war, als ich ihn als Kind gesehen hatte. In diesem Film reist die Mannschaft eines Raumschiffs in die Vergangenheit, wobei einer ihrer Offiziere, dessen Englisch einen stark russischen Akzent besitzt, an Bord des amerikanischen Flugzeugträgers *USS Enterprise* in Gefangenschaft gerät und bei dem man eine ID findet, die ihn als Commander der Raumflotte der Föderation der Vereinten Planeten ausweist. Eindringlich versichert er, tatsächlich Commander einer solchen Einrichtung zu sein, und nennt seine Dienstnummer. Natürlich wird er von denen, die ihn verhören, zuerst für einen Spion, sodann für geisteskrank gehalten. – Und ist es denn nicht so, daß die Wirklichkeit – und um so mehr, als man nur einen Teil von ihr kennt – oft explizit geisteskrank anmutet? Vielleicht ist sie es ja auch. Jedenfalls konnte ich diesen Männern, die uns aufgehalten hatten, schwerlich erklären, als Nachtwächter auf einem Raumschiff namens *Villa Malaparte* zu dienen und dies mittels meiner Papiere auch beweisen zu können.

Man forderte uns auf auszusteigen.

Unser Fahrer machte ein ungarisches Geräusch, so ein Schnalzen, das gar nicht gut klang. Béla sagte nur: »Kopf runter!«

Was ich keinen Moment zu früh tat. Unsere drei Begleiter hatten zu ihren Waffen gegriffen und feuerten los, wobei blitzschnell der rückwärtige Teil des Wagendachs gleich einem Schleudersitz davonflog, die beiden Männer neben mir hochschnellten und, halb gedeckt, auf die völlig ungedeckten Gegner zielten. Soweit man von »zielen« sprechen konnte, wenn ein jeder wild feuert und eher das Prinzip des Zufalls über Leben und Tod entscheidet.

Ich saß jetzt zwar tief geduckt, sah aber durch die Lücke zwischen den Vordersitzen, wie auch Béla schoß. Und war überzeugt, er feuere mit derselben Pistole, mit der er vierzig Jahre zuvor Frau Leflors Schulter getroffen hatte. Das war damals die erste Schießerei meines Lebens gewesen, diese hier meine zweite.

Der Fahrer unseres Wagens startete, fuhr los, lenkte und schoß gleichzeitig, wich der Sperre aus und steuerte den Wagen über den Gehweg. Passanten sprangen zur Seite, gingen in Deckung, hielten sich die Hände über ihre Köpfe, schrien, fluchten, klagten. Wie man das von Statisten kannte. Anders war nur, daß wir kein Nummernschild hatten, das irgendein eifriger Zivilist hätte aufschreiben können.

Wir rasten durch die Straßen. Touchierten Gegenstände, wenn es denn Gegenstände waren. Ohne Rücksicht.

Wir entkamen.

Aber nicht ohne Verlust. Einer meiner Beisitzer war getroffen worden. Sein Oberkörper lag über dem verbliebenen Teil des Wagendachs, seine Beine baumelten neben mir herunter. Ich konnte an der Art, wie diese Beine hingen, bewegt allein vom Gerüttel der Autofahrt, erkennen, daß der Mann tot war. War er auch. Noch während der Fahrt warf sein Kollege ihn auf die Straße.

»Gott, das geht doch nicht!« beschwerte ich mich.

Béla drehte sich kurz zu mir. Sein Blick war Antwort genug. Es war der Blick des Arztes, der dem Kettenraucher erklärt, er hätte sich das früher überlegen sollen.

Zu viert fuhren wir weiter, durch enge Straßen, dann auch ein paar breite, schummelten uns in den normalen Verkehr hinein, vorbei an einem Kinocenter, einem Gerichtsgebäude, sodann einer riesigen Videowand, auf der Kriegsparolen sich mit einer Turnschuh- und Parfümwerbung vereinten: *My favorite fragrance*. Die Toten der Feinde hingegen mit Billigmarken an den Füßen und allein den Duft der Verwesung ausströmend.

Und dann ...

Ich erkannte das Haus, als wäre es gestern gewesen: dieses Pariser Flair, die schmiedeeisernen Brüstungen, die hohen Fenster, Blumendekor selbst im Krieg, Vorhänge, alles sehr bühnenhaft und verzaubert und selbst im Abbröckeln noch eine Noblesse: Oritzkystraße 12.

Um es gänzlich subjektiv zu sagen: ein Haus, wie ich mir

vorstellte, daß eine nach Frankreich ausgewanderte Englischlehrerin von strengem Sex-Appeal es bewohnen würde.
»Raus!« sagte unser Fahrer in präzisem Deutsch.
Wir gehorchten.

18

»So, jetzt ein Kaffee«, entschied Béla. »Aber ein anständiger!«

Er meinte das kleine Straßencafé schräg gegenüber dem Haus Nummer 12, ein Lokal, das man in meiner Welt wohl als »italienische Eisdiele« bezeichnet hätte. Tatsächlich verfügte der schlauchartige Raum zur Straße hin über eine Vitrine mit Speiseeis, wenige Sorten nur, Kriegssorten, dahinter eine alte, aber wunderschöne Espressomaschine, davor, auf dem Gehweg, orangene Plastiksessel und runde Tischchen mit braunen Überzügen. Aschenbecher, Zuckerstreuer, Gäste. Dazu zwei Kellner von eindeutig italienischem Aussehen – dieser Anflug von Sonne im Gesicht sowie der Eindruck, es handle sich um Brüder, auch wenn sie vielleicht keine waren, denn sobald italienische Männer zusammenstehen, meint man irgendeine Art von Bruderschaft zu erkennen – aber nirgends eine Flagge, nirgends die obligaten Längsstreifen von Grün, Weiß und Rot. Wie so oft in dieser Welt – der Welt jenseits des Rollos – schien sich das Nationale, wie ich es kannte, allein in charakteristischen Eigenheiten niederzuschlagen, aber nicht in politischen. Ungarn ohne Ungarn, Italiener ohne Italien.

Béla und ich ergatterten den letzten freien Tisch und bestellten zwei Espressos. Während ich eine Kriegsbrühe erwartet hatte, erwies sich der Kaffee als ausgezeichnet, sehr nussig, sehr kräftig, eine kleine Faust von Kaffee, eine Äffchenfaust.

Catman hatte ich neben mich auf den Boden gestellt und ließ ihn Wasser aus einer Schale trinken. Er schleckte in großer Eile.

Ich sagte: »Irgendwann braucht die Katze was zum Fressen.«

Béla erinnerte: »Wir könnten das Viech längst los sein.« Beschwichtigte dann aber: »Später kümmern wir uns darum. Niemand soll verhungern.«

Vorerst aber saßen wir in diesem Café und schauten hinüber zu dem Haus mit der Nummer 12. Ein Mann trat heraus, baute sich auf, breitbeinig, zündete sich eine Zigarette an. Er trug eine graue Livree. Noch immer war dieses Haus also bewacht. Auf die Entfernung hin meinte ich jenen Mann zu erkennen, dem ich als Zehnjähriger frech gegenübergetreten war und erklärt hatte, mit einer gewissen Helene die Hausaufgaben erledigen zu müssen. Bevor sich dann Helene als Labrador herausgestellt hatte. – Sicherlich, es konnte nicht der gleiche Mann sein, zumindest wenn die Menschen in der grünen Welt in derselben oder zumindest einer ähnlichen Weise wie in meiner ungrünen Welt älter wurden.

Stimmt, damals als Zehnjähriger auf meinen ersten Reisen durch das Rollo hatte ich gemeint, die Zeit würde in Greenland schneller vergehen. Nun, die Zeit vielleicht. Aber wenn ich etwa Béla betrachtete, schien er mir genau um jene vierzig Jahre gealtert, die ich meinerseits älter geworden war.

Wie auch immer, Leute kamen oder gingen, und der Livreemann hielt ihnen die Türe auf: zwei Mädchen mit Zöpfen, einem Herrn in Anzug und Krawatte, ein paar Frauen mit hohen Frisuren und sehr dünnen nackten Beinen. – Immer dieser Mangel an Strümpfen, wenn Krieg ist, als wär's eine Frage der Produktumstellung. Kugeln statt Nylon.

Und dann ...

»Das könnte ...« Béla griff in seine Tasche, nicht die, wo seine Pistole war, die andere, und zog einen Feldstecher heraus, genau einen solchen, wie die *Männer mit den scharfen Augen* sie besaßen, ein im Grunde handelsüblich aussehendes Gerät mittlerer Güte.

Béla manövrierte es vor sein Augenpaar, stellte das Glas scharf und vergrößerte auf diese Weise die Person, die soeben die Straße heruntergekommen war und sich, vor dem Haus stehend, mit dem Livreemann unterhielt.

Im Schatten der beiden Objektive bewegte sich Bélas Mund, wie er da leise sagte: »Das ist sie.«

Ich war in diesem Moment aber ganz auf das Fernglas konzentriert, fragte Béla, wo er das herhabe.

Er nahm es ab, blinzelte mich an und meinte: »Na, was denkst du?«

»Von denen? Wirklich?«

»Ja. Manchmal lassen sie eines fallen. Dann, wenn ihnen ein neues wächst.«

Ich war verwirrt. »Wer wächst?«

Béla erklärte: »Das funktioniert bei denen gleich einem Geweih.«

»Nicht Ihr Ernst!«

»Doch.«

»Und so ein *abgestoßenes* Fernglas kann man nachher ganz normal verwenden?«

»Kann man. Bei den Feldstechermännern ist es festgewachsen, aber für unsereins ist es eine simple technische Apparatur.«

Béla hob diese Apparatur wieder hoch, führte sie an seine Augen und bestätigte nochmals die Identität der Frau gegenüber: »Es ist Leflor. Älter natürlich, aber noch immer eine Schönheit, das muß man ihr wirklich lassen. Eine Frau wie fürs Kino geschaffen.«

»Darf ich mal sehen?« fragte ich.

»Mhm.« Er reichte mir das Gerät.

Ich nahm es nicht ohne ein gruseliges Gefühl in die Hand und hielt es mir mit einem noch gruseligeren vors Gesicht. Doch der Grusel sollte sich noch steigern. Nicht wegen der Nahsicht auf jene Frau, die in der Tat meine Erinnerung an Madame Leflor bestätigte, nein, was mich erschreckte, war das Gefühl, dieses Fernglas, dessen Metall meine Haut berührte – meine Wangen, meine Brauen, meine Stirn –, beginne mit ebendieser Haut zu verwachsen. Als würden Atome überspringen. Hin und her. Ich spürte eine Verbundenheit, wie man vielleicht sagt, daß zwei Tennispartner, die sich nach langer Zeit wiederbegegnen, einander sofort erkennen, und zwar allein an ihrer Spielweise.

»Verdammt!« rief ich und riß mir das Fernglas herunter.

»Was ist los?« fragte Béla.

Ich scheute mich, ihm zu erklären, was ich soeben empfunden hatte. Das beängstigende Gefühl einer angehenden Verschmelzung mit diesem Gerät, welches doch nie und nimmer etwas mit mir zu tun haben konnte, das aber dennoch ... Ich beeilte mich, Béla zu versichern, wie recht er habe: »Das ist Frau Leflor.«

»Sagte ich doch. Hat sich wenigstens gelohnt, die ganze Mühe. Was bin ich froh, diese Frau zu sehen!«

»Na, die Liebe Ihres Lebens war sie aber nicht, wenn ich mich recht erinnere. Allein wenn man bedenkt, für wen sie arbeitet.«

»Wenn du ein Pfeil wärst, Theo, so ein Dartpfeil oder der Pfeil beim Bogenschießen, wonach würdest du dich sehnen: nach einem anderen Pfeil? Doch wohl kaum. Eher nach der Zielscheibe, oder?«

»Sie ist also Ihre Zielscheibe.«

»Richtig.«

»Dann wären Sie ein Pfeil, der seit vierzig Jahren unterwegs ist.«

»So sieht es aus«, sagte Béla.
»Schön, wenn das Ziel so nahe ist.«
Ich verzichtete darauf anzumerken, daß Béla sein Ziel auf eine gewisse Weise bereits erreicht hatte, als er vor vier Jahrzehnten ein Projektil in Leflors Schulter befördert hatte. Doch er meinte es wohl anders. Ich reichte ihm das Fernglas.
Er sagte: »Kannst es behalten.«
»Nein danke!« Ich reagierte viel zu laut, viel zu scharf.
»War ja nur ein Vorschlag.« Er nahm das Gerät und steckte es zurück in seine Tasche. Dabei sah er mich forschend an. So wie jemand dreinschaut, der auf einem frisch gewaschenen Glas eine Spur von Lippenstift entdeckt. Gleich darauf schüttelte er mit einem Lächeln den Kopf und meinte: »Du hast Angst vor dem Ding, stimmt's?«
»Eine Scheißangst«, antwortete ich. Versuchte mich aber zu beruhigen. Nur nicht übertreiben! Vielleicht war es ja pure Einbildung, hervorgebracht von meinen angegriffenen Nerven – immerhin hatten wir soeben eine nicht ganz alltägliche Schießerei durchgemacht, jemand war gestorben, auf die Straße geworfen worden, wir waren in Höchstgeschwindigkeit durch die Stadt gerast. Vor wenigen Stunden war ich noch Nachtwächter gewesen und nun ... Trotzdem, diese erschreckende »Verbundenheit« mit dem Fernglas erinnerte mich an einen Gedanken meiner Kindheit, als ich mir vorgestellt hatte, wie ein ganz normaler Mann, ein gutmütiger Mensch, Familienvater, Staatsbediensteter, Sparer, Christ, Fußballanhänger et cetera, plötzlich erkennen muß, der leibhaftige Teufel zu sein. Ein Teufel, der schon so lange in der Tarnung des braven Spießers zugebracht hat, daß er für einige Zeit völlig vergessen hatte, wer er wirklich ist.

Und sind wir doch ehrlich: Ständig halten wir ängstlich Ausschau nach Dämonen und Monstern und Betrügern, und wenn unser Blick kurz einen Spiegel streift, streift uns auch ein halbbewußtes Moment der Erkenntnis.

Ist das dann eine *wahre* Erkenntnis oder eben eine Sache angegriffener Nerven?

Na, jedenfalls kam der Schweiß auf meiner Stirn jetzt weder vom Espresso noch von der Hitze.

Auch ohne Fernglas konnte ich beobachten, wie Leflor sich von dem Livreemann verabschiedete und das Haus betrat, in dem sie offenkundig noch immer lebte.

Wir warteten ein paar Minuten, dann winkte Béla dem Kellner und zahlte mit einem Schein, der wie Spielgeld aussah (aber das tut sowieso jedes Geld, *richtiges* Geld ist eigentlich ein Paradoxum, so wie echte Fälschungen oder trockenes Wasser oder die Phrase »um ehrlich zu sein«). Wir erhoben uns. Beinahe hätte ich Catman stehenlassen. Doch nach ein paar Schritten spürte ich einen Mangel auf meiner nur schwach behaarten Brust. Ich ging zurück, griff nach unten und stopfte mir die Katze erneut in den Ausschnitt meiner Raumfahrerjacke.

In einer autofreien Sekunde liefen wir über die Straße und betraten das Haus. Sofort stand der Livreemann vor uns. Wie auch vor vierzig Jahren zeigte er deutlich, eine Waffe zu tragen, indem er den Saum seines Jacketts hinter das Halfter geklemmt hatte.

Darum rief ich aus: »Déjà-vu!«

»Was?!« fuhr er mich an. Die Stimme wie damals. Der gleiche Ton. Die gleiche Verachtung im Ausdruck. Allerdings meinte ich nun doch festzustellen, daß er um einiges jünger war als der Türsteher meiner ersten Greenlandreise.

Ich fragte ihn, ob sein Vater hier gearbeitet habe. Ich hätte ihn gut gekannt.

Das »gut« hätte ich mir sparen können, aber sonst ...

»Mein Vater?!« blaffte er. »Mein Vater war niemals in Nidastat.«

»Toll, diese Ähnlichkeit«, fand ich und erwähnte den Mann, der vor vier Jahrzehnten und wohl noch einige Zeit danach in diesem Haus an gleicher Stelle gearbeitet habe. »Kannten Sie ihn?«

»Damals hatten meine Eltern noch nicht mal eine Idee von mir«, sagte er, vollzog eine abweisende Geste und wollte wissen, was wir hier zu suchen hätten.

Es reizte mich zu sehr. Ich sagte: »Wir sind wegen Helene da.«

»Ach ja, Helene also«, tönte er und fügte nun zu meiner Überraschung an: »Und Sie meinen also, Sie können einfach so zu Frau Leflor?«

Ich fing mich rasch und sagte: »Eigentlich schon.«

Béla kam dazwischen, erklärte: »Wir haben einen Termin, und wir haben nicht ewig Zeit, hier mit Ihnen herumzustehen.«

Die zwei Männer schauten sich fest an. Man konnte meinen, schmale, spitze Eiszapfen würden waagerecht aus ihren Augenpaaren wachsen. Die Zapfen tropften. Beide Männer faßten sich an ihre Waffen, so, wie man sich ans Herz faßt.

Ich schluckte, dann bat ich den Livreemann: »Rufen Sie doch einfach bei ihr an.«

Der Livreemann zögerte einen Moment, als hätte er Angst, uns seinen Rücken zuzudrehen. In der Tat bewegte er sich nun seitlich auf seine Theke zu, griff zum Hörer, wählte eine Nummer und sprach: »Frau Leflor, hier sind zwei Herren...«

Er unterbrach sich, hörte zu, nickte, legte den Hörer auf und erklärte grimmig: »Sie erwartet sie.«

Ich darauf: »Sagte ich doch.«

Im Grunde war es das gleiche kleine Streitgespräch zwischen uns wie vor vierzig Jahren, auch wenn der Livreemann meinte, ein anderer zu sein. (Der Verdacht ist ohnehin groß, daß gerade im dienenden Gewerbe manche Leute niemals ausgetauscht werden, nur scheinbar, nur in einem bürokratischen Sinn. Nicht die Personen wechseln, nicht die Funktionen, oft nicht einmal die Namen, nur die Versicherungsnummern. Und die Bediensteten selbst merken gar nicht, wie lange sie schon an einem Ort stehen. – Die eigentlich tragische Figur in Kafkas *Vor dem Gesetz* ist nicht der Mann vom Lande, der Einlaß begehrt, sondern der Türhüter, der ihm den Einlaß verwehrt und der bei aller Macht vollkommen blaß und unpersönlich bleibt und niemandes Herz rührt und der, obgleich Türhüter, nie über eine eigene Tür verfügen wird.)

Der Livrierte wies hinüber zum Aufzug: »Letztes Stockwerk.«

»Ich weiß«, sagte ich und zitierte seinen vermutlichen Vorgänger: »Top of the world.«

»Die Katze bleibt aber draußen«, bestimmte er.

»Ganz sicher nicht«, bestimmte ich zurück.

Er erklärte, im Haus herrsche ein absolutes Tierverbot. So sei das immer schon gewesen.

»Sie täuschen sich«, gab ich zur Antwort und bewegte mich mit dem Tier an meiner Brust Richtung Aufzug.

Erneut tropften Eiszapfen.

»Eine Katze«, gab ich zu bedenken, »sollte kein Grund sein, daß wir uns hier abknallen, finde ich.«

Der Livrierte murmelte etwas, nahm aber die Hand von der kleinen braunen Ledertasche, in der seine Pistole einsaß. Béla tat es ihm gleich. Wir betraten den Aufzug. Der Concierge blickte säuerlich hinter uns her. Eine Essiggurke von einem Mann.

Im Aufzug fragte ich Béla, ob er gewußt habe, daß Frau Leflor ebenfalls den Vornamen Helene trage.

Béla schüttelte den Kopf.

Wir genossen die kurze Fahrt in einer vollständig grünfreien Zone und verließen den Lift in der obersten Etage.

Die Türe zu jener Wohnung, in der einst Anna und ihre Mutter und die Labradorhündin Helene gelebt hatten und in der anscheinend seit vierzig Jahren eine Agentin der Feldstechermänner mit gleichem Vornamen residierte, stand weit offen.
»Gehen wir rein«, entschied Béla.
»Es könnte eine Falle sein.«
»Leflor weiß, daß wir kommen.«
»Spricht das gegen eine Falle?«
Er sagte: »Wir werden es gleich wissen« und betrat die Wohnung. Ich samt Catman einen Schritt hinter ihm.
Wir vernahmen Klaviermusik. Ich hätte jetzt nicht sagen können, ob es in der grünen Welt exakt die gleiche klassische Musik gab wie in der meinen – weil vielleicht die grüne Welt nicht immer grün und viele Jahrhunderte lang identisch der unseren gewesen war –, aber dieses ungemein rasch gespielte Stück erinnerte mich doch sehr stark an eine Komposition von François Couperin, sein Virtuosenstück *Le Tic-Toc-Choc*, das zu beherrschen mir als jugendlichem Klavierschüler unmöglich gewesen war. Leider hatte meine Mutter auf dem Klavierunterricht und den täglichen Übungen bestanden und mir damit viele Stunden meiner Kindheit und Freizeit geraubt. Sonst eine vernünftige Frau, hatte sie meine diesbezügliche Talentlosigkeit und mein Desinteresse an der Beherrschung eines in seiner Schwierigkeit sich gefallenden Instruments ignoriert. Mütter neigen allgemein dazu, dem Klavierspiel eine pädagogisch wertvolle, dem kognitiven Vermögen förderliche Qualität zuzuschreiben, und übersehen völlig den quälenden, destruktiven, die Liebe zur Musik eher zerstörenden Aspekt. Wobei es darum sowieso nicht geht: um die Liebe zur Musik. Die Liebe zur Musik konnte ich überhaupt erst entwickeln, als ich alt genug gewesen war, auf die Klavierstunden zu ... nun, ich hatte es unbedingt so ausdrücken wollen: darauf zu scheißen. Nicht ohne Diskussio-

nen mit der Mutter, die mich umzustimmen versuchte. Aber ich tat es und schiß darauf. Das Absurde wie Typische ist leider, daß ich später tatenlos zusah, wie auch meine fünf Söhne zum Klavierspiel gezwungen wurden, einer davon gerne, die anderen mit der gleichen Aversion, aber auch Gottergebenheit, ergo Mutterergebenheit, der ich selbst einst erlegen war.

Couperin also, möglicherweise. Möglicherweise dieses Tic-Toc-Stück, das ich in meinen Zwanzigern einmal in einer Internetaufnahme mit Grigory Sokolov gesehen hatte, wo einer der Kommentatoren so treffend gemeint hatte: »Look at those butcher hands dancing like butterflies on the keys.«

Russische Metzgerhände! Butterige Fliegengewichte!

Die Musik kam näher. Beziehungsweise bewegten wir uns auf die Musik zu, traten in einen hohen, hellen Raum, der an sich eine klassische Anmutung besaß, dank des schweren Kristallusters, der alten Gemälde an den tapezierten Wänden und des schwarzen Flügels in der Mitte, dahinter Frau Leflor, Helene Leflor, die aber nicht aufblickte, sondern mit einem eindeutig schmerzhaften Ausdruck im Gesicht auf die Klaviatur konzentriert war beziehungsweise auf die eigenen, über die Tasten schnellenden Finger. Dabei trug sie ein dunkel schimmerndes Abendkostüm, feierlich, wie zu einem Konzert. Aus dem tiefen Ausschnitt ragte ihr dünner, faltiger Hals, der mehr als alles andere ihr fortgeschrittenes Alter dokumentierte. Eine vom Leben gegerbte Halterung des Kopfes. Was freilich nichts an Leflors Schönheit änderte. Die Person war ins Alter gekommen, nicht die Schönheit, da hatte Béla schon recht. Auch muß man zugeben, daß Perlenketten – und eine solche trug sie – auf faltigen Hälsen viel besser zur Geltung kommen als auf glatten. Das ist kein subjektiver Eindruck, sondern durch die Realität bewiesene Wahrheit, die jeder überprüfen kann.

Ich erinnerte mich jetzt wieder, wie sehr ich diese Frau vom ersten Moment an gemocht hatte, ihre auch für einen Zehnjährigen so spürbare Noblesse, ihre souveräne Haltung noch im Schmerz. Ihrem Schmerz ob Annas Verschwinden. Niemals hätte ich glauben können, sie würde mir Theater vorspielen. Was aber ihre eigentliche Domäne gewesen war, die perfekte Schauspielerei.

War es nun genau dieser Schauspielkunst zu verdanken, daß sie derart angestrengt, geradezu verzweifelt hinter dem Klavier saß? Verzweifelt, obgleich ihr Spiel höchst gelungen klang und ich, indem ich einen weiteren Schritt tat, erkennen konnte, wie rasant und präzise ihre Finger über das Schwarz und Weiß der Tasten wirbelten, keine russischen Metzgerhände zwar, aber ähnlich schmetterlingshaft wie im Falle Sokolovs.

Und dennoch war da ...

Etwas stimmte nicht.

Etwas stimmte ganz und gar nicht.

Langsam begriff ich. Das Couperin-Stück – daran erinnerte ich mich noch – dauerte nicht sehr lange, zwei, drei Minuten vielleicht, doch Leflor spielte und spielte, nein ... nicht *sie* spielte, sondern das Klavier tat es. Das Klavier *spielte* Frau Leflor. Das ist kein Witz, keine allegorische Übertreibung, sondern ... das Instrument bewegte den Menschen, bestimmte die Geschwindigkeit und den Ausdruck. Die Tasten zogen die Finger an, verbanden sich für Sekundenbruchteile mit der menschlichen Haut – die Tasten schlürften die Finger richtiggehend –, warfen sie zur nächsten Stelle, wo sie erneut in eine kurze Gefangenschaft gerieten. Das Instrument kontrollierte nicht nur die beiden Hände, sondern die ganze hilflos auf dem Klaviersessel sitzende Person, die de facto an dieses Klavier gefesselt war, auch ohne Seil. Dennoch bestand die gleiche Situation wie bei Anna: ein vom Tempo einer Apparatur abhängiger Mensch.

War Frau Leflor in Ungnade gefallen? Oder gehörte das einfach zu den »Übungen« einer Agentin, die Macht jener zu spüren zu bekommen, für die sie arbeitete und die sich solcher Dinge wie Klaviere, Laufbänder und Schwimmhallen bedienten, um ebendiese Macht, diese sogenannte Dritte Macht, auszuleben? (Nein, ich stellte niemals einen Bezug zwischen der Dritten Macht der grünen Welt und dem Dritten Reich des Nationalsozialismus her, ich gehörte nicht zu denen, die hinter allem und jedem, was unheimlich war oder bösartig schien, einen Nazi zu entdecken meinten.)

Béla trat jetzt näher an das Klavier und die von diesem Klavier gespielte Frau Leflor heran. Offenkundig wollte er etwas unternehmen. Doch Leflor rief ihm zu, er solle das bleiben lassen, er könne nicht helfen. Schwer atmend forderte sie: »Haben Sie Geduld.«

Also hatten wir Geduld. Nach vierzig Jahren besaßen wir noch genügend Geduld, mehr als eine halbe Stunde zuzusehen, wie das Klavier die Verhältnisse umgekehrt hatte. Nur daß ein Mensch halt weit weniger robust ist als ein Klavier.

Dieses Klavier, vielleicht ein Bösendorfer, vielleicht ein Steinway oder Berliner Bechstein oder doch eine eigene grüne Marke – ich konnte wegen der rasend sich über die Tastatur bewegenden Finger den Gold auf Schwarz geprägten Namen einfach nicht erkennen, und als alles vorbei war, vergaß ich nachzusehen –, dieses Klavier also war zwar erbarmungslos, aber *spielte* den Menschen hervorragend. Das mußte man ihm lassen. Inspiriert, gläsern, vielleicht nicht ganz fehlerfrei, aber von Tiefe getragen, dem vergnüglichen, verspielten Stück eine verblüffende Traurigkeit abringend.

Und dann war es vorbei. Die Tasten gaben die Finger vollends frei. Leflor fiel.

Zusammen mit Béla war ich bemüht, die vom Sessel stürzende – quasi vom Klavier weggespuckte – Frau Leflor aufzufangen. Catman hatte ich zuvor ins Badezimmer gebracht und in die Wanne gestellt. Eine Badewanne war zwar kein Katzenklo, aber ich hoffte, er werde es als ein solches auffassen. Ich sagte allen Ernstes zu ihm: »Wir müssen jetzt alle improvisieren«, und ging zurück in den Klavierraum.

Und dort war ich nun mit Béla dabei, nach Frau Leflor zu greifen, bevor sie aufprallte.

Herrje, sie fühlte sich so leicht an, wie man sich vorstellt, Engel seien leicht. Fliegende Engel selbstverständlich, deren Knochen logischerweise hohl und luftgefüllt sind, sodaß diese Wesen insgesamt ein geringes Gewicht auf die Waage bringen. Denn nur, weil jemand ein Engel ist, muß er ja nicht unlogisch gebaut sein. Im Gegenteil. Und genau so fühlte sich die fallende und von vier Männerhänden in Obhut genommene Frau Leflor an, wie ein logisch aufgebauter Engel.

Wir halfen ihr auf das Sofa. Ihr Gesicht war in derselben Weise schweißnaß wie damals das von Anna. Als läge eine Ölschicht über der ganzen Haut.

»Meinen Fächer bitte!« verlangte die Dame, die wie meine Mutter um die Achtzig sein mußte. Sie zeigte zu einem kleinen Tisch.

Ich ging hinüber und holte ihn. Bevor ich ihn ihr aber gab, fragte ich: »Wo ist Anna?«

Leflor antwortete: »Im Kinderzimmer, wo sonst?«

»Im Kinderzimmer? Wieso denn? Anna ist kein Kind mehr.«

Leflor wiederholte: »Im Kinderzimmer.«

»Geh schon«, sagte Béla. »Ich bleibe hier und gebe auf Frau Leflor acht.«

Sie kommentierte kokett: »Wollen Sie mich wieder anschießen?«

Béla lächelte.

Ich erkannte jetzt die Narbe auf ihrer wegen des trägerlosen Abendkleids nackten Schulter. Ein Schönheitsfleck von der Größe einer Münze. Vierzig Jahre Heilung.

Béla zog das Fläschchen *Air* aus der Innentasche seiner Jacke und bot es Helene Leflor an. Sie nahm es und tat einen Schluck. Ihre Wangen röteten sich. Wie Rouge aus Zauberhand.

»Okay, ich schaue nach«, sagte ich, reichte Madame Leflor endlich ihren Fächer und ging los. Holte aber vorher Catman ab. Er hatte tatsächlich in eine Ecke gepißt und mußte dann auf den Wannenrand gesprungen sein, um nicht im eigenen Urin zu stehen. Letztlich war er in das breite, flache Waschbecken gewechselt. Dort saß er nun mit einem verlangenden Blick vor dem Wasserhahn. Dafür, daß er sich kaum bewegte, hatte er auffallend viel Durst. Nicht, daß ich mich mit Katzen auskannte. Und immerhin war er ja gerade noch eine Weltraumkatze gewesen.

Jedenfalls drehte ich leicht an. Mehr als leicht wäre auch gar nicht gegangen. So edel das Waschbecken, so bescheiden der Wasserstrahl und das Wasser. Catman jedenfalls schleckte eifrig.

Dann packte ich ihn zurück in meine Jacke, auf daß nur noch sein Superheldenkopf und seine beiden Vorderpfoten heraussahen, und begab mich hinüber ins Kinderzimmer. Annas Kinderzimmer. Ich entdeckte es mit einer Leichtigkeit, die nahelegte, mich in dieser Wohnung auszukennen. Nun, ich war ja auch nicht das erste Mal hier. Vor vierzig Jahren hatte ich in diesem Zimmer eine Nacht verbracht und in Annas Bett geschlafen.

Ich öffnete die Türe, auf der eines dieser typischen Erwachsenenverbotsschilder aufgeklebt war. Mama und Papa durchgestrichen.

Es war offenkundig, daß dieser Raum in all den Jahren erstens nicht verändert und zweitens gepflegt worden war. Wofür allein Madame Leflor oder eine von ihr beschäftigte Hilfskraft verantwortlich sein konnten. Es herrschte die bekannte Buntheit und Fülle solcher Zimmer, eine geordnete

Ansammlung von Spielsachen und Dekor, die Möbel zwergenkompatibel, auf dem Bett eine geschlossene Reihe von Kuscheltieren, an der Wand Poster. Allerdings keine Pferdeposter. Auch keine Poster mit »süßen Jungs« drauf. Sondern mit Helden von der Art, die immer den Krieg und den Kampf und den Gegner suchen. Wie Béla es nannte: Pfeile, die sich nach Zielscheiben sehnen.

Das war ein Kinderzimmer, keine Frage, aber eigentlich ... es wirkte viel eher als das eines Jungen.

Ich schloß die Türe hinter mir und stellte mich in die Mitte, dort, wo der Teppichboden eine helle, runde Scheibe bildete. Mich im Kreis drehend, fragte ich: »Anna? Anna, bist du hier?«

Ich horchte. Vielleicht würde ich sie atmen hören. Aber da waren allein Catmans Katzenschnaufen und meine eigene Nasenatmung. Ich rief lauter: »Anna!?«

Meine Vermutung war, daß sie sich versteckte, meine neunundvierzigjährige Schwester. Oder versteckt wurde. Ich kniete mich hin und schaute unter dem Bett nach. Nichts. Ich blickte hinter die dünnen Vorhänge, die das Grün röteten. Nichts. Dann ging ich zum Schrank ...

Ein im Gegensatz zu den anderen Möbeln mannshoher Kasten, in den gut und gern zwei von den Feldstechertypen gepaßt hätten. Ich öffnete die Türen nicht ohne Furcht. Der Schrank ist das Grab der Lebenden.

Da hing Kleidung, Kinderkleidung. Mäntel, Hemden, Hosen, ein Skianzug, eine Regenjacke. Ich faltete meine Hände wie zum Gebet, griff in die Mitte und schob die Sachen auseinander, um auf die dunkle Rückwand zu sehen. Ich stellte meine Augen schärfer. Aber auch hier war nichts, nur eine hölzerne Fläche, eine vermutlich dünne Platte. Dünn genug jedenfalls ... denn ich vernahm jetzt ein Geräusch hinter dieser Wand. Das konnte natürlich aus dem Nachbarraum oder einer Nachbarwohnung stammen, aber dieses Dröhnen ... es war mir vertraut: das Lärmen eines Laufbands. Das unverkennbare Surren der Maschine, dazu die rasche Folge von Stößen gegen das Band beziehungsweise die unter dem Band liegende Platte, die sich aus dem regelmäßigen Aufprall zweier Füße ergaben. Und jetzt auch das Keuchen der laufenden Person. Aber ... Ich fand, es war das gleiche Keuchen wie damals im Strandhaus, das Keuchen eines Kindes. Ein – selbst wenn das komisch klingt –, ein *kleines* Keuchen. Wie ja auch das Schnarchen der Kinder oft *klein* ist. (Klar, viele Eltern werden jetzt sagen: Na, da sollten Sie mal unseren Sohn oder unsere Tochter hören.)

Faktum war, daß ich Anna schon lange nicht mehr keuchen gehört hatte. Reden, lachen, Whisky schlucken, das schon, aber nicht keuchen. Ihr erwachsenes Keuchen war mir unbekannt. Dennoch war ich überzeugt, daß nur sie – kleines Gekeuche hin oder her – es sein konnte, die sich hinter der Rückwand dieses Kleiderschranks befand und in dieselbe Situation wie vor vierzig Jahren geraten war.

Ich hätte Béla rufen sollen.

Tat ich aber nicht.

Ich hätte zumindest Catman aus meiner Jacke holen und ihn in das gemütliche Kinderbett setzen sollen.

Tat ich ebenfalls nicht.

Stattdessen riß ich die Kleider aus dem Kasten, nahm ein paar Schritte Anlauf, kreuzte die Arme auf Brusthöhe, schob die rechte Schulter nach vor und rannte los.

Ich hätte mir die Schulter brechen können. Oder Catman das Genick. Aber es war die Wand, die brach. Die Nägel lösten sich, die ganze Platte gab nach, fiel um. Und ich mit ihr. Hinein in ein vollkommen ungrünes Schwarz.

19

Als ich mich erhob, stand ich noch immer in absoluter Dunkelheit. Meine Schulter schmerzte. Ich faßte mir an die Brust, besser gesagt, ich faßte Catman an die Brust. Er lebte. Und auch Lucian lebte. Ich spürte ihn jetzt recht deutlich gegen meine Hüfte drücken. Nicht, daß er reden konnte, aber er gehörte zu den Wesen, bei denen man sich gut vorstellen konnte, was und wie sie sprechen würden, hätten sie können. Wie damals unter Wasser. (Während es umgekehrt Leute gibt, die zwar reden können, man aber nie weiß, was sie eigentlich sagen, und deren Stimme zu beschreiben einem die Begriffe fehlen.)

Anders Lucian. Ich hatte eine genaue Vorstellung von der gleichzeitig entschlossenen wie gutmütigen Weise, mit der er verlangte: »Hol mich raus, alter Freund!«

Und das tat ich, zog ihn hervor, hielt ihn vor mich in die Schwärze hinein und folgte seinem leichten Zug durchs Dunkel.

Schritt für Schritt näherte ich mich dem Geräusch des Laufbands und dem Keuchen der Person auf diesem Laufband. Und plötzlich ein erstes Licht, ein Dämmern. Ich erkannte nach und nach die leeren Wände, den leeren Boden, über den ich vorsichtig schritt, dann aber, am Ende dieses Raums, seitlich gestellt, ein Fernsehgerät auf einem Stuhl. Genau so, wie man es aus der Kunst kannte, der historischen

Videokunst: ein alter Sessel, ein altes Fernsehgerät, der Eindruck des Fettigen und Abgegriffenen, dazu ein Geruch von verschmortem Kunststoff. Ein Film lief. Ich erkannte Anna, Anna als Neunjährige auf dem Laufband, um ihr Leben rennend. Aus zwei Boxen, die über dem Fernseher hingen, drangen die vierzig Jahre alten Geräusche der Maschine und des Kindes.

War's das? War *das* also das Ende? Videokunst?

Schaute so die Hölle aus? Eingesperrt sein in ein trostloses Museum mit einer stinkenden Installation? Ohne Katalog? Ohne die Hilfe einer supergescheiten Kunsthistorikerin? War der Ort der Verdammnis somit das, was die Spießer der Videokunst so gerne vorwarfen: unverständlich?

Ich atmete auf, als ich eine Türöffnung bemerkte, die in der fortlaufenden Dämmerung sichtbar wurde. Ich trat hindurch, passierte einen weiteren leeren Gang und geriet endlich ...

Nicht in die Hölle, sondern in die Küche.

Jedoch nicht die Küche des Strandhauses, in der ich einst Lucian entdeckt hatte, sondern in die Küche des Hallenbades unter dem Strandhaus. Aber stark verändert. Nicht nur, daß auch in diesem Raum der grüne Schein fehlte, schienen die Oberflächen sich in morsches Holz verwandelt zu haben. Wobei allerdings etwas vom Grün im Holz steckte, so, als wäre das Licht ins Holz eingesickert. Wie Blut. Grünes Blut. Blut von gestern. Jedenfalls besaßen die Flächen die Konsistenz bröckeliger Rinde: der Herd, die Fritteuse, das Geschirr, die Messer. Sodaß allein Lucian die metallene Frische seiner Art verkörperte.

Und auch der Tisch wirkte morsch. An ihm saß ein Mann, der aber immerhin nicht aus Holz war. Ein Mann ohne Feldstecher, dafür mit Kochmütze.

Als ich Maître Felix das letzte Mal gesehen hatte, mußte er schon etwas über Sechzig gewesen sein. Das heißt, er zählte jetzt mindestens hundert Jahre. Was natürlich immer noch ein realistisches Alter war. Allerdings gab mir zu denken, daß sämtliche Figuren, denen ich auf meinen früheren Reisen durch die grüne Welt begegnet war, weiterhin lebten. Das mochte ein Zufall sein, aber ...

Nicht, daß ich den einstigen Haubenkoch, der mir vor vier Dekaden einen Vortrag über das deprimierende Eßverhalten von Badegästen gehalten hatte, an seinem Gesicht erkannte. Nein, ich wußte es einfach. Wer anders konnte es sein, der inmitten dieser Schwimmbadküche saß und noch immer eine erstaunlich weiße Chefkochjacke trug? Vor ihm auf dem Tisch lagen mehrere Fritten, auch sie deutlich gealtert und verholzt. Das verrauchte Gelb gräulich. Die einzelnen Stücke waren zu einem Muster angeordnet. Mehrere Reihen von Fritten. Vielleicht ein Spiel, vielleicht aber ein Plan oder der Plan eines Labyrinths. Vielleicht die Nachbildung eines abstrakten Gemäldes. Oder eine vollkommen bezugslose Komposition. Fritten jedenfalls. Gehaßte Fritten, wie ich mich erinnern konnte.

Vor allem aber fiel mir jetzt wieder ein, was für ein phantastisches und phantastisch schmeckendes belegtes Brot mir dieser Mann aus den bescheidensten Zutaten zubereitet hatte. Aus Scheiben von hartem Ei und einer schlappen Frühlingszwiebel.

Ich sagte: »Ich bin hungrig. Und die Katze auch.«

Der Greis wandte jetzt seinen Kopf in meine Richtung und betrachtete mich aus sehr kleinen, wässrigen Augen. Dann fiel sein Blick auf das Messer, das ich ja fortgesetzt von mir gestreckt in der Hand hielt. Leben kam in sein Gesicht. Ein Gesichterleuchten. Kleine Lampiongirlanden zwischen den Falten. Er sprach mich an: »Fabelhaft, du hast noch immer das Messer.«

Wie auch bei Béla, schien ich für ihn weiterhin der Junge zu sein, den man duzte.

Ich nickte, machte einen Schritt nach vorn und hielt ihm Lucian entgegen.

Er erhob sich, nahm das Messer und betrachtete es. Feuchtigkeit trat aus seinen Augen, eine kleine Schneckenspur. Ich sah seine Dankbarkeit. Wie jemand, der unerwartet noch ein Mal seiner Geliebten oder seinem Geliebten begegnen darf.

Auf seinen hundertjährigen Beinen bewegte sich Meister Felix hinüber zum Kühlschrank. Auch dieser hölzern, fast schwarz, verbrannt, was mich nun sehr an die erste Küche erinnerte, in die ich vor vierzig Jahren gelangt war, um in ihr ein erstaunliches Messer zu entdecken. – Diese ganze Küche hier wirkte auf mich als eine Summe *aller* Küchen. Wenn man sämtliche Küchen auf der Welt, der grünen wie der nichtgrünen, zusammentat, zusammenpreßte, immer dichter, dann bekam man genau den Raum, in dem ich nun stand und mich fragte, wie es wohl im Inneren des Kühlschranks aussehen werde. Mumifizierte Zwiebeln? Seit Jahrzehnten abgelaufener Senf? Oder etwa ein schwarzes Loch wie einst: schwärzer als schwarz und tiefer als tief? Eine Lücke im Universum?

Nichts davon. Sondern Erstaunen und Erleichterung, als der alte Felix das Gerät öffnete und einen gut gefüllten, hell beleuchteten Inhalt präsentierte. Offenbar frische Ware, in einem weit besseren Zustand als beim letzten Mal: das Rot des Paprika, das einfache, ungegrünte Grün der Gurke, das Orange der Karotte, die Todesfarben der Salami, das glänzende Alte-Meister-Braun auf einem Stück Leber, vanillefarbener Spargel aus dem Glas und ein Behältnis mit Mayonnaise, deren Goldgelb aus einem Rembrandt-Gemälde zu stammen schien, als spiegelte sich eine Rüstung. Wehrhafter Dotter. – Selbstgemachte Mayo, wie der alte Mann betonte.

Nachdem er alles auf einer Arbeitsfläche sorgsam aufgebaut hatte, sagte er: »Zuerst die Katze, dann du. Ich mach dir wieder so ein belegtes Brot. Ich habe es in der Zwischenzeit perfektioniert. Vor allem die Mayonnaise. Da ist jetzt mehr eine Droge als eine Sauce. Und eine Droge wirst du brauchen.«

»Wie meinen Sie das?«

Während er begann, mit Hilfe von Lucian das Stück Leber in kleine katzenmaulfreundliche Portionen zu schneiden, erklärte er, daß man drüben in der Schwimmhalle bereits auf mich warte. Und es ganz sicher kein Nachteil wäre, eine kräftigende – eine in jeder Hinsicht stimulierende – Mayonnaise vorher verzehrt zu haben.

Worauf ich meinte: »Dann sollte ich vielleicht die ganze Mayo...«

»Hast du nicht zugehört, ich sprach doch von einer Droge. Willst du kämpfen oder explodieren?«

»Ich will meine Schwester finden.«

»Also kämpfen«, schloß Felix und schob die Stückchen von Leber auf einen kleinen Porzellanteller, der aussah, als hätte er lange als Untersatz für einen Blumentopf gedient.

Der Meisterkoch stellte den Teller auf den Boden. Ich stellte Catman dazu. Der halbe Perser gab ein kurzes, fast tonloses Miauen von sich, dann schlug er seine Zähne in das rohe Fleisch.

»Und jetzt dein Brot«, versprach der Koch und begann, die einzelnen Teile zu präparieren, wobei er das Gemüse, das eigentlich bereits recht sauber wirkte, in eine Schüssel mit Wasser tat, Wasser, das gut und gerne von der Fußwaschung einer Kindergartengruppe hätte stammen können. Aber ich wagte nicht, etwas einzuwenden. Felix war hier der Meister und wußte sicher, was das Richtige war. Nicht zuletzt, indem er den alten Toaster in Betrieb setzte und in bewährter Manier zwei Scheiben von Brot in die Fächer gleiten ließ.

Ich lachte.

»Warum lachst du?«

»Verzeihen Sie, aber das Brot sieht nicht ganz frisch aus.«

»Es ist altes Brot, uraltes, das stimmt«, gestand Felix, »aber das ist eben der Vorteil von diesem Toaster ... Wie soll ich sagen? Daß er das Brot wiederbelebt.«
Wieder lachte ich.
»Lachst du den Toaster aus oder mich?«
»Nein, verzeihen Sie, aber es ist schon komisch: ein Toaster, der altes Brot zum Leben erweckt.«
»Wäre es weniger komisch, wenn das Brot ein Babymammut wäre und der Toaster eine Maschine zur Entnahme einer brauchbaren DNA-Probe?«
Stimmt, der Wissenschaft war es zwischenzeitlich gelungen – offensichtlich in beiden Welten –, mittels tiefgefrorener Mammuts neue zu züchten. Die sich auch noch rasant vermehrten. Weshalb es bereits Abschußgenehmigungen und Mammutfleisch auf mancher Speisekarte gab.
Ich hörte auf zu lachen, hob entschuldigend die Hände und wiederholte: »Ich habe einen Riesenhunger.«
»Gut«, antwortete Felix, holte das gewaschene, vielleicht auch kultisch verunreinigte Gemüse aus der Schüssel, schnitt Streifen herunter, schnitt zudem ungemein dünne Blätter von der Salami, sagte auch gleich, daß eine derartige Präzision ohne ein Messer wie Lucian undenkbar wäre, ein Messer, welches die Zittrigkeit seiner Hände ausgleiche, indem es eben weniger diesen Händen und mehr den Gedanken des Kochs folge. Etwas, wozu die Roboter unserer Tage noch immer nicht fähig seien: Gedanken zu lesen, Gedanken zu folgen. Manches Küchengerät aber könne das.
Das solcherart gelobte Messer wirkte jetzt frischer und jünger denn je. Sein Klinge blendete derart, daß ich kurz zur Seite sehen mußte.
Während auf diese blendende Weise geschnitten und zerteilt und gehackt wurde, fragte mich der »ewige Koch«, ob ich mich eigentlich je gefragt hätte, was es gewesen sei, was meine Mutter den Feldstechermännern gestohlen habe.

»Meine Mutter?« Ich schüttelte den Kopf und sagte: »Sie meinen doch Annas Mutter, oder?«

»Na, das ist ja wohl ein und dieselbe Person.«

Stimmt, drüben in der anderen Welt waren Anna und ich Geschwister und hatten die gleiche Mutter. Aber hier ... hier war es doch anders gewesen. Oder nicht?

Ich sagte: »Wissen Sie, ich habe vierzig Jahre nicht an diese Geschichte gedacht.«

»Komisch«, sagte Felix, »ich habe in den vierzig Jahren ständig daran gedacht und auch einige andere Leute, und natürlich unsere Freunde mit den Feldstechern. Nur du nicht, um den es eigentlich geht.«

»Wie meinen Sie das?«

»Hast du's noch immer nicht begriffen? Du selbst, Theo, bist das Diebesgut. Du bist es, der gestohlen wurde. Kam dir das nie in den Sinn?«

»Blödsinn!« sagte ich. »Ein Kind wird den Eltern genommen, der Mutter, dem Vater, und nicht umgekehrt. Nicht den Entführern.«

»Du hältst die Feldstechermänner für Entführer?«

»So sieht es für mich aus. Diese Leute haben sich damals Anna geholt. Und jetzt offenbar wieder.«

»Nicht persönlich«, sagte Felix, »aber sie gaben den Auftrag.«

Richtig, den Feldstechermännern fehlte trotz ihrer enormen Macht die Fähigkeit, ein grünes Rollo zu durchschreiten. Weshalb sie Agenten benötigten, die dazu durchaus in der Lage waren. Agenten wie Madame Leflor. Leflor, die wahrscheinlich ebenfalls vierzig Jahre hatte warten müssen, bevor wieder ein Rollo in ihrer Nähe aufgetaucht war, durch das sie hatte übertreten können. Um dann festzustellen, daß ich mich auf dem Weg zum Mars befand. Und sie darum auf die Idee kam – nicht zum ersten Mal –, sich Anna zu greifen. Anna, den Lockvogel.

»Sie meinen wirklich, es geht um mich?« fragte ich Felix.
»Es geht um dich.«
»Und warum?«
»Du gehörst ihnen. Du warst einer von ihnen, ein Teil des Ganzen, das sie darstellen. Und jetzt fehlst du ihnen. Seit vierzig Jahren fehlst du ihnen.«
»Blödsinn!« wiederholte ich.
»Du weißt, daß es kein Blödsinn ist.«
»Was ist mit meiner Mutter?«
»Deine Mutter konnte genau das nicht akzeptieren. Darum wurde sie zur Meisterdiebin. Sie hat ein Kind, das nicht mehr das ihre war, geraubt und ist durch das Rollo geflohen.«
»Ach was! Warum versuchen Sie mich dann zu retten? Sie sind doch einer von der Rettung, nicht wahr? So wie Béla.«
»Nun, um ehrlich zu sein, Theo, es ist Anna, die wir zu retten versuchen. Nicht dich.«
»Und wieso machen Sie mir dann diese Brote?«
»Na, weil du Hunger hast. Ich bin hier der Koch, schon vergessen? Du wirst Kraft benötigen. Es wäre uns nicht geholfen, würdest du mit einem Loch im Magen jetzt nach drüben schwanken.«
Sagte er und schenkte mir ein Lächeln.
Zwei »reanimierte Brote« schnellten aus dem Toaster. Der »ewige Koch« griff nach ihnen und beförderte sie auf die Schneidfläche. Er blies sich auf die Finger und sagte: »Heiß!« Wie Kinder das sagen, wenn sie ihr erstes Wort sprechen. »Heiß!« oder »Kalt!« oder »Nein!«
Es ging nun alles sehr rasant, als wäre auch diese Rasanz notwendiger Teil des Gelingens. Vor meinen Augen wuchsen die Schichten übereinander: das Gemüse, die Wurst, sehr dünne Scheibchen zweier Weintrauben, noch dünnere Scheibchen getrockneter, kurz angebratener Pilze und zuletzt unter Lucians Schneide zerhackter Schnittlauch, winzig wie Nebel-

tröpfchen, mehr ein Dunst aus Schnittlauch, der nun oben auflag und auf den Felix ein am Rand eingeschlagenes, flaches Salatblatt setzte und somit die Schwebeteilchen zudeckte. Und wieder nahm er einen Pinsel, tauchte ihn in die Mayonnaise und verstrich die Sauce über das ebene Salatfeld. Nicht ganz so künstlerisch wie vor vierzig Jahren, auch fehlte der abschließende Tropfen steirisches Kürbiskernöl; offensichtlich hatte nicht alles die Zeit überdauert und war auch nicht alles wiederbelebbar. Dafür aber gab es eine größere Menge Mayonnaise. Mehr Droge!

So entstanden zwei dick belegte Brote, die Felix mir auf einem Brett servierte. In seinem Greisengesicht war großer Stolz und große Erschöpfung. Es war unverkennbar, daß er nicht mehr lange leben würde und auch gar nicht wollte. Daß auch die Ewigkeit an ihre Grenzen stieß. Felix hatte diese beiden Brote kreiert, die letzten und wichtigsten. Jetzt war er frei. Frei, mit dem Atmen aufzuhören, möglicherweise frei, für jemand anders zu kochen. (Er war genau der Mann, von dem man sich gut vorstellen konnte, wie er für Gott kochte, und wie auf diese Weise endlich eine Versöhnung zwischen den Menschen und jener Macht erfolgte, die gleichzeitig mit ihr entstanden war.)

Maître Felix starb nicht sofort, natürlich nicht, aber während ich nach den Broten griff, verstummte er völlig, kehrte zurück an seinen Tisch und ...

Wie hatte ich es zuvor beschrieben? *Immerhin, der Mann war nicht aus Holz.* Nun, genau das änderte sich soeben.

Klar, ich war verwirrt ob der Eröffnung, ein Teil der Dritten Macht zu sein. Ein gestohlener Teil, ein seit vierzig Jahren entlaufenes Mitglied dieser engverbundenen Männer mit Feldstechern vor den Augen. Wozu allerdings ganz gut das Gefühl paßte, das ich gehabt hatte, als ich, in der italienischen Eisdiele sitzend, ein Fernglas vor meine Augen gehalten und den befremdlichen Eindruck einer Zugehörigkeit empfunden hatte. Wie ein Antisemit, der plötzlich erfährt, jüdischer Abstammung zu sein.

Aber nein! Der Koch Felix mußte es in einem übertragenen Sinn gemeint haben. Wie auch immer übertragen. Außerdem war er ein richtig alter Mann, zwar noch immer ein phantastischer Koch, aber möglicherweise verwirrt, was diese ganze Geschichte anging.

Ich sagte mir: Ich bin Astronaut und eigentlich auf dem Weg zum Mars.

Wie gut, daß jetzt mein Hunger sich erneut meldete und mir genau dadurch ein Gefühl von Normalität gab.

Für einige Minuten sperrte ich mein Gehirn ab und war einzig und allein ein Essender. Glücklich mit diesen beiden Broten.

Daß jedes Glück ein Ende hat, ist eine banale Einsicht. Aber trotzdem eine. Ich fuhr mit der Zunge über meine Lippen, wischte mir mit dem Handrücken über den Mund und beugte mich sodann zu dem ebenfalls gesättigten Catman hinunter, den ich wieder zwischen Jacke und Brust verstaute. Ich dankte dem alten Mann, der mich nicht mehr hörte, nahm Lucian von der Arbeitsfläche, steckte ihn ein und bewegte mich – dank Messer und Katze ein kompletter Mann, zudem den Mut spürend, den mir eine gelungene Mayonnaise beschert hatte – hinüber ins Schwimmbad.

20

So wie das Strandhaus, wie Nidastat, wie die Küche des sterbenden Herrn Felix – auch er ein Mitglied der Rettung, offenkundig sogar ein höherstehendes als Béla –, so hatte gleichfalls die Schwimmhalle sich stark verändert. Dennoch erkannte ich sie wieder, die vielen kleinen Sprudelbecken um den einen großen, geschwungenen Pool, an den seitlich ein paar lagunenhafte Kanäle sich anschlossen. Diese ganze Badelandschaft unter einer hohen gläsernen Kuppel.

Beim letzten Mal war hinter den Scheiben zu meiner Überraschung eine winterliche Gegend zu erkennen gewesen. Jetzt aber waren die Fenster das, was man *blind* nennt. Nicht Milchglas, sondern Nebelglas. Auch hier mangelte dem Licht das Grün und war dafür in sämtliche Materialen eingesickert. Jede Wand, jeder verlassene Liegestuhl – denn Badegäste gab es keine –, jede Fliese besaß einen braungrünen Ton, gleich den Schalen reifender Avocados. Dazu kam, daß alles den Eindruck einer Versteinerung und Verkalkung machte, durchlöchert und großporig und zerschunden. In dem mit klarem Wasser gefüllten Becken waren dann tatsächlich die Kalkskelette abgelagerter Korallen zu sehen, genau solche wie einst auf der unteren Hälfte des Rollos in meinem Kinderzimmer. Nur daß auch diese Korallen vom Grün nicht mehr beschienen, sondern vom Grün *befallen* waren. Etwas helleres Grün, manchmal nahe am Bläulichen, dann wieder nahe am altmeisterlichen Mayonnaisegelb. Das Ganze eine »Knochenhalde der Blumentiere«.

Sosehr die Badegäste fehlten – vielleicht einfach, weil sie alle im Krieg waren –, die Palmen standen noch immer da, dazu eine Bar mit einem hütchenartigen Strohdach, darunter eine Theke aus Bambus, davor hohe Hocker, nach hinten hin eine gläserne Wand, vor der die Spirituosen in der obligaten Weise aufgereiht waren. Schöne Flaschen, jede das eine versprechend: den Geist in der Flasche.

Um diese Bar herum, nach hinten wie nach beiden Seiten, standen sie, die Männer mit den Feldstechern. Dichter und enger, als ich es je gesehen hatte. Und obgleich sie wie beim letzten Mal alle Badehosen trugen und der Teint ihrer Haut noch immer ausgesprochen blaß zu nennen war – blaß in der Art von Hühnerfleisch, auf dem jemand mit einem grünen Filzstift herumgestrichelt hat –, wirkten sie in der Masse vollkommen schwarz. So hell der einzelne, so dunkel die verschmolzene Gemeinschaft. Der einzelne Mann mochte noch einen Rest von Licht in sich tragen, die Gruppe als Ganzes war dort angelangt, wo das Universum zu Ende ging. Denn diese Wahrheit war mir auch schon klargeworden, daß, wenn die *Männer mit den scharfen Augen* vor aller Zeit entstanden waren, sie auch jenen Abschluß bilden würden, der nach dem Ende kam. Wie hatte Béla es ausgedrückt: »Das Nichts als Etwas.«

Kein pures Vergessen, eher pures Erinnern.

Sobald ich eingetreten war, hatten sich sämtliche Männer gleichzeitig zu mir hingedreht.

Ich sagte allen Ernstes: »Hallo!«

Was erwartete ich? Ein nettes Gespräch?

Nun, was ich wirklich erwartet hatte, war gewesen, Anna im Becken zu sehen. Erneut als gefangene Schwimmerin gegen das Ertrinken ankämpfend. Was aber nicht der Fall war. Vielmehr befand sie sich als einzige Person auf einem der Barhocker und hielt ein Glas in der Hand. Auf die Entfernung hin hätte ich nicht sagen können, was sich darin befand, war aber überzeugt, Apfelsaft oder ähnliches ausschließen zu können.

Darauf war ich nicht vorbereitet gewesen. Ich hatte gedacht, jeden Moment Lucian erneut herauszunehmen, mich auf irgendeine Art von Überwasser- oder Unterwassermaschine einlassen und Anna von einem Seil herunterschneiden zu müssen. Stattdessen ...

Ich stieg die Stufen abwärts, die zum Becken führten, an dessen oberem Bereich die Bar als tropisches Konstrukt aufragte. Sofort bewegten sich die Feldstechermänner in der altbekannten Art auf mich zu: unmerklich, schwebend, gleichzeitig langsam wie unerbittlich, zudem von beiden Seiten, überhaupt schienen es mehr zu sein als bei den vergangenen Malen. Beziehungsweise waren einige, einzeln betrachtet, deutlich in die Breite gegangen. Das Gewicht der Männermasse – man stelle sich vor, wie sie gemeinsam auf eine sehr große Waage steigen – hatte in vierzig Jahren zugenommen. So gesehen, waren sie sogar als »normale Männer« zu bezeichnen.

Ich mußte bezweifeln, daß Anna hier bloß gemütlich bei einem Gläschen geliebtem Whisky saß. Eine umsorgte Gefangene mit einem Zwölfjährigen aus Schottland in der Hand.

Also setzte ich meinen Weg fort. Sah die Männer nicht nur näher kommen, registrierte nicht allein die Kälte, von der Béla berichtet hatte und von der ja allgemein gerne berichtet wird, wenn es um jenseitige Erscheinungen geht, sondern ... da war noch etwas anderes. Eine Berührung. Eine Berührung des Herzens. Als führe ein Finger tief in mein Inneres. Dazu eine merkwürdig zarte Übelkeit. Dieselbe, die man bei seinem ersten Kuß empfindet, einem Kuß, dem man dann ein Leben lang hinterhertrauert.

Ich schaute hinüber zu Anna. Hinter der Theke entdeckte

ich jetzt den Barkeeper, einen schlanken Mann mit Anzug und Krawatte, extrem gutaussehend, schön steif, mit einer glänzenden Frisur, die anmutete, als wäre jedes einzelne Haar akkurat an das Nachbarhaar gefügt worden. Seine Frisur wirkte wie eine Entsprechung zu den dichtgedrängten Feldstechermännern.

Der Barkeeper schenkte ein.

Ich kannte Annas Art zu trinken. Ihre tiefe Zufriedenheit dabei, das Glück, das ihr der Alkohol beschied. Und wie gut es ihr gelang, viel zu trinken, niemals aber *zu*viel. Eine Beziehung zu leben, die weder im Streit noch im Krieg endete. Die meisten Trinker hingegen pflegen mit dem Alkohol zu kämpfen. Ihn zu beleidigen. Indem sie sich niedersaufen, machen sie den Alkohol für alles verantwortlich. Wie man das von bescheuerten Ehen kennt.

Nicht so bei Anna.

Doch das, was ich in diesem Moment sah, war wiederum ganz anders. Nämlich wie wenig Annas Trinken ein freiwilliges war und wie sehr ihr Tempo dabei ein fremdbestimmtes schien.

Ich begriff, daß die Folter, die Anna damals wie heute angetan wurde, sich stets auf eine ihrer Fähigkeiten bezog. Sie war eine blendende Läuferin gewesen, als man sie an das Laufband gebunden hatte, sie war eine blendende Schwimmerin gewesen, als sie erstmals in diesem Hallenbad um ihr Leben hatte kraulen müssen, und sie war nun, vierzig Jahre später, eine blendende Trinkerin, die man soeben zwang, ein Glas nach dem anderen hinunterzukippen, mehr, als ihr guttat, viel, viel mehr. Ich war jetzt nahe genug, um ihre Augen zu sehen, die stark gerötet waren und in denen ein Ausdruck von Gebrochenheit steckte, ein geknickter Sehknochen. Es fiel ihr schwer, sich aufrecht zu halten. Sie setzte das Glas an und trank es aus. Wohl keine Sekunde zu früh. So, wie auch ich selbst keine Sekunde zu früh gekommen war. Es war wie damals. Immer tauchte ich gerade noch rechtzeitig auf.

Und endlich erkannte ich die Schlinge um ihren Hals, wobei der Strick in leichter Spannung durch eine Öffnung im Strohdach nach oben führte, bis hinauf zur Glaskuppel, wo das Seil auch diesmal in eine Maschine mündete. Die Maschine surrte und vollzog einen permanenten Wechsel zwischen leichtem Zug und leichtem Nachlassen, so, als würde sie sich spielend aufwärmen, jederzeit bereit, durchzustarten und eine finale Entscheidung herbeizuführen.

Auch wenn ich die technische Einrichtung nicht vollständig durchschaute, war mir dennoch klar, wie sehr Annas Überleben davon abhing, einerseits ein Glas nach dem anderen zu leeren – der hübsche Barkeeper war fraglos ein Teil der Maschine –, andererseits nicht von dem hohen Sessel zu kippen. Beides hätte zu einer heftigen Aktion der Maschine und zu einer Strangulation geführt. Anna mußte austrinken, und sie mußte sitzen bleiben. – Woraus das Dilemma resultierte, einem Zwang zu folgen, um ein Unglück zu verhindern, und dabei in ein anderes zu geraten. Sie würde früher oder später entweder am Trinken scheitern oder am Sitzen. Und sie war schon extrem nahe an diesem Entweder-Oder.

Das Seil also!

Ich zückte Lucian. Die *Männer mit den scharfen Augen* waren bereits von beiden Seiten so dicht an mich herangerückt, daß sich ein schmales Spalier gebildet hatte, das sich hinter mir schloß und alleine noch zuließ, zu Anna vorzudringen.

Es wäre zu schaffen gewesen.

Aber ich zögerte. Und kapierte endlich.

Kapierte, wie recht Felix hatte. Kapierte, wie wenig die Lösung darin bestand, zu dem Mädchen, das Anna hieß und nun eine neunundvierzigjährige Frau war, hinzurennen und ein Seil zu durchtrennen. Wollte ich Anna wirklich und richtig und für alle Zeiten retten, dann mußte ich endlich aufhören, vor diesen Männern davonzulaufen. Ich war einer von ihnen. So nahe wie diese Männer jetzt bei mir waren, so sehr, daß ich sie riechen und spüren konnte, nicht nur ihre Kälte, auch die Wärme, die in dieser Kälte steckte – und nicht zuletzt dank der Reife des gealterten Menschen, der ich war –, akzeptierte ich schließlich, daß die *Männer mit den scharfen Augen* immer nur hinter mir hergewesen waren, nicht hinter Anna oder sonst jemand. Ich selbst war es gewesen, den man ihnen gestohlen hatte.

Ich selbst war die geraubte Seele der Mona Lisa, eine Seele, von der viele meinen, sie sitze in einem Lächeln ein.

Es stimmte. Meine arme Mutter war allen Ernstes zur Meisterdiebin geworden, um ein Kind zu rauben, das ihr in diesem Moment nicht mehr gehört hatte. Weil nämlich ab diesem Zeitpunkt ... Nun, weil ich ordnungsgemäß ein Mitglied der *Männer mit den scharfen Augen* geworden war. Wie es halt nicht nur Erwachsene und Hunde werden, sondern auch das eine oder andere Kind dieses Schicksal teilt.

Und darum hatten die Feldstechermänner sich der kleinen Anna bedient. Aber nicht, um sie sich einzuverleiben. Dafür war Anna weder geschaffen noch bestimmt gewesen. Indem sie dieses Kind quälten und vierzig Jahre später die erwachsene Frau, gelang es ihnen, mich genau an die Stelle zu bringen, an der ich nun stand.

Und darum sah ich ein, daß die Lösung nicht die war, noch einmal ein Seil zu kappen und noch einmal durch ein Rollo zu flüchten. Der Sinn der meisten Fluchten ist, daß sie einmal zu Ende gehen. Der Sinn ist, daß Jäger und Gejagter zueinanderfinden.

Ich war bereit, wieder der zu werden, der ich bereits vor vierzig Jahren gewesen sein mußte: ein kleiner Mann mit scharfen Augen. Freilich wollte ich weder Lucian noch Catman mitnehmen. Dort, wo ich hinging, wartete bereits ein Labrador namens Helene. Das sollte genügen.

Ich war jetzt nur noch wenige Schritte von Anna entfernt. Wie hübsch sie war, selbst in diesem Moment noch, da der Alkohol verheerend in ihr wütete und ihre Augen die bizarre Ausstrahlung besaßen, die auch Abbildungen über Geschlechtskrankheiten zeigen.

»Paß auf die Katze auf«, sagte ich. »Und auf das Messer.«

Ich holte Catman aus meiner Jacke und schleuderte ihn hinüber zu Anna. Der halbe Perser flog ganz gut und landete mit dem bekannt vertrottelten oder – wenn man so will – indignierten Ausdruck seiner Rasse auf ihrem Schoß. Sodann tat ich das gleiche mit Lucian, mit dem Griff nach oben. Und konnte gerade noch sehen, wie Anna trotz aller Betrunkenheit Lucian im Flug fing, ihn fest und sicher packte und somit beides, Messer wie Katze, unter Kontrolle brachte. Und auch wenn ich es nicht mehr miterleben durfte, wußte ich, daß sie Sekunden später den endlich erschlafften Strick von ihrem Hals nehmen, diese dumme, verkitschte Schwimmbadbar verlassen und sich nach einem grünen Rollo umsehen würde. – Obgleich es hieß, die meisten Menschen würden niemals in ihrem Leben einem solchen Rollo begegnen, war ich mir sicher, daß an der nächsten Ecke eines auf Anna wartete. Eine gute Laune der Natur.

Auf mich aber warteten die Feldstechermänner, vor denen ich mich so lange gefürchtet hatte und vor denen ich so lange geflüchtet war. Von ihrer grünbleichen Haut war nur noch eine ferne Dämmerung geblieben. Ein grüner Untergang.

Ich war von allen Seiten eingeschlossen in den dunklen Schwarm, der nun auch unter und über mir verschmolz. Für einen Menschen mit Platzangst eine schreckliche Sache. So geriet ich doch noch in Panik. Merkwürdigerweise war es aber die zunehmende Kälte, die mich beruhigte, die mir guttat, wie man das kennt, wenn man in einen frischen Morgen hinaustritt und nach einer durchschwitzten Nacht das kühle, angenehm feuchte Gras unter den nackten Sohlen spürt. Diese Kälte verdrängte das Gefühl, lebendig begraben zu werden.

Und dann bemerkte ich Helene.

Es war nicht so, daß sie hier als sichtbarer oder unsichtbarer Geist auftrat und ihre gespensterhaft feuchte Schnauze gegen mein Bein rieb. Nicht die Schnauze spürte ich, sondern den Feldstecher, den sie vor ihren Augen hatte. Und durch den ich nun ebenfalls zu schauen meinte, indem nämlich eine solche Apparatur sich auch vor meinen eigenen Augen materialisierte. Bélas Vergleich mit einem Geweih war nicht ganz unpassend gewesen. Aber all diese Geweihe schienen zu einem einzigen verwachsen.

Ich weiß schon, ein Witzbold könnte jetzt erklären, daß wir also im Tod doch noch zu Kommunisten werden. Doch ich würde es anders ausdrücken, ich würde sagen: Wir werden alle Beobachter. – Wobei man in dem Zustand, den ich von nun an durchlebte, recht bald aufhörte, etwas auszudrücken. Das tat nur der, der mich hier schrieb.

Meine Beobachtung war ganz ohne Worte. Pures Schauen.

Der womöglich dritte Teil

Ein kurzer Bericht über das Leben des Theo März, verfaßt von seinem späteren Hausarzt Dr. Winter

Zunächst muß ich festhalten, daß die Wahl des Begriffs »Hausarzt« nicht auf meine ärztliche Funktion hinweist, sondern auf den Ort, an dem ich Theo vorwiegend begegnete, untersuchte und mit ihm sprach beziehungsweise *zu* ihm sprach. Hausarzt also darum, weil ich Theo die meiste Zeit daheim sah, im Haus seiner Familie, und mir unser Zusammensein – das mit ihm und das mit den anderen – stets als ein häuslich-familiäres erschien, derart, daß ich bald das Gefühl hatte, ein Teil dieser Familie zu sein. Manchmal ein geliebter Teil, manchmal ein ungeliebter. Geliebt, wenn ich sagte, was alle hören wollten, ungeliebt, wenn ich Zweifel an unserem Tun aussprach.

Ein Hausarzt ganz im Sinne der alten Bedeutung. Mitunter war es, als würden wir uns im 19. Jahrhundert befinden.

Es ist aber das 21., und meine Tätigkeit die des Neurologen und Komaspezialisten, der eine moderne Diagnostik vertritt, die viele Wachkoma-Thesen in Zweifel zieht und neue Kommunikationsverfahren mit den betroffenen Patienten zu entwickeln versucht, neue Wege, um in Kontakt mit jenen zu treten, die sich in einem, wie ich das nennen möchte, *Zwischenreich* aufhalten.

Klar, da stellt sich die Frage, *wo* dazwischen. Der eine Ort ist dabei eindeutig, jenes Bett, jenes Gebäude, in dem der Komapatient sich physisch befindet, jene Realität, die dieses

Bett und dieses Gebäude füllt und umgibt: all die Menschen und Tiere und Dinge, die Stimmen, die Berührungen, die Musik, der laufende Fernseher, die Geräusche der medizinischen Apparaturen, die Wärme und Kälte, die Gerüche.

Unsere Welt.

Die Frage ist, welche die andere Welt ist. Natürlich, man wird sagen: der Tod. Aber der Begriff »Tod« erklärt nur den Zustand, nicht die Welt, in der dieser Zustand stattfindet. Und darin liegt die Schwierigkeit, wenn man eine Idee von jenem Zwischenreich entwickeln möchte, das zwischen Leben und Tod dahinfließt, wir aber nur die eine Seite des Ufers wirklich kennen. Es könnte ein sehr konkretes Reich sein oder aber ein milchiger Strom, in dem nur selten etwas zu erkennen ist. – Wenn wir dank der Computertomographie in das Gehirn des Patienten schauen und erkennen, daß auf die Fragen hin, die wir ihm stellen, jene Gehirnregionen aufleuchten, die vereinbarterweise für ein Ja oder Nein stehen – bei Ja sich ein belegtes Brot vorzustellen, bei Nein ein vorhangloses Fenster –, zeigt das natürlich, wie gut er uns hört und auch das »Spiel« mit Bildern und Symbolen verstanden hat. Aber es erklärt uns nicht, in welcher Umgebung er sich wirklich wähnt, in welchem Umfeld. Und ob überhaupt. Sieht er sich selbst in einem Bett liegend? Und sieht er also die Person, die ihm, an der Bettkante sitzend, eine Frage gestellt hat? Die Mutter? Die Schwester? Den Arzt? Alle in der Art und Weise, wie unsere Realität sie wiedergibt? Oder vielleicht in einer ganz anderen Gestalt und in einer ganz anderen Situation, einer, die den Gesetzen und Verhältnissen des Zwischenreichs entspricht? Wie man ja auch sagen würde, daß auf einem fernen Planeten, deren Bewohner im Zuge ihrer Evolution mehrere Mägen und ein vierarmiges Greifsystem entwickelt haben, die Vorstellung eines zweiarmigen Menschen als recht kurios und eher unwahrscheinlich gelten würde. Und ein Herr Maier darum auf dem Planeten

Sowieso völlig anders aussehen würde als auf dem unseren, auch wenn er da wie dort ein Schwärmer ist.

Als ich Theo das erste Mal begegnete, das erste Mal sein Haus betrat und seine Familie kennenlernte, befand er sich bereits seit zwanzig Jahren in jenem Zustand, der als Wachkoma bezeichnet wird. Er war da bereits eine kleine Berühmtheit, dreißigjährig, einer dieser in den Medien wie der Fachwelt diskutierten Fälle, die stets in die Frage münden, was man darf und was nicht. Und inwieweit das Verbrechen darin besteht, einen Menschen sterben zu lassen oder aber ihn eben nicht sterben zu lassen. Eine Frage, bei der in meinem eigenen Gehirn kein eindeutiges Leuchten zustande kommt, das einem Ja oder Nein zuzuordnen wäre, eher ein Glimmen an der Stelle, wo der Zweifel steckt. Kaum ein Experte auf der Welt, der so unsicher wäre wie ich.

Es ist diese Unentschiedenheit, die mich antreibt.

Als Theos Familie mich kontaktierte, gehörte ich also nicht zu denen, die sich eindeutig für oder gegen eine Richtung aussprachen, für die Hoffnung auf ein spätes Erwachen oder aber für eine Sterbehilfe, die in diesem Fall einfach darin bestanden hätte, die andere Hilfe, die Lebenshilfe der medizinischen Apparaturen, zu beenden. Nicht den Menschen abzuschalten, sondern die Maschine. Wobei ich vor Theo diese ganze Gerätschaft stets als »das Laufband« bezeichnete, ein Begriff, der von der Familie selbst stammte, ich glaube von der Schwester Anna, einer Sportlerin, und den ich also übernahm. Ja, die Maschinen hielten Theo am Laufen.

Als Theos Familie mich einlud, ihren Sohn zu betreuen – und wie konnte ich ahnen, daß den zwanzig Jahren ohne mich noch zwanzig mit mir folgen würden? –, geschah das wohl wegen meiner Forschung und der Annahme, ich könnte tiefer als meine Vorgängerärzte in das Zwischenreich eindringen. Denn darin bestand die Idee der Familie März, noch einen anderen Weg zu wählen, als Theo aus seinem Koma quasi herauszulocken.

Keine Frage, sie redeten mit ihm, pflegten ihn auf die liebevollste Weise, bewiesen unendliche Geduld. Obgleich natürlich eine solche jahrzehntelange Pflege nicht ohne Momente des Genervtseins oder auch des Zorns sein kann, weil man halt manchmal meint, es fehle dem Komapatienten einfach am nötigen Willen, oder umgekehrt, daß er willentlich sich »totstellt« und ein großes, in diesem Fall ewig langes Theater aufführt. Es sind diese Augenblicke, da man sagen möchte, und es hin und wieder auch sagt: »Red endlich! Verdammt! Ich weiß ganz gut, daß du mich verstehst. Und ich weiß ganz gut, daß du sprechen könntest. Hör auf, dich hinter diesem Zustand zu verstecken wie andere hinter ihrer Depression, ihrem Beruf oder einem lebensgroßen Teddybär.« Aber diese Aufwallungen kommen und gehen wie Zahnschmerzen. Die März-Familie war voller Hingabe an dieses Kind, das, im Bett liegend, zum Mann wurde, einen Bart bekam, Erektionen, etwas dicklich wurde, aber ein tolles Kopfhaar behielt und mysteriös kräftige Beine. Sie begleiteten den wachsenden, in die Jahre kommenden Körper und wurden alle zu Experten in Sachen lebenserhaltender Maßnahmen. Sie redeten mit Theo, spielten Musik, küßten ihn, lasen ihm Geschichten vor, versuchten, ihn in Fremdsprachen zu unterrichten, erzählten ihm von den politischen und sonstigen Entwicklungen in der Welt, zeigten Filme, diskutierten in seiner Anwesenheit, aber sie waren eben auch der Meinung, wie nötig es sein würde, eine Pforte zu öffnen, um zu ihm vorzudringen. – Wenn man jemand, der woanders lebt, zurückhaben möchte, kann man ihn rufen. Oder aber man begibt sich an den fremden, fernen Ort, um diesen Jemand Auge in Auge davon zu überzeugen, daß es zu Hause viel schöner ist.

Darin bestand die Hoffnung der Familie März, es könnte mir gelingen, eine Öffnung zu finden und dann dem Weg an die Stelle zu folgen, wo Theos Verstand sich aufhielt. Vielleicht geschrumpft zu einer Rosine, vielleicht aber klar und hell und voller neuer Erfahrungen und absolut in der Lage, sich zu entscheiden heimzukehren.

Darum riefen sie mich. Und ich kam, unsicher, wie sehr es mir schaden würde, mich mit diesen Leuten einzulassen, die vielen als Beispiel dafür galten, ohne jede Rücksicht auf das Faktum einer zwanzigjährigen Leidensgeschichte das »Halbleben« des Sohns und Bruders aufrechtzuerhalten. Und zwar im Dienste der eigenen Lebenserhaltung. Eine Mutter, eine Schwester, bis zu seinem Tod auch ein Vater, denen die Pflege Theos unverzichtbar, ja für ihr eigenes Dasein zur Notwendigkeit geworden war. Wie auch die Hoffnung auf seine »Rückkehr«, wobei die März-Leute aber anders als viele ähnlich betroffene Familien in keinem Moment eine esoterische Position vertraten und für ein »Wunder« beteten, sondern ganz auf die Wissenschaft setzten. Beziehungsweise meinten, indem sie mich heranzogen, sei die wissenschaftliche Methode gesichert.

Allerdings, ohne einen gewissen Glauben geht in diesen Dingen gar nichts. Wir glauben, was wir glauben müssen. Da macht die Wissenschaft keine Ausnahme. Die Wissenschaft versetzt zwar sowenig Berge wie der Glaube, doch sie versetzt die Anschauung, was ein Berg überhaupt ist. – Aber hier mal die Vorgeschichte.

Das erste Leben Theos dauerte zehn Jahre. Welches Unglück zu seinem zweiten Leben im Zwischenreich führte, konnte ich niemals ganz herausfinden. Stets blieb ein Zweifel, inwieweit die Anschauung der Familie, es habe sich um einen Unfall gehandelt, stimmte oder aber der Verdacht zutraf, das Kind Theo habe sich in selbstmörderischer Absicht aus dem Fenster seines Zimmers gestürzt. Eine Annahme, die einige Journalisten vertraten, die den Fall untersucht hatten. Es gab sogar eine wilde Theorie darüber, eines der Geschwister könnte mit oder ohne Absicht diesen Sturz herbeigeführt haben.

Faktum war, daß Theo in einer Nacht des Sommers 2010 um 23.02 Uhr aus dem Fenster fiel. Zwei nach elf war die Zeit, da seine Armbanduhr stehenblieb, als er auf dem Beton der Straße aufschlug. Erstaunlicherweise war er nach einem Flug über fünf Stockwerke nicht sofort tot, sondern hatte mit vielen Brüchen und einer schweren Kopfverletzung überlebt, einer sehr schweren, die dann seinen komatösen Zustand bedingte. Der Sturz war jedoch nicht völlig ungebremst gewesen, denn erstens war Theo in ein grünes Rollo eingewickelt, und zweitens hatte er mehrere dicke Äste eines Baums touchiert. Äste, die die Stärke des Aufpralls auf der Straße bedeutend gemindert hatten. Was allerdings auch zu der Vermutung führte, Theos Kopfverletzung stamme gar nicht vom stark gebremsten Aufschlagen auf den Gehweg, sondern vom völlig ungebremsten Stoß gegen einen der dicken Äste, sodaß also der lebensrettende Umstand der Baumberührung wiederum das Schädel-Hirn-Trauma bewirkt habe. Ein Punkt, der gleichfalls nie vollständig geklärt werden konnte.

Und das grüne Rollo? Was war damit?

Stimmte die Unfallthese der Eltern – und diese wurde dann auch von der ermittelnden Behörde als das Wahrscheinlichste angenommen –, so war Theo beim Versuch, das Rollo bei offenem Fenster herunterzuziehen, auf das Fensterbrett gestiegen, war dabei ausgerutscht und hatte im Fallen die Stoffbahn mit sich gerissen. Der Ganze wurde in einer Computersimulation nachgestellt und für realistisch erachtet. In der ansonsten vollkommen vorhang- und rollolosen Wohnung – offenbar ein einrichtungstechnischer Spleen der Eltern – hatte Theo am Nachmittag vor dem Unfall zusammen mit seiner Großmutter das besagte grüne Rollo angebracht, welches allerdings eine etwas geringere Breite als der Fensterrahmen besaß und darum auch bei offenem Fenster heruntergezogen werden konnte. Zudem handelte es sich um ein vergleichsweise altes Modell aus dem Hause der Großmutter, mit einem Bedienverfahren, wie es auch zu dieser Zeit, 2010, kaum mehr vertrieben wurde. Gemäß der Rekonstruktion der Ereignisse war der Rollostoff beim nächtlichen Versuch, ihn zu verstellen, heftig nach oben geschnellt, hatte sich um die Welle gerollt und dabei auch zwei Drittel der Zugschnur hochgespult, sodaß das untere Ende der Schnur mit dem kleinen glockenförmigen Griff nun weit oben hing und Theo gezwungen war, auf das Fensterbrett zu steigen, um es wieder herunterzuziehen. Dabei mußte er aus dem Gleichgewicht geraten sein, hatte noch versucht, sich an der Stoffbahn festzuhalten, und diese mit sich gerissen, und zwar zusammen mit der Rollowelle und deren nur ungenügend ins Mauerwerk verschraubten Verankerung. So ergab sich letztlich, daß die eigentliche Schuld an diesem Unglück Theos Großmutter traf, die wohl im Zuge einer fast politisch zu nennenden Familienfehde über Sinn und Unsinn der Verhängung von Fenstern dem Wunsch ihres Enkels nach einem Sichtschutz in seinem Zimmer nachgekommen war, dabei aber ebendies ziemlich überholte Produkt verwendet hatte. Und zudem nicht in der Lage gewesen war, es fachgerecht zu montieren. – All diese Dinge, die mangelhafte Wirkung zweier Schrauben, das Gewicht des Kindes im Stürzen und Fallen, die Spuren der Gummisohlen von Theos Sportschuhen auf dem Fensterbrett, Gebäudehöhe, Geschwindigkeit, der Wind, die Dicke der Äste, die geringere Dicke des Schädelknochens, die diversen Stadien, in denen das Rollo sich in jedem Moment des Vorfalls befunden hatte, das alles ließ sich rechnerisch und computertechnisch nachweisen, auch, wie sich der Junge während des Sturzes die fünf Stockwerke hinunter in das Rollo hineingedreht hatte, sodaß er bei seinem Aufprall vollständig darin eingewickelt gewesen war.

In der Computeranimation wirkte das Ereignis bei aller Tragik und unglücklichen Verkettung vollkommen logisch, geradezu harmonisch. Ein Unglück im Einklang mit den Gesetzen der Natur und einem unerbittlichen Schicksal.

Aber ich war skeptisch.

Ich kannte Fotos, die ein Passant gemacht hatte, bevor noch Theo von Helfern aus der Stoffbahn gezogen worden war. Es sah für mich ungemein gewollt aus, wie er da verpackt lag, gar nicht zufällig. Genau so wie man das von Kindern kennt, die sich absichtlich in einen Teppich einrollen. Oder eingerollt werden. Zudem fühlte ich mich sofort an eine Freundin erinnert, die, nachdem ihr Partner sie verlassen hatte, vom obersten Stock ihres Wohnhauses in den Hof gesprungen war und sich zuvor einen schwarzen Strumpf über den Kopf gezogen hatte. Auf diese Weise hatte sie den Leuten, die sie fanden, den Anblick ihres zertrümmerten Schädels erspart und vor allem eine gewisse Intimität gewahrt. Der Strumpf vor ihrem Gesicht war wie ein Vorhang gewesen, der ihren Tod verschleierte. Und ebenso wirkte das Rollo auf mich, welches Theo fast vollständig umschloß, sodaß nur seine Füße herausragten.

Natürlich, bei einem Selbstmordversuch stellt sich die Frage nach dem Wieso. Und da war nun mal nichts, was einen Hinweis gegeben hätte. Auch die Journalisten, die sich mit dem Fall beschäftigten – und in Zehnjahresabständen wurden darüber ganze Bücher geschrieben –, konnten nicht wirklich etwas finden, was ein so tiefes Unglück erklärt hätte. Und spekulierten darum.

Es stimmte, daß der junge Theo recht sensibel gewesen war, eins dieser Kinder, die einen Käfer eher retteten, als ihn zertraten, sich hilfreich vor die Kleineren stellten, wenn ein Großer sie bedrohte, und die an der Welt am wenigsten mochten, daß sie so stark von Ungerechtigkeiten geprägt war. Beziehungsweise am meisten an dieser Welt die Fähigkeit schätzten, Schulferien hervorzubringen sowie die Grundstoffe für eine gute Cola. Ein Kind jedenfalls, das einen gewissen Weltschmerz empfunden hatte, bevor es noch das Wort gekannt hatte. Das schon. Aber Theo war in seinem Weltschmerz nicht ertrunken, hatte vielmehr eine Kraft aus diesem Schmerz gezogen. Genau ebenjene, eine Ungerechtigkeit zu bekämpfen, ohne darum zu planen, einmal Chef von Greenpeace zu werden. Theo war, soweit ich das hatte herausfinden können, ein eher glückliches als unglückliches Kind gewesen. Der in der Tat heftigste Konflikt mit seinen Eltern dürfte jener gewesen sein, der die Frage nach der Abdunkelung von Fenstern betraf. Und nicht etwa ein Streit über Klavierunterricht, zu geringes Taschengeld oder Computerspielverbote. Schon gar nicht existierten Hinweise auf sexuellen Mißbrauch oder Gewaltakte, auch wenn ich natürlich weiß, wie sehr der Mißbrauch mit der Kunst der Vertuschung einhergeht. Und der Verdrängung. Aber ich sah die Mutter Theos in zwanzig Jahren eine Menge verdrängen, nicht aber einen Mißbrauch. Blieb der Kampf um das Rollo.

Sollte das wirklich das größte Problem für Theo in dieser Familie gewesen sein? Ein Elternpaar, das ideologische und vor allem ästhetische Vorbehalte gegen *undurchsichtige* Fenster hatte? Und das angeblich den Spruch pflegte: »Wir sind doch nicht im Krieg.«

Oder ist es vielleicht so, daß manche Menschen, mitunter auch sehr junge, einem Ruf folgen und die Selbsttötung als notwendiges Mittel begreifen, um ein Abenteuer zu erleben, eine Rettung vorzunehmen oder das eigene Schicksal zu wenden? Die in eine andere Welt überzutreten versuchen, weil sie es als ihre Pflicht empfinden? Bisweilen scheint es nicht die Mutlosigkeit zu sein, die einen Selbstmord bewirkt, sondern, im Gegenteil, der Mut.

Ich wußte es nicht und weiß es noch immer nicht. Aber ich entschied mich vor zwanzig Jahren, die medizinische und therapeutische Betreuung von Theo März zu übernehmen, und verfaßte meinerseits ein Buch über diesen Jungen, der träumend zum Mann geworden war. (Ich gestehe, es ist eine Unart, immer gleich Bücher zu verfassen. Kaum stolpert jemand, schreibt ein anderer ein Buch darüber.) Wenn ich dabei sage »träumend«, dann meine ich, wie sehr die Bilder aus Theos Gehirn ein beredtes Zeugnis für die Ereignisse und Erlebnisse waren, die dort stattfanden. Als mir einmal der ältere Bruder Theos, der als einziger aus der Familie sich der Betreuung völlig entzog und sich für ein Abschalten der Maschinen aussprach, erklärte: »Bei allem Respekt, Dr. Winter, aber das Gehirn Ihres Patienten ist reines Gemüse«, antwortete ich: »Ja, aber ein Gemüse, in dem es spukt. Und zwar heftigst.«

Es spukte, und ich verfügte über viele Scans, die diesen Spuk dokumentierten. Freilich besteht das Wesen des Spuks in seiner Geisterhaftigkeit, und es ist schwer zu sagen, was genau dahintersteckt. Ob der Spuk einen tieferen Sinn besitzt oder kaum mehr ist als ein Hüsteln und Niesen oder gar ein bloßer Nachhall von etwas längst Geschehenem. Nur eines war ganz gewiß, wie sehr der Spuk in Theos Gehirn wirklich stattfand. Daß er physikalischer und chemischer Natur war.

Von der technischen Seite her wäre zu sagen, daß ich zusammen mit einem Osloer Forschungsteam (der Gruppe »Nidastat«, einer Verbindung aus Künstlern, Programmierern, Ethikern und Neurologen) einen Hirnscanner entwickelt hatte, der die Größe und Dicke eines Vierhundertseitenbuchs besaß und es somit ersparte, den Patienten in aufwendiger Weise in eine MRT-Röhre zu schieben. Unser Gerät, das wir wegen seiner optischen Ähnlichkeit mit einem Buch als »Roman« bezeichneten, war verbunden mit einem gallertig schimmernden Aufsatz auf Theos Kopf, den wir wiederum »Qualle« nannten. Roman und Qualle lieferten zusammen sowohl die Daten eines EEG wie auch das Bildmaterial einer funktionellen Magnetresonanztomographie. Woraus sich sehr viel mehr ergab als ein simples Ja-Nein-Spiel. Etwa die Erkenntnis, daß Theo auf hereinkommende Personen – seine Mutter, seine Schwester, seine Tante, Besucher aus aller Welt – bereits reagierte, bevor diese ihn noch berührt hatten. Besonders stark war seine Sensibilität in Richtung der Schwester ausgerichtet; so »funkelte« das entsprechende Hirnareal – *Annas Field* – auch in jenen Momenten auf, da sie sich eben erst auf den Weg gemacht hatte, ihn zu besuchen. Theo konnte zwar nicht in die Zukunft sehen, aber offensichtlich in die Ferne. Einer meiner Nidastat-Kollegen, der mir hin und wieder assistierte, meinte darum, Theo sei »ein Mann, der offenbar über ein ganz besonderes Sehorgan verfügt«.

Theos Hirnbilder lieferten im Laufe der Zeit immer mehr Teile einer Karte, die zu einem dreidimensionalen Globus verschmolzen: Orte, Namen, Empfindungen, Antipoden, Straßen, Felder, Meere, Cafés, Unterführungen, Keller, sowohl Plätze der Vergangenheit wie Plätze des Jetzt. Wobei dieser Globus auch dann heftige Aktivitäten zeigte, wenn keine Reize aus der Außenwelt erfolgten. Theos Gedankenfunken zeugten von einer Art von Alltag, einer fortlaufenden Handlung in seinem Kopf. Allerdings keiner durchgehenden. Es gab Phasen absoluter Passivität, deren Länge und Regelmäßigkeit eindeutig auf einen Schlafrhythmus verwiesen. Theo lebte einen Wechsel aus Wachphasen und Schlafphasen, durchaus in der Verteilung, die der eines gesunden Menschen entspricht, sechzehn zu acht Stunden, jedoch stark verschoben. So, als befände er sich in einer anderen Zeitzone. Oder als wäre er ein Nachtarbeiter, der sich zeitig in der Früh schlafen legte und am frühen Nachmittag erwachte.

Betrachtete man Theos Hirnströme, erkannte man nicht

nur ein intaktes Bewußtsein, sondern ein richtiggehendes Existieren, welches von seinem tatsächlichen Leben – also dem Umstand, andauernd in einem Bett zu liegen und an Maschinen zu hängen – beträchtlich abwich und von diesem nur die eine oder andere Inspiration erhielt. Küßte ihn seine Schwester Anna auf die Stirn, konnte dies bedeuten, daß in seiner anderen Welt der gleiche Kuß nicht auf die Stirn, sondern auf den Mund erfolgte: also eine Verschiebung stattfand. Ohne daß ich jetzt ein imaginiertes inzestuöses Verhältnis andeuten möchte, nein, ich meine den Qualitätsunterschied zwischen Stirn und Mund. Das Dasein, das Theo in seinem Kopf lebte, schien um einiges erregender als das, welches sein Körper, im Bett liegend, erfuhr.

Ich begann, für Theo den Begriff des Wachkomas durch den des Wachtraums zu ersetzen. (Nur wenn Theo schlief, blieb er ganz ohne Traum, zumindest ohne einen, den wir hätten messen können.)

Zu Theos früher Biographie als Komapatient gehörte der Tod seines Hundes, einer Labradorhündin, die mit der gleichen Konsequenz und Ausdauer wie Theos Mutter und Vater und die jüngere Schwester an seiner Seite blieb. Absolut treu, ein wahrhaftiger Wachhund. Zuerst im Krankenhaus, später zu Hause, der Hund war da und legte oft stundenlang seine Schnauze auf Theos Hand. Frau März erzählte mir, wie die Hündin genau in dieser Haltung – mit gespreizten Beinen, ein wenig wie ein Nierentisch dastehend, die Schnauze an der üblichen Stelle – starb. Sie kippte, von einem Herzschlag tödlich getroffen, auf ihr Hinterteil, aber es ergab sich, daß sie in einer Weise in sich zusammensackte, daß sie selbst im erstarrten Zustand noch ihre Schnauze auf Theos Hand behielt.

Wenn ich zwanzig Jahre später den Namen dieses Hundes nannte, bildete sich auf Theos Kortex ein ganz spezielles unverwechselbares Muster, *Helenes Field*. All diese Felder – Menschen, Tiere und Gegenstände – verbanden sich mit anderen, sehr exotischen Gebieten, für die ich keine konkreten Namen fand, allein ihre originelle, wiederkehrende Struktur erkannte. Ich hätte nicht sagen können, wofür sie standen, und stattete sie mit formelhaften Bezeichnungen aus. Und spekulierte, es müsse sich um Konstruktionen aus dem Zwischenreich handeln, Personen und Dinge, für die es in der Außenwelt keine Entsprechung gab und die vom anderen Ufer des Zwischenreichs inspiriert worden waren.

In der letzten Phase seines Lebens besaß Theo eine Katze, beziehungsweise die Katze war Frau März zugelaufen und nicht wieder fortgeschickt worden. Dieses Tier lag gerne auf Theos Brust oder Bauch und brachte dort mehrere Stunden schlafend und dösend und schnurrend zu. Wobei es viele gute Gründe gab – der Kater haarte, und er war ein ziemlicher Brocken –, ihn zu entfernen. Doch Theos Gehirnaktivität zeigte Reaktionen, die erstens einen Gefühlsschub bewirkten und zweitens eine regelrechte Wellenbewegung auslösten, eine beachtliche Neuronenvermehrung. Eine Belebung bislang kalter, leerer Räume. Wie wenn nach Jahrzehnten jemand das Licht andreht, die Fenster öffnet und frische Luft hereinläßt.

Diese Katze war die Helene in Theos späten Jahren.

In Theos Kopf hineinzuschauen, war vergleichbar dem Blick durch ein sehr starkes Teleskop. Ständig entdeckte ich neue Sterne. Und auch wenn ich die Planeten, die diese Sonnen umkreisen, nicht sehen konnte, konnte ich sie auf Grund der periodischen Schwankungen der Radialgeschwindigkeiten errechnen und erahnen. Gasriesen gleich Worthülsen, rotierendes Blabla, aber auch feste, erkenntnis- und ereignisreiche Körper, erdähnliche Planeten, auf denen Leben möglich oder gar wahrscheinlich war.

Zudem ließ jeder Scan eine Interaktion der Welten erkennen. Wie hier objektive Aspekte des Diesseits mit objektiven Aspekten des Jenseits eine dritte Welt formten, eine *theoistische*.

Zum Beispiel das Wort »Mars«.

Wie ich schon erwähnte, besuchten Leute aus den verschiedensten Bereichen Theo März, allerdings verhinderte es seine Mutter, aus ihrem und ihres Sohnes Haus einen Wallfahrtsort zu machen. Sie traf darum eine strenge Auswahl, wehrte sämtliche religiös motivierten Besucher ab, war aber höchst erfreut, als das Organisationsteam einer geplanten bemannten Marsmission auf Besuch kam und eine Idee vortrug, angeregt von einer Parallele zwischen Theo und einem alten Marsroboter namens *Spirit*.

Im selben Jahr nämlich, als Theo in seinen komatösen Zustand verfiel, 2010, war auch der Kontakt zu *Spirit* abgebrochen. Der seit April 2009 rettungslos im Sand feststeckende Rover war im März 2010 vermutlich in eine Art von Winterschlaf geraten, aber auch nach dem Marswinter nicht wieder aufgewacht. Bald darauf gab die NASA ihn völlig auf, während seine Geschwistersonde *Opportunity* noch eine ganze Weile intakt blieb und Daten zur Erde sendete. *Spirit* hingegen wurde für tot erklärt.

Und dann, achtunddreißig Jahre später, erreichte Wissenschaftler auf der erdnahen Raumstation Tolong ein Funksignal, das die Signatur der Sonde *Spirit* aufwies. Kein Irrtum. Allergrößtes Erstaunen. Um so mehr, als sich der Rover an einer Stelle befand, die knapp hundert Kilometer von jener entfernt lag, an der er versandet und in einen jahrzehntelangen Dornröschenschlaf geraten war.

Wer oder was auch immer ihn wachgeküßt hatte, Frau Tolong, exzentrische Milliardärin und Eignerin des Projekts, hatte sich – offensichtlich auf eine Vorahnung hin – die Besitzansprüche an dieser Sonde von den Rechtsnachfolgern der NASA zusichern lassen. Eine Schlagzeile hatte damals gelautet: »Reichste Frau der Welt kauft toten Roboter«.

Und dieser tote Roboter war nun auferstanden, erholt, höchst lebendig, kommunikationsfähig, steuerbar und außerdem nicht allzu weit entfernt von jenem Punkt, der als Landeplatz für die Tolong-Mission geplant war. Dort, wo sich bereits eine feststehende Bodenstation befand, deren beweglicher Assistent jedoch auch ohne Winter in einen Winterschlaf gefallen war. Somit war die Erforschung des Landeplatzes unvollständig geblieben. Eine Aufgabe, die nun der wiedererweckte Esprit-Rover durchführen konnte. Und dies auch zur vollsten Zufriedenheit tat. Im wahrsten Sinne ein Oldie, but Goldie.

Nur mit dem Namen war man nicht ganz zufrieden. Welcher auch bereits einmal geändert worden war. Anfangs noch als *Mars Exploration Rover A* bezeichnet, war die Sonde nach dem Start in *Spirit* umbenannt worden und sollte nun, mehr als dreieinhalb Jahrzehnte nach ihrer »Beerdigung«, abermals einen neuen Namen erhalten. – Sosehr Theo März' achtunddreißigjährige Komageschichte auch viele Kritiker an der künstlichen Lebenserhaltung auf den Plan rief, besaß dieser Mann dennoch Züge eines Popstars oder, besser gesagt, eines »Langstreckenläufers als Popstar«, dessen komatöse Ausdauer einen Kult bewirkt hatte. Nicht zuletzt natürlich, indem dank meiner Forschung der Umstand massiver Hirntätigkeit allgemein bekannt geworden war. Es gab sogar T-Shirts, die Theos Konterfei zeigten, zusammen mit der Aufschrift: *There's Life In Our Brain.*

So war sein Ruf bis zur Tolong-Station vorgedrungen, wo man eine Verbindung zwischen dem langjährigen Zustand des Roboters und dem Zustand Theos sowie der zeitlichen Übereinstimmung sah. Und natürlich hoffte man auch dort, Theo werde demnächst ebenfalls aus seinem langen Winterschlaf erwachen. Fakt war zudem, daß der von mir und den Nidastatern entwickelte transportable Gehirnscanner zur Ausrüstung des im Bau befindlichen Mars-Raumschiffs gehörte.

Dies alles zusammen, vielleicht sogar ein Wink der ominösen Milliardärin, führte dazu, daß man sich entschloß, die Sonde *Spirit* in *Theo's Spirit* umzubenennen und den alten Geist in einen neuen zu verwandeln.

Und aus diesem Grund erschien eine Abordnung von Tolong-Wissenschaftlern im Hause der Familie März, um den Wunsch vorzubringen, den alten neuen Roboter nach Theo zu taufen. Was dann zu erstaunlichen Neurofeedbacks führte, sobald das Wort »Mars« in Gegenwart Theos ausgesprochen wurde. Man konnte sagen, daß Theos Hirn an einem bestimmten, engbegrenzten Ort einen Punkt besaß, der dem Mars ungemein ähnlich sah, zusammen mit einer dünnen Atmosphäre und zwei Pünktchen, die man als die Monde Phobos und Deimos, Furcht und Schrecken, identifizieren konnte. Somit bestätigte sich erneut, inwieweit Theos Hirnaktivitäten einer umfassenden Karte glichen, die auch den roten Planeten, seine Trabanten sowie den Raum zwischen Erde und Mars einschlossen.

Wenn ich manche Scans sah, konnte ich sagen, Theo war ein Marsfan geworden. Die Nennung des roten Planeten oder etwa der Tolong-Station führten stets zu einer beträchtlichen Ausschüttung von Endorphinen sowie einer Anregung intellektueller Areale. Es schien eine Art von fixer Idee in seinem famosen Gemüsehirn, sich mit dem Mars zu beschäftigen. Zudem bestand fraglos ein großer poetischer Reiz in der Vorstellung, der wiederbelebte Rover auf dem Mars könnte in einem tatsächlichen Verhältnis zu Theo stehen, wie es die liebevoll arrangierte Verknüpfung ihrer beider Namen nahelegte. Einer Verknüpfung, die freilich ohne physischen Kontakt blieb. Nicht nur, weil Theo, körperlich gesehen, in einem Bett lag. Denn dieses Bett hätte ja durchaus zum Mars fliegen können. Kurzfristig bestand nämlich die Idee, Theo als ersten Komapatienten aller Zeiten ins Weltall zu befördern und ihn als den ersten stark behinderten Menschen auf dem Mars zu stationieren, hoffend auf die speziellen Heilkräfte der »guten Marsluft«. Aber dieses werbewirksame Ansinnen war am Widerstand der Mutter gescheitert, die ihren Sohn bei sich wissen wollte und zudem überzeugt war, sein mögliches Erwachen sei allein in der familiären Umgebung denkbar. Also blieb Theos Körper auf der Erde. Während sein Geist sehr wohl auf die lange Reise ging.

Allerdings schien mir, als würde die Marsmission in seinem Kopf quasi auf halber Strecke unterbrochen werden. Wie bei jemand, der einen ziemlich geraden Weg geht, um dann abrupt nach rechts oder links abzuzweigen. Nur daß da eigentlich gar nichts zum Abzweigen ist, sondern eine Häuserwand, eine Mauer. Trotzdem biegt die Person erfolgreich ab, so wie Heinz Rühmann in dem alten Schwarzweißfilm *Ein Mann geht durch die Wand*. Ja, Theo März war ein Mann, der nach vierzig Jahren im Koma durch eine Wand gegangen war. Alle Signale, alle Muster, alle Daten, alle Fehlfunktionen und Paradoxien, die ich in der Folge beobachtete, waren nicht nur verwirrend, sondern vor allem schienen sie sich zu entfernen. Es war folglich nicht so – und das ist ein wichtiger Unterschied –, daß sie schwächer wurden wie bei einer zu Ende gehenden Batterie oder einem sterbenden Organ, sondern sie bewegten sich weg, was bedeutete, daß dort, wo ihr Ausgangspunkt war, der Impuls die gewohnte Stärke besaß.

Theo März war durch eine Wand gegangen und bewegte sich fortan durch die Tiefe des Raums in seinem Hirn, eine Tiefe, die möglicherweise nahe an Unendlich heranreichte.

Als nach vierzig Jahren seine Organe versagten und allen Maschinen zum Trotz seine Lebensfunktionen aussetzten, war ich an seiner Seite. Zufälligerweise. Frau März befand sich ebenfalls im Zimmer, war aber nach vielen Stunden der Wache eingeschlafen. Im Grunde nach Jahren. Ich selbst betrachtete soeben den aktuellen Hirnscan, als das Ende sich einstellte. Was für ein Ende! Bevor es schwarz wurde, erstrahlte Theos

Gehirn, wie ich das noch nie gesehen hatte. Der oft verwendete Begriff des Weihnachtsbaums in solchen kortikalen Zusammenhängen, hier besaß er seine vollkommenste Berechtigung. Der Baum aller Bäume.

Und dann: Es werde dunkel!

Aber ... ich vernahm ... ja, ich vernahm tatsächlich Theos Stimme. Niemand würde dies später bestätigen können, auch Frau März nicht, und ich selbst werde stets unsicher bleiben, ob ich nicht bloß einer Einbildung erlag. Immerhin weiß ich um die Möglichkeiten meines eigenen Gehirns, andere Wirklichkeiten zu schaffen als die faktisch bestehende.

Aber ich hörte es nun mal, ich hörte, wie Theo März doch noch einen Satz von sich gab, bevor er endgültig schied. Er sagte: »Was für ein schönes Rollo.«